护士

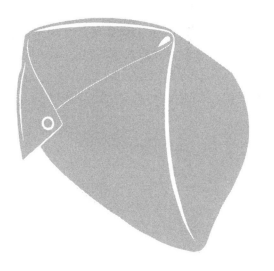

陈大伟 著

中国文联出版社

图书在版编目（ＣＩＰ）数据

护士 / 陈大伟著 . -- 北京 ：中国文联出版社，
2023.1

ISBN 978-7-5190-5057-3

Ⅰ．①护… Ⅱ．①陈… Ⅲ．①长篇小说－中国－当代
Ⅳ．① I247.5

中国版本图书馆 CIP 数据核字 (2022) 第 238190 号

著　　者　陈大伟
责任编辑　袁　靖
责任校对　吉雅欣
封面设计　吉　辰

出版发行　中国文联出版社有限公司
社　　址　北京市朝阳区农展馆南里 10 号　　邮编　100125
电　　话　010-85923025（发行部）　010-85923091（总编室）
经　　销　全国新华书店等
印　　刷　三河市龙大印装有限公司

开　　本　710 毫米 ×1000 毫米　　1/16
印　　张　20
字　　数　190 千字
版　　次　2023 年 1 月第 1 版第 1 次印刷
定　　价　58.00 元

|目录|

第 1 章　参 加 工 作

　　1978 年 8 月 22 日，东南省江滨市江南县陈旺乡大同村的陈根宝，把准备在过年时吃的一头猪，宰杀了。连续三天，每天两桌，陈根宝请村里的人到他家吃饭，庆贺女儿陈爱娟考上了东南医学院附属护士专科学校。

　　陈爱娟 1963 年秋天出生，她上面有一个哥哥，下面还有一个弟弟。她父母本打算在她初中毕业后，让她回家帮助父母做些家务农活儿，然后找个婆家嫁了。1977 年国家宣布恢复高考制度，包括中专生的入学考试。从此，陈爱娟的命运发生了改变。

　　陈爱娟天生聪慧、勤奋好学，从小学到中学，学习成绩在班级一直名列前茅。1978 年初中毕业时，陈爱娟参加全省初中升高中统一入学考试，以优异的成绩，考入位于江滨市的东南医学院附属护士专科学校。陈爱娟带着对新生活的美好憧憬和对知识的渴望，来到护校学习。三年护校学习结束后，陈爱娟被分配到东南医学院附属江滨医院普外科工作。

　　江滨市是东南省长江以南最大的城市，坐落在长江边，是个名副其实的江滨城市。新中国成立前，江滨市就已经是个通商口岸，水运、公路和铁路交通十分便捷。江滨市的江滨医院是该省第一所医院，是一个叫作托马斯的英国医生在 1869 年创办的，当时叫作基督医院，至今已有 100 多年的历史。当年，年轻的托马斯和他的妻子，带着三个大箱子来到江滨市，在东南省开办了第一家西式医院，确切地说就是一个门诊部或小诊所。

医院开业时，托马斯只收取在华的外国人的钱，中国老百姓看病一律免费。由于疗效确切、效果好，托马斯医生很快就获得当地老百姓的信任，找他看病的人逐渐多了起来，起初的小诊所就捉襟见肘了。于是托马斯跑回老家，变卖了他在英国所有的财产，购置了一些医疗仪器。再次来到中国后，托马斯盖了一栋中西合璧式的两层楼的病房，还聘请了三名从海外归来的中国医生。楼房虽然不太大，却很典雅优美，今天被当地政府作为省级优秀历史建筑。江滨市正是以这所医院筑巢引凤，不断有医生和护士来这里工作。后来又盖了一栋三层的楼房，添置了 X 线机、心电图机、显微镜，还建立了具有无影灯的手术室。医院有内科、外科、妇产科和儿科，为方圆百里的百姓提供现代化医疗服务。医院的第一台西门子 X 线机器一直用到改革开放初期，质量真是好。

等到陈爱娟来到江滨医院工作时，江滨医院早已发生了翻天覆地的变化。医院有门诊大楼、急诊大楼、外科病房大楼、内科病房大楼，还有 1 幢 2 层楼的传染病病房。100 年前托马斯建的房屋作为医院行政和后勤部门使用。医院有职工宿舍，还有一幢 6 层楼的房子专门作为医院单身职工宿舍，实习医生和实习护士也住在同一幢大楼里。陈爱娟和 3 个同学，住在 317 房间。

1981 年 8 月 1 日，是陈爱娟上班的第 1 天。早晨交班时，普外科护士长蔡兆兰把陈爱娟向全科做了一个介绍。

"这是我们科室新来的护士陈爱娟，刚从护校毕业，大家欢迎。"

狭小的外科护士办公室，响起一阵热烈的掌声。大家的眼光全部集中在新来的陈爱娟身上。陈爱娟中等身高，苗条的身材，皮肤白皙，五官长得端端正正。蔡兆兰安排沈丽琴带陈爱娟。

"陈爱娟，我今天上治疗班，从早晨 7 点到下午 3:30。上治疗班第一件事就是看治疗单，然后准备药品。我们今天第一个任务是给 1 到 23 床病人打针。"沈丽琴对陈爱娟说道。

沈丽琴带着陈爱娟先在治疗室，把病人需要的药品以及其他物品放到治疗车上，然后推着治疗车，走向病房。

"握紧拳头，不要动，好了。"沈丽琴弯着腰给病人打针，一针见血，陈爱娟迅速把准备好的胶布递给沈丽琴，固定穿刺针。沈丽琴调整好输液速度后，在治疗单上记下打针的时间和所用的药品。

"针打好了，这只手尽量不要动。"沈丽琴先是嘱咐病人，然后又嘱咐病人的儿子，"你不要只顾看小说。这瓶液体大概两小时输完，快输完的时候，叫护士。"

"知道了，谢谢。"病人儿子说道。

来到12床旁，沈丽琴几乎用耳语对陈爱娟说："你打。"同时用眼神给陈爱娟以鼓励。

病人是个做体力活儿的人，比较瘦。扎上止血带后，血管清晰可见。陈爱娟轻而易举地完成了静脉穿刺，很是高兴。

"不错。"沈丽琴立即给予肯定和表扬。约在10点钟，沈丽琴和陈爱娟做完治疗工作后，开始在病历上记录病人的体温、心率，用红色和蓝色的笔，绘制病人的生命曲线。俩人一边做记录，一边聊天。

"老百姓只是注重护士是否一针打进。其实打针只是我们众多护理工作的一个方面。"

"在学校上课时，老师多次强调打针发药一定要三查七对，说三查七对是护理工作最重要的一项工作制度。"

"是的。三查七对，主要是杜绝把张三的药用到李四身上，是最基本的护理制度。我们在询问病人的姓名、床号的过程中，根据病人的回答态度，我们能大概知道这个病人是否好讲话。"

"我就怕遇到不讲道理的病人。"

"如果遇到不讲理的病人，不要和病人争吵。如果针没有打进去，病人有意见，你说'对不起，我请别人给你打'，然后迅速离开。"沈丽琴给陈爱娟传授经验。

"可以请别人吗？"

"当然可以。"

"沈老师我全都画好了。"

"给我看看。"沈丽琴看后说道,"画得不错。体温和心率是反映病人病情的一个非常重要的指标。手术后,医生非常关心病人的体温和心率。体温单画好后,要把所有的病历放入病历柜里,不要摊在护士站的工作台面上,护士站要保持整洁干净。"

时间不知不觉到了 11 点,个别手术时间短的病人已经从手术室回到病房,又一轮活儿来了。

"陈爱娟,我们去食堂吃饭。12 点前,我们来接班,上中午的班。"

沈丽琴和陈爱娟洗手、换工作服后,就去医院职工食堂快速吃个中饭,又回到工作岗位。

"张桂芳,有什么要交代的吗?"沈丽琴问办公护士。

"没有。"

"大家都去吃饭吧。"沈丽琴示意大家都停下来,她来接班了。

12 点钟,整个病区立即换成另外一种景象。热闹繁忙的医生办公室一个人也没有,护士站也只剩下陈爱娟和沈丽琴两个人。陈爱娟本以为在中午休息时间可以和沈丽琴好好聊聊。谁知事情一拨接着一拨,根本不允许陈爱娟的屁股和板凳沾上。

"我爸的液体马上要输完了,赶快去换。"病人女儿说话很没有礼貌。

"哪一床?"沈丽琴冷冷地问道,显然是对病人家属的态度不满意。

"26 床。"

"你叫什么名字?"沈丽琴来到 26 床,问病人的名字。

"张贵宝。"病人的女儿说道。

沈丽琴迅速给病人换上另一瓶液体,并在治疗单上做好记录。本来沈丽琴想让陈爱娟去换液体,但看到病人家属态度不好,就自己过来了。

"你父亲气色比昨天又好一点了。"沈丽琴对病人女儿说道。

"是的。"病人女儿勉强回答道。

"这么大的岁数恢复到现在这个情况很不容易,你们全家人都辛苦了。"

"嗯,医生和护士也很辛苦。"病人女儿说话也客气起来。

"这是我们的工作，应该做的。只要看到病人病情好转，我们就开心。"

陈爱娟站在旁边，仔细观看老师是怎样和病人家属交流的。

就在这时，有一个病人家属在走廊大声嚷："41床盐水滴完了，怎么一个人也没有。"

"是哪一床？"沈丽琴问陈爱娟。

"好像是41床。"陈爱娟不肯定地说道。

"这个病人家属怎么这么说话？！"26床病人女儿忘了她自己刚才的说话态度。

沈丽琴和陈爱娟刚把41床病人处理好，35床胆囊病人从手术室回来了。手术室高大健硕的护工李大妈大声说道："35床病人来了，接病人。"声音洪亮，整个病区的人都能听见。

"小陈，你去接病人，我马上来。"

"这是病人的病历。"李大妈把病人的病历递给陈爱娟。陈爱娟只是机械地接过来，不知道要做些什么。

"你看看麻醉记录单。"李大妈第一次见到陈爱娟，估计陈爱娟是个新手，故提醒道。

麻醉记录单上密密麻麻地记录着病人的心率和血压，很像病人的体温单。陈爱娟不知道李大妈要她看什么或为什么李大妈要把麻醉单交给她。这时沈丽琴回到护士站，瞟了麻醉记录单一眼，对李大妈说，"把病人送到35床。"

把病人安放到病床后，沈丽琴对陈爱娟说道："给病人量血压。"

"沈老师，病人血压是138/82mmHg。"

"很好。"沈丽琴又查了一下输液和伤口，签上名后，把记录单上交给李大妈。

只用了3分钟，手术室向外科交接病人的过程就结束了。

"11床病人准备去手术室。"李大妈依然用她洪亮的声音，通知11床病人家属。

早晨8点钟起，11床全家人就在病房等了。由于是接台手术，只能在前面一台手术结束，才能接进去。有时医生一天要做3—4台手术，手术室护工通常把前面手术结束的病人送到病房，顺便把下一个手术病人带到手术室。

病人穿着病号服躺在手术室的推床上，陈爱娟把早已准备好的物品交给李大妈。

沈丽琴拿着病历，问病人："你叫什么名字？"

"张爱花。"

"知道为什么住院吗？"

"开甲状腺。"

"可以接走了。"沈丽琴在核对完病人的信息后，把病历和物品交给护工李大妈。

这时又有两个病人的输液结束了，需要换液体。

"小陈，我去43床，你去5床，注意要核对病人的姓名、床号和住院号，并做好记录。"

"好的。我知道了。"说完俩人便分头去给不同的病人换药水。

在把5床和43床处理好后，一个病人家属来到护士站，焦急带有怨气对陈爱娟和沈丽琴说道："护士，盐水怎么不滴了，怎么回事啊？"

沈丽琴对陈爱娟说："你去看看。"

陈爱娟来到病人床旁，病人是一位40多岁女性胃癌患者。今天第1瓶液体输注很顺利，第2瓶输到150毫升时，不滴了。打针的地方没有肿胀，周边也没有液体渗出，陈爱娟不肯定地对病人丈夫说道："可能是堵住了，需要重打一针。"

"重打？怎么回事？"

"堵住了。"

"要打，让你们护士长过来打针。"

"现在是中午休息时间，护士长要等到下午1点半才过来上班。"

"护士长怎么能休息？我要找你们院长。"

"一天工作8小时是国家规定的……"陈爱娟还想说下去，这时，沈丽琴走过来。

病人家属见来个年资高的护士，就没有理陈爱娟，带怒气看着沈丽琴，意思说：你看怎样处理。

沈丽琴首先询问病人今天上午输液情况，了解到在半小时前，病人去过一次卫生间。沈丽琴再次检查打针的部位，小心地把针动了动，并把垫在针下面的棉球调整一下，液体居然又重新滴起来了，家属紧绷的脸顿时舒展开来。

"这个针仍在血管里，是你扶她起床后，动了针尖的位置，针尖的斜面正好贴在血管壁上，所以不滴了。这次算运气好，如果针尖穿过血管，则必须要重新打针。"

"嗯。"病人家属的声音小了点。

"针打不进去，打进去后又堵住，这种事几乎每天都有发生。首先，我们要按护理常规做好自己的工作。如果病人对我们的工作不满意，我们要尽量解释，千万不要和病人争吵。"沈丽琴补充说道，"我们工作忙得要命，没时间和他们理论。"

这时 17 床病人从手术室回到病房，沈丽琴从手术室护工手中接过病历，快速看了麻醉记录，然后对陈爱娟说道：

"你去接病人。"

这是一个胃癌病人，身上有三根管子从腹腔引出。陈爱娟先把氧气管接上，然后把胃管、腹腔引流管和导尿管依次接好，再给病人量血压和测心率。沈丽琴站在一旁，看到陈爱娟短时间有条不紊地把各种管道连接好，心想小姑娘是个做护士的好材料。

"沈老师，病人血压 120/70mmHg，心率 86 次 / 分钟。"

"知道了。"说完沈丽琴在一张纸上，记下病人的血压和心率。

最后，沈丽琴和陈爱娟把从手术室带来的血液核对了一遍，并签上自己的姓名。

"待这瓶液体输完后，把血液给输上去。"沈丽琴对陈爱娟说道。

"2 床液体快没了。"不知何时 2 床病人家属来到护士站。

"是 2 床？"陈爱娟问病人的家属。

"是的。"病人家属回答道。

陈爱娟一路小跑，先于病人家属来到 2 床。陈爱娟像沈丽琴一样，在换液体前核对病人的姓名，快速麻利地换上液体。

整个中午，陈爱娟在病房不停地穿梭，不知不觉时间就到了下午 1

点半。

"小陈，我们现在去给病人测量下午的体温。"

陈爱娟拿着装着体温表的小盒子和沈丽琴一起，依次地给每一位病人发体温表。一边发体温表，一边嘱咐病人或病人家属："量好，至少要有 5 分钟。过会儿我们来拿。"

待发到最后一位病人，5 分钟早就过去了。

"小陈，你把体温记录本带上，你有手表吗？"

"有。"

"我们去病房，收体温表，顺便给病人数下脉搏。"

"1 床体温 37.8 度，心率是 86 次 / 分钟。"陈爱娟报数字，沈丽琴记录在本子上。把所有病人的体温和心率记录完，用了大约一刻钟。

"小陈，我们的事做完了。现在我们要把体温记录本，交给办公护士。如果病人体温高、心率快，办公护士会通知管床的医生。有些医生也会主动过问病人的体温。"

陈爱娟住的 317 房间不大，里面放了四张双人床和两张写字台。上铺放个人的物品，下铺睡人，两人共用一张写字台。同寝室的罗玲珏和彭春霞来自县城，陈巧云是本市人。过去，她们四人是护校同学，现在是同事。

9 月第一个星期天上午 8 点半，罗玲珏下夜班回到寝室，一脸的疲倦。

"罗玲珏，出去可以吗？"陈爱娟谨慎地问道。

"可以。我去洗个脸。"

罗玲珏用力士香皂，很认真地把脸洗了两遍，对着镜子用手捋了捋头发，用一个深蓝色的头巾，扎上一个马尾。

出医院大门就是滨江路，沿滨江路向南走，不到 20 分钟，就来到江滨市最繁华的长江路。陈爱娟、罗玲珏和彭春霞，虽然都是外地人，但毕竟在江滨市上了 3 年的护校，熟悉江滨市的大街小巷。

"罗玲珏，你的精神真好。要是我，这个时候一定躺在床上呼呼大睡。"彭春霞说道。

"最困的时间是凌晨三四点，现在，困劲儿过去了。我老师说：她年轻的时候，上夜班后，根本没有睡过觉。"

"她去商店买衣服？"陈巧云问道。

"她哪有空逛街。出夜班，就在家里做家务活儿，比如：打扫卫生、洗衣服、做饭。那时她才 30 多岁，现在下夜班不休息肯定不行。"

"是啊，上夜班很伤人的，对皮肤不好。"彭春霞说道。

"还好吧，你看罗玲珏精神多好。"陈爱娟说道。

"有影响的。"陈巧云说道，"我们现在年轻，不觉得。时间长了对皮肤肯定会有影响。在小医院上班的护士最轻松，不用值夜班。每天白班 8 小时，工资和我们一样。"

"在小医院学不到什么知识。"陈爱娟认为学到知识、掌握本领很重要。

"爱娟，我们是护士。只要收入差不多，肯定是哪里轻松去哪里。你看看我们几个人，整天就是上班工作。我们现在的生活还是和护校读书时一样。只是在大医院工作，说起来好听罢了。"陈巧云说道。

"护士工作的特点，或是主要特点就是上晚夜班。如果没有人上晚夜班，医院就要关门了。"陈爱娟说道。

"既然做了护士，只能老老实实地上班，老老实实地上晚夜班。"罗玲珏说道。

四个人一边走一边说着，不一会儿就来到位于长江路的第一百货公司。第一百货公司是江滨市最大的商场，各种商品应有尽有。在护校读书的时候，陈爱娟每次进入第一百货，总会从一楼一直看到四楼。今天，她们四个人直奔三楼的服装柜台。

罗玲珏挑了一件白底碎花短袖衬衫，放在胸前比画，对三个姐妹们说道："你们帮我看看，这件衣服怎么样？"

陈爱娟觉得式样和花色都不错，正要开口时，陈巧云抢先说了话："不行。这式样的衣服像是 30 岁的人穿的。"

彭春霞一边用手触摸衣服，一边说："式样嘛，还可以。但感觉布料不怎样。"

"陈爱娟，你看这件衣服怎样？"罗玲珏征求陈爱娟的意见。

"我认为这件衣服还可以。就看你喜欢不喜欢了。"

"我这不是拿不定主意吗？"

"我看这里没有什么好看的衣服，款式老旧。我们去东风路的自由市场怎样？听说那里的衣服很漂亮。"陈巧云建议道。

陈巧云说的东风路自由市场，指的是个体摊贩设摊卖服装一条街。衣服都是从沿海地区贩卖来的新款服装，比如：新潮夹克、牛仔裤、T恤衫，还有女士的各种裙子。从式样上来说，要比国营商场的服装时尚、新潮，光顾的人大多是年轻人。

陈爱娟在护校读书期间，就听说过东风路的自由市场。罗玲珏和彭春霞，本来就想今天去一趟。于是四个人意见一致，离开第一百货公司，向东风路的服装一条街出发。

在东风路服装一条街，罗玲珏买了一件短袖衬衫，大大的尖角领，布料也十分挺括，和罗玲珏高挑的身材很相配。陈爱娟买了一条牛仔裤，裤腿是完整的，不带有破口。陈巧云、罗玲珏和彭春霞都说好看。陈巧云左挑右选，终于找到一件自己满意的牛仔夹克。夹克很短，只到腰部，裤子的皮带都能看见，前面只有两粒纽扣，充其量是个装饰品。穿在身上，立即显示出女性青春活泼和靓丽。陈巧云在试衣服的时候，恨不得能把自己的头扭转180度，看到后面。

"罗玲珏，你帮我看看后面怎样？陈爱娟、彭春霞，也帮我看看。"

"漂亮，十分漂亮。"

"老板，就要这件了。"陈巧云十分喜欢这件牛仔服。再不买，商贩要不耐烦了。

大约在11点，她们离开东风路服装一条街。

"这几天在放映电影《庐山恋》，听科室人说很好看。我们去看看怎样？"罗玲珏想去看电影。

"我们科室的人也说好看，我们去看看。"陈巧云说道。

陈爱娟在普外科听到医生和护士谈论过这部电影，说有多么好看，心中也有看的愿望，于是附和道："反正下午没有事，我们就去看吧。"

四人很快来到光明电影院，下午两点半还有一场。现在是12点20分，于是，她们四个人先去电影院附近的一个饮食店，吃中饭：一碗面条，9分钱。

第 2 章　晚班

电影中的女主角周筠是个二十出头、清纯、漂亮、活泼的姑娘。在影片中，周筠几乎是天天换衣服，一件比一件漂亮，令陈爱娟她们四人羡慕不已。山美、人美，美人美景交织在一起，让人产生无限的向往。当周筠邂逅男主角，产生甜蜜浪漫爱情的时候，深深地吸引了她们四人，并在她们心中掀起阵阵涟漪。

看完电影，在回家的路上，陈巧云突然说道："玲珏，我们的衣服是不是买早了一点儿？"

"你是想说，明年有新的衣服要出来？"罗玲珏猜想陈巧云说话的意思。

"我想明年周筠穿的衣服要流行。"

"你们买的衣服都很合身、漂亮。过了这个村，就没有这个店了。明年，新衣服上市，我们再买。"彭春霞说道。

"一件衣服总要穿几年。穿一年就换新衣服，太浪费了。"陈爱娟发表自己的观点。

"喂，你们觉得男演员怎样，漂亮吗？"陈巧云冷不丁问个简单又让三位同伴难以回答的问题。

"嗯，人很好，长得也……"彭春霞扭捏地说道。

"是啊，人很漂亮……"罗玲珏也不知道怎样说下去。

"男演员长得很漂亮。"陈巧云说道。

"巧云，你是不是喜欢他？"彭春霞反应很快。

"哪里、哪里，我只是随便说说。"陈巧云的脸涨得通红。虽然她们到了恋爱的年龄，但是她们受到的教育是：要把青春投入到火热的四个现代化的建设之中；要努力工作，把之前的损失夺回来。

不一会儿，四个人就回到了医院宿舍。一进入房间，罗玲珏就重重地把自己往床上一扔，陈爱娟和陈巧云穿着新衣服，站在镜子前，左照右照。

"吃晚饭的时间到了。爱娟、巧云，吃完晚饭后，再美。"彭春霞提醒大家该去食堂了。

"谁让你不买衣服，看我们穿新衣服不开心了吧。"陈巧云说完做了个鬼脸。

"罗玲珏，起床。吃过饭，回来接着睡。"彭春霞叫罗玲珏一起吃晚饭。

"玲珏起床。一、二、三，起来。"陈爱娟大吼一声把罗玲珏从床上拉起来。四个人带上饭碗，去医院食堂。

从食堂回来后，陈爱娟和陈巧云又穿上新买的衣服。罗玲珏则躺在床上，发出轻微的鼾声。

10月初，有人提议让陈爱娟独立上晚夜班。为此，护士长征求沈丽琴的意见。

"下个月起，能安排陈爱娟单独上晚夜班吗？"

"这个，好像有点儿早吧。陈爱娟工作才两个月，最好再过一段时间，让她多积累些经验。"

"嗯，我知道了。"以往的新人都是在参加工作半年后，单独上晚夜班。现在病房缺上晚夜班的护士，大家都盼新来的人尽快进入角色。护士长考虑再三，决定自己亲自带陈爱娟1个月。

"护士，29床的盐水输完了。"29床病人家属来到护士站。

"好的，我马上就来。"陈爱娟说完就拿着29床下一瓶液体，快步来到29床旁。

"阿姨，你叫什么名字？"

"小姑娘，昨天我告诉过你。"病人似乎有些不耐烦。

"阿姨的名字，我当然知道。只是我们的制度，要求在换液体前，必须要询问病人的名字。这样做是为了避免把别人的液体给你输上，是为了你的安全。对不起，又要麻烦你把名字说一遍了。"

"知道了。说自己的名字有什么麻烦的。"病人的语气缓和了一些。

"阿姨，这瓶液体里有氯化钾，输氯化钾时，可能会有些痛。"

"不用这瓶盐水，可以吗？"

"阿姨，我们给你输的液体都是必须要用的。你刚做完手术，身体需要氯化钾。如果没有氯化钾的补充，胃肠道就不能恢复，肚子就会胀气，吻合口就长不好，就会出现严重的并发症。所以，有点痛，要忍着点。医生说，明天给你少输一点钾。"

"为什么今天不能少输一些。"

"你明天可以吃饭了，就少输一些钾了。这么多天都过来了，不在乎这一天了。阿姨，加油。"

"你这小姑娘真好，阿姨听你的。"病人似乎对陈爱娟很满意，又说道："小姑娘，你多大岁数了？"

"18岁。"

"这么小就工作了，家在哪里？"

"江南县。"

"就你一个人在江滨市？"

"是的。"

"在医院上班多久了？"

"我今年刚工作。"

"工资是多少？"病人越问越多。

"嗯……"陈爱娟欲言又止，迟疑了一会儿说道："还可以吧。"

"具体多少？"病人仍然追问。

陈爱娟不想和这个病人聊她个人的事，但又拉不下面子。

"爱娟，11床病人叫你。"护士长发现这个病人问得太多了，就把陈爱娟支开。"爱娟，你做得很好，做护士就应该这样。你给病人一个亲切的问候或耐心的解释，能增加病人对你的信任和好感。如果病人问的问题超出工作以外，特别是在我们很忙的时候，我们就要拒绝。就像刚才29 床病人问你一个月收入多少。这种问题就可以拒绝，但态度要好，要有方式方法。对病人既要热情，又要保持一定的距离。"

陈爱娟一边听，一边不住地点头，并把这些话牢记在心上。

"做护士最关键的是人要勤快，要有同情心。"护士长继续说道。

"我觉得病人来医院住院，都挺可怜的。我心里就想怎样帮助他们。"陈爱娟有种与生俱来的对病人的同情和怜悯。但怎样和病人相处、打交道，还需要向前辈们学习，在工作中积累经验。

从 11 月 1 日起，陈爱娟独立上晚夜班了。也就是说，陈爱娟在走上工作岗位后的第 4 个月，就独当一面工作了。时间的确是早了点，但是没有办法，病房缺护士，特别是缺少上晚夜班的护士。和陈爱娟一起参加工作的新护士中，有 9 个人也在 11 月开始上晚夜班了，包括同寝室的陈巧云。

"小陈工作不错，晚夜班上得很好。"沈丽琴说道。

"班有什么上不了的？只要肯吃苦，就行。"李艺花说道。

"多一个人上晚夜班，好多了。我们年龄越来越大了，晚夜班也越来越做不动了。"曾经当选过医院优秀护士的顾雪丽说道。

"最好，明年能再来一个。"李艺花说道。

"一个不够，最好两个。"顾雪丽又加了一句。

"明年不从我们科室抽人就不错了。想得美，还想要两个，做梦吧。"办公护士张桂芳说道。

"哎，张大姐，你反正不上晚夜班。多一个人，少一个人，和你不相关。"

"你这个人怎么这么说话。我上晚夜班，上了 30 年。当年我儿子生病发高烧，我还坚持上晚夜班。那时候，病房只有 8 个护士。刘小萍和许秀华都是在七四、七五年来医院工作的。现在我们有 14 个护士，比之前不知要好多少倍。"

张桂芳说完，没人再说话了，因为大家都是从晚夜班里熬出来的，谁都知道上晚夜班的辛苦。既然从事了护理这个职业，就必须上晚夜班，最简单的道理就是病人的需要。

到了年底，科室人员还真的发生了变动。张桂芳调到门诊服务台，李艺花接替张桂芳做办公护士。从此，李艺花不用再值班，就像行政人员一样，每天8小时工作制，媳妇终于熬成婆了。

江滨市的冬季寒冷而漫长，然而冬天的江滨医院外科病房，却是繁忙的、热闹的。这天陈爱娟上晚班，晚上8点以后，病房只有陈爱娟一个护士。这天病区手术不少，其中有2台手术到下午3点才结束；晚上8点钟，还有两个病人的液体没有输完。

大约在8点30分，来了一个表情痛苦、面色苍白的胃穿孔病人。陈爱娟以最快的速度安排好床位，和病人家属一起，把病人搬到病床上。然后，测量病人的体温、血压和脉搏。

值班的黄医生带着实习医生小刘，也很快来到病人的床边，问病史和做检查。

陈爱娟注意到在黄医生给病人做检查时，病人10岁左右的女儿躲在母亲的身后，眼睛里充满了恐惧。显然，病人的女儿没有见过这种场面，被她父亲的病痛给吓着了。特别是在黄医生告诉她们，需要开刀时，小女孩呜咽地哭起来。陈爱娟心里涌起对这个女孩子的同情，就前去安慰她说："胃穿孔手术很简单。"

"阿姨，我爸爸很快能好吗？"小女孩眼里依然有害怕。

第一次被人称呼为阿姨，陈爱娟很不习惯。以往，小朋友总是叫她姐姐。或许是戴口罩和戴帽子的缘故，别人不容易正确地判断她的年龄。

"小朋友，你要像你妈妈学习，不要害怕。如果你害怕，你爸爸会难过的。做完手术后，你爸爸很快就会好的。"陈爱娟再次安慰小女孩。

"真的吗？"

"当然是真的。你去安慰你爸爸。"

"好的。"小女孩战战兢兢地来到床边，抓住病人的手，说道："爸爸，刚才护士阿姨说了，手术后你很快就能好。"

"谢谢宝贝女儿。"病人的脸上呈现出宽慰的笑容，"你不要为我担心，做完手术就可以回家了。"

"黄医生，你们先去做。有事叫我。"外科二值班李主任对黄医生说道。

"好的，那我们先去手术室了。"黄医生说完，便带实习医生去手术室。

病人进手术室后，陈爱娟就把氧气、胃肠减压、输液架，一一准备好。待病人从手术室回来，马上就能用。

9点钟，上夜班的许秀华来到了科室。

"爱娟，病房怎样？"

"还好。半小时前，来了一个胃穿孔病人，刚刚去了手术室。你今天来得早啊。"

"每次上夜班，差不多就这个时间到科室。我去值班室睡觉，有事叫我。"

"许老师，你去睡吧。"

陈爱娟坐下来，看交班本，然后到治疗室核对今天剩下的液体。

"护士，41床液体输完了。"

"知道了，我马上来。"

就在陈爱娟给41床换液体时，有人大喊："护士快来，快到6床来。"

凭着职业的敏感，陈爱娟判断一定有紧急情况。陈爱娟迅速来到6床旁，只见病人面色惨白，头偏向一侧，任凭家属怎样呼喊，病人一点反应也没有。

"病人死了？"陈爱娟心里一惊，一种不详的预感掠过大脑。"不要怕，不要怕。"陈爱娟暗暗地对自己说着，努力使自己镇定下来。她把右手食指和中指放在病人的颈部，触摸病人的颈动脉。

病人颈动脉搏动正常，说明病人没有死，只是处于昏迷状态。她立即把氧气接上，并向李主任汇报。李主任听说病人出现昏迷，就迅速来到病人的床边。

"病人身体平时怎样？"李主任问病人家属。

"平时身体还可以。有高血压，一直在吃复方降压片。"

"最近几天怎样？"

"最近几天，都很好。只是今天下午，老头说有些头晕，其他没有什么特别的。"

听到病房嘈杂的声音，凭着多年做护士的经验，许秀华判断病房一定有突发情况。她怕陈爱娟一个人来不及应付，就穿上工作服，离开护士值班室，前来帮忙。

"给病人量个血压。小许，把电筒拿来。"李主任指挥抢救。

李主任用手电筒，检查病人的瞳孔。发现两侧的瞳孔大小不一样，有一个瞳孔扩大到边缘，就问陈爱娟："血压是多少？"

"200/140mmHg。"

"嗯。氧气流量可以再大一点，再建立一条静脉通道。家属不要走开，过一会儿，我来找你们。"

虽然出现突发情况，还好有李主任在；虽然忙一点，但不乱。

"小陈，你把这个病危通知单给病人家属。这个会诊单，夹在病历里面，内科医生要来会诊。"

陈爱娟把病危通知单给病人家属后，19床病人的家属来到护士站，说病人有呕吐，让陈爱娟立即过去看看。

"等一会儿。"陈爱娟根本顾不上。

"不行。"病人家属坚决地说道。

"爱娟，我去看19床病人。"许秀华替陈爱娟解围。

"内科吗？"李主任在医生办公室给内科病房打电话，"请问王主任在吗？"

"不在。"对方回答道。

"那，刘主任在吗？"

"也不在。"

"有神经内科医生吗？"

"有。"

"谁啊？"

"李长龙。"

"好的，请他接电话。"听到对方来接电话，李主任说道："我是外科的李主任。"

"李主任好。"

"这么晚打搅你了。"

"没事，李主任，你太客气了。"

"我这里有个病人好像是脑溢血。你过来帮忙看看。"

"好的，我马上过来。"

"秀华，你今晚值班？"内科医生很快就来到外科病房，看到许秀华，就和许秀华打招呼。

"李医生，怎么突然来到外科病房，看谁啊？"

"看谁啊？看你吧。"

"来看我，不会吧。是不是记错了她值夜班的时间啊。"

"不开玩笑了，你们李主任叫我来会诊。"

"来得挺快的，我陪你去看病人。爱娟，你告诉李主任，说内科会诊的医生来了。"

李医生虽然不是主任，但临床操作十分熟练。给病人做腰穿，一针进入蛛网膜下腔。红色的脑脊液，从穿刺针流出，说明有脑出血。

"病人现在是大脑出血，生命非常危险，随时会走人。"李医生和病人家属谈话。

"怎么会这样？！"病人妻子很难接受这突如其来的情况。

"医生不会搞错吧？！"病人儿子也不能接受。

"根据腰穿的颜色，判断是脑出血。由于出血量比较大，所以人很快就昏迷了。"

"下午，我爸爸还挺好的。"

"在发生脑出血前，病人和正常人差不多。脑出血一旦发生就非常凶险，少量出血还能救，大量出血，治疗的效果不好。"

"医生，一定要救救我丈夫。"病人妻子哀求道。

"我们一定会尽最大努力抢救，但是你丈夫的病情很危重。"内科李医生对病人家属说道。

"现在，病情诊断很明确：脑出血、昏迷。病情很重，你们要有准备，后事的准备。家里始终要有一个人在病房里。"李主任再次把病情告知病人家属，特别强调病情危重。

内科会诊医生给脑出血病人开出：止血敏、维生素 K1 和甘露醇。外科病房没有甘露醇，李主任指示陈爱娟向内科借甘露醇。

"爱娟，内科二病区肯定有甘露醇。给她们打电话。"许秀华给陈爱娟出主意。

"好的，我打电话。"陈爱娟立即拿起电话，"喂，内科二病区吗？我是外科一病区，我们这里有个病人突然发生脑溢血，需要用甘露醇。你那里有吗？"

"有。"

"太好了。病人马上需要用，你能送过来吗？"

"不行，我走不开。病房的事一大堆呢。"

"那么，我过来拿。"陈爱娟放下电话，对许秀华说道："许老师，她们没有空送过来，只有我们自己去拿。"

"你赶快去拿。我在这里看着病房。"

陈爱娟离开不久，黄医生手术结束，回到外科病房。看到许秀华在护士站就说道："许秀华，你怎么在这里？"

"我为什么在这里？都是你搞出的这么多的事，病房乱得一团糟。"

"陈爱娟呢？"

"她去内科借甘露醇。"

"借甘露醇？"黄医生表示疑惑。

"6 床病人突发脑出血、昏迷，内科医生说要用甘露醇。"

"叫内科送过来啊。"

"说得轻巧。人家晚上也只有一个护士值班，忙得要命，谁有空给你送啊。平时，都是实习医生去拿。今天，实习医生不是被你带到手术室了吗？"

正在这时，陈爱娟气喘吁吁从内科回来，手里拿着一瓶 250ml 的甘露醇。

"黄医生，你们手术结束了？！太好了。今晚的事太多。得亏许老师给我帮忙。否则，我要哭了。"

"你们许老师就是人好，乐于助人。"

"少废话。你就是个大霉人。你一值班，病房的事就特别多。"

"对不起。"

"怎么对不起？拿出行动来。"

"好的，应该的。"

"今晚，请客。"许秀华说道。

"我让小刘到外面去买馄饨。"

"你不心痛？"

"一碗馄饨，小意思。"

看过病人后，黄医生问陈爱娟："病人家属知道了吗？"

"李主任和内科医生，都给病人家属说过了，说病情很危险，病人随时可能死掉。还给病人家属下了病危通知书。"

"我刚看了病人，估计今晚应该没有问题。"

陈爱娟知道黄医生说的没有问题，指的是不会死亡，顿时轻松了很多。

"小刘，你写术后病程录。我写手术记录。"黄医生吩咐实习医生做事。

"我马上写。"实习医生小刘答道。

"许老师，今天得亏有你帮忙。许老师，谢谢了。"陈爱娟真诚地感谢许秀华。

"谢什么啊，应该的。"

"许老师，你去睡觉吧。我晚一点儿叫你。"

"不用，我明天没有事。回家多睡一会儿就可以了。"

胃穿孔病人从手术室回来了，陈爱娟和许秀华一起把病人安顿好。

"黄医生，胃穿孔病人回来了。"陈爱娟通知黄医生。

"小刘，你过去看看病人。"黄医生吩咐实习医生小刘。

"好，马上就去。"

见实习医生过来帮忙，许秀华回值班室睡觉去了。这时，时间是

10 点 30 分了。

"病人的血压和心率都正常。"实习医生小刘向黄医生汇报。

"好。如果病人有切口疼痛,打杜冷丁 50mg。"黄医生嘱咐小刘用杜冷丁止痛。

喧闹的病房又恢复了平静。实习医生小刘索性搬一个凳子,坐在陈爱娟旁边,写术后病程录。

小刘是医学院 77 级学生。小刘今年已经 30 岁了,领了结婚证,还没有孩子。

"今晚,挺忙的。"小刘试探着和陈爱娟说话。

"是的。主要是 6 床突发脑出血,忙了一阵。"

"上晚夜班很辛苦。"

"医生也辛苦。"

"上晚夜班,家里照顾不到了。"

"我住在医院的集体宿舍里。"

"那你工作时间不长?"

"是的,去年护校毕业,工作不到半年。"

"结婚了吗?"

"什么结婚?!我刚参加工作。"

"你从中学直接考入护校的?"

"是的。我是初中毕业,考上护校的。"

"这么说,你是个小童工。"

"童工?你这个人真会说话。一会儿问我有没有结婚,一会儿又说我是童工。"

"我比你至少大 10 岁。现在,还靠父母养。你小小的年纪,就独立生活,养活自己。"小刘感叹道。

"你马上就要毕业,拿工资了。"

"你护校同学分配怎样?"小刘换个话题。

"我不懂你的意思。"

"我是说:分到什么样的医院。"

"我的同学都在市级医院。"

"我今年就不知道分到哪里了。"小刘的眼睛不经意间，露出一丝迷茫。

"听说你们这批实习医生，有些人下放过。"

"不是有些人下放过，而是所有的人都下放过。"小刘纠正陈爱娟的说法。

"那你是从城里下放到农村的？"

"当然，只有从城里到农村，才叫作下放。"

"我们家也有知识青年。"

"你家在农村？"

"是的，我家在农村。我们村里还有一个房子，是专门给知识青年住的。之后，他们都回城了。"

"我后来参加了高考。万幸，我考上了。你为什么不上高中，考个大学。"

"我家在农村，考上护校，做个护士，我就很满足了。我现在是国家干部，拿工资，吃商品粮。"

"是的。你的初中同学现在正在上大学二年级。"

和陈爱娟年龄相仿的人，还在大学读书。现在，在医院实习的大学生，比陈爱娟年龄大 10 岁左右。医院有些辅助科室，如药剂科、检验科，有中专毕业的，他们的年龄和陈爱娟差不多大。

到了晚上 12 点钟，许秀华准时来接班。

"许老师，你怎么这么早就来接班了。"

"12 点了，再不来就要迟到了？！"

"你睡得晚。我本想 2 点钟叫你起床。"

"我开了闹钟。"

"今晚的事太多了，多亏许老师帮忙。"

"应该的。只要病人没有事就行了。"

"许老师，脑出血病人病情稳定，今晚应该没有问题。"

"你睡觉去吧。"

"许老师，那我睡觉去了。谢谢，许老师。"陈爱娟再次表示感谢。

第 3 章　特 别 护 理

1982 年 8 月最后一个星期二上午 8 时，护士长蔡兆兰在主持江滨医院外科护士早交班。

"我们生活在一个好时代，可以安心专心做我们的护理工作。所以我们要珍惜现在的大好时光，努力工作，为实现四个现代化做贡献。做一个好护士，做一个受病人欢迎的好护士，首先要有好的服务态度，要从心里真正关心病人。你们想想，病人来到医院把自己的生命交给医生、护士，他们是多么地希望得到医生和护士的关爱。我们只要工作主动、多关心一点，病人就会万分感激。我们的老护士长黄雅贞，是我们最好的榜样。只要她在病房，病人心里就踏实。病人有问题不去问医生，而是去问黄老师。做好一个护士不容易，不仅要手勤、眼尖、嘴甜，还要有丰富的医学知识。好了，今天的早交班就到这里，大家干活儿去吧。"

陈爱娟听了护士长的讲话，既感到兴奋又感到有压力。自从她进入护理这个行业的第 1 天起，陈爱娟就立志要做一名好护士，做一名受病人欢迎的好护士。但护士长要求她像前辈黄老师那样，她觉得自己还有很大的距离。陈爱娟决心向黄老师学习，以黄老师为榜样，心中时刻想着病人，努力做好护士工作。

32床病人是个解放前参加工作的老干部，退休前是江滨市工业局局长。因为近半年来，常有饭后胃部不适疼痛，经做胃镜检查发现是胃癌。因为是老干部，医院也特别重视，由郭主任和李主任在9月16日共同为老干部做手术。平时这种手术都是一个主任带两个助手，这次是两个主任同时上台。尽管手术做得很顺利，手术后医院各级领导也非常关心，但是到了术后第6天，出现了并发症：吻合口瘘。

并发症发生后，郭主任每天都去查房，亲自过问病人的治疗。但是病人一天比一天消瘦、精神也一天比一天萎靡，家属十分着急。一天，病人的老婆、儿子和女儿一起来到院长办公室，希望医院想办法救救这位老干部。病人老婆则是一把眼泪、一把鼻涕说老先生为了革命，吃了很多的苦。

院长把病人家属反映的情况，告诉了郭主任。郭主任面色凝重地说道："吻合口瘘是胃切除术后，非常难处理的并发症，愈合要有两三个月的时间。"

"郭主任，有没有其他办法，使这个病人早点好。"

"该用的方法都用上去了。"郭主任似乎有些无奈，"这样，我们请国内最好的专家来会诊。"

"可以呀。最起码，表示我们重视。"

"南京军区总医院在肠瘘治疗方面有丰富的经验，我们可以请他们过来会诊。"

"你告诉医务处，让他们办理会诊这件事。你现在就去医务处找孙处长，就说是我让你去找他的，你现在就去。"

3天后，南京军区总医院外科康主任，来到江滨医院给32床病人会诊。

"康主任平时非常、非常地忙。这次康主任能在百忙中抽空，到我们医院，给我们指导，是对我们最大的支持和帮助。"

"谢谢郭主任的邀请。肠瘘是胃肠手术后的一种严重并发症，目前还不能预测哪个病人，在术后会发生肠瘘。肠瘘的特点是病情重，病程长。我刚刚看过这个病人和病人的资料，你们前期处理得非常好，现在急性炎症基本过去了。下一步，只要我们治疗、护理跟上去，这个病人，治愈的希望是很大的。

肠瘘治疗的核心是引流和营养支持。好像这个病人是老干部，在经济上应该没有问题。要给这个病人用氨基酸、白蛋白和输血浆。在这段时间里，最好成立一个专门的医疗护理团队，要注意局部和全身的护理。"

"谢谢康主任。康主任的讲话指明了我们的治疗方向，增加了我们的信心。我们要按康主任讲的去做。再次谢谢康主任。"

随后，科室成立由郭主任、曹勇超、高学芳、许秀华和陈爱娟组成的医护小组，负责这位特殊病人的治疗和护理。曹勇超是今年新分来的医生。

护士长让陈爱娟进入特别护理小组，陈爱娟既兴奋又紧张。兴奋的是护士长对她的信任，让她做这么重要的工作；紧张的是第一次做特别护理，对象还是个老干部，责任重大。

32床原先是3人房间，经医院领导同意后，撤掉另外两张病床，变成单人房间。护士长在墙角处放置了一张办公桌，并在办公桌上放了一盏小台灯。就这么一个小小的改变，整个房间焕然一新，给人一种温馨的感觉。特别护理小组成立后的第一天，护士长亲自给病人洗头、洗脸、洗脚。陈爱娟配合曹勇超医生，把病人的腹部彻底清洁一遍，清创、换药、包扎，并给病人换上新的病号服。

特别护理小组，每天把病人全身护理得干干净净，几乎没有什么异味。病人家属很是高兴，多次表扬护士。虽然医生和护士工作都很努力，但病人的恢复还是十分缓慢。陈爱娟多次在心里想，怎样才能使这个病人快一点好。

"小陈护士，"病人的妻子和陈爱娟搞熟了，"谢谢你两个多星期的护理。如果没有肠液流出来，就不这么麻烦你了"。

"郭主任说了，肠瘘一旦发生，要两三个月的时间才能好。现在，已经过去一个月了，再坚持两个月就好了。"

"小陈护士，为什么肠瘘要那么长时间才能好？前几天我看到有个胃穿孔，手术后第9天就出院了。能不能用什么方法，使肠瘘好得快一点。"

"胃穿孔只需要修补两三针就行了。肠瘘不能缝合,只能等到瘘口周围组织炎症消退,才能做手术或自行愈合。这个过程要有两三个月的时间。"陈爱娟在跟着郭主任查房时,听郭主任讲过肠瘘治疗,就全部照搬说给病人家属听。

"阿姨,请你出去一会儿,我要给叔叔换药了。"曹勇超推个小推车进来,小推车上摆满了换药需要的各种物品。

陈爱娟和曹勇超戴好口罩和帽子,开始给病人换药。首先拿掉覆盖在创面上的棉垫和纱布,然后移去伤口周围的凡士林纱布,显露出肠瘘的外口。

"又比昨天好一点了。"曹勇超高兴地说道,这个病人每一点进步都凝聚了他的心血。

"已经没有皮肤糜烂了。"陈爱娟说道。

"苍天不负有心人啊。"曹勇超长叹一口气。

换下的敷料整整装满了一个大塑料袋。曹勇超和陈爱娟俩人,给病人擦洗消毒创面,以及周围的皮肤,再盖上新的纱布和棉垫,整个过程足足用了 50 分钟。曹勇超累得一头汗,半天才直起腰。

换药结束后,病人的腹部清清爽爽,病人自己觉得是舒服多了。

"曹医生、陈护士谢谢你们了。"病人感谢两位医务工作人员的辛勤劳动。

"不用谢,如果肠液流出来,随时叫我们。"曹勇超说道。

"只要你能早日康复,我们累一点也没有关系。"陈爱娟说道。

"阿姨,药换好了,你进来吧。叔叔的情况比前天又好了一点。"曹勇超对病人的妻子说道。

曹勇超和陈爱娟一起把脏敷料扔到垃圾桶,把小推车放回治疗室。

"曹医生,我可以问你几个问题吗?"陈爱娟鼓起勇气,腼腆地说道。

"当然可以,说吧。"

"如果有种药物能减少肠液分泌,促进瘘口周围组织生长,病人就能快点好了。"

"陈爱娟，你的想法很好，但我们医院的条件不够。现在有一种叫作深静脉高营养的治疗方法，它不但能提供各种营养物质，促进组织生长，还能减少肠液的分泌。我这里有本《实用外科杂志》，这一期专门讲肠瘘的治疗。这本杂志里有我们那天请来会诊的医生写的一篇文章。"

"太好了。曹医生，这本书放在我这里，我看几天可以吗？"陈爱娟高兴地说道。

"当然可以。这本杂志，我是从医院图书室借来的。你慢慢看吧。"

"好的，我一定要好好地学习。"

"这本杂志的前6篇文章都是讲肠瘘的治疗。每篇文章从不同的角度，讲肠瘘发生、发展和治疗。"

"爱娟，关灯睡觉了。"在寝室，陈巧云提醒陈爱娟睡觉时间到了。

"哟，都10点半了。对不起，马上关灯。"陈爱娟没有想到时间过得这么快。

"爱娟，你这些天，天天在看书。"

"病房有个肠瘘病人住了一个半月了，还没有好。"

"你们护士长怎么让你管这么复杂的病人，应该让有经验的护士去做。"罗玲珏发表自己的观点。

"玲珏，你这就不知道了。这是护士长信任爱娟，才让爱娟做这项重要的工作。爱娟做，护士长放心。"彭春霞说道。

"护理这个病人虽然累一点，但我从中学到了不少知识。比如，我们在护校时就没有学过肠瘘和深静脉高营养。通过对这个病人的护理，我知道了很多新的知识。"

"有些事，是医生做的。我们是护士，只要执行医嘱就行了。"

"巧云，如果我们能给病人指导，能回答病人的提问，病人家属就会增加对我们的信任，认为大医院的护士水平高。"

"水平高又怎样？我们护士更加累了。"罗玲珏不屑一顾地说道。

"是啊，我们更加辛苦了。"陈巧云附和道。

"如果能把这么一个复杂的病人治疗好，该有多好。"陈爱娟不理睬室友的话，坚持自己的理想。

"待病人出院时，人家会说是医生治好病人的病，给医生写感谢信，送锦旗。我床位一个病人住院 29 天，并发了褥疮。我每天给他翻身、擦背，好不容易把背部的褥疮弄好了。但是，这个病人出院时，给医生送了一面锦旗，说医生救了他的命，说医生是什么华佗在世，当代的白求恩。对护士一个'谢'字也没有。"陈巧云愤愤不平地说道。

　　"巧云，不完全是这样，有些病人对护士还是挺好的，挺感激护士的。"陈爱娟试图纠正陈巧云的说法。

　　"睡吧，时间不早了，明天还要上班。"彭春霞催促大家睡觉了。

　　过了几天，医院药剂科专门为这个病人进了一批氨基酸注射液。郭主任指示曹勇超，除了供给氨基酸外，还把给病人的葡萄糖浓度提高。这招果然奏效，从瘘口流出的肠液量，一天天地减少，而且病人的精神也好多了。

　　"曹医生，你轻点。这个是新长出的肉芽组织，很娇嫩的。"在给病人换药时，陈爱娟小心提醒曹勇超。

　　"陈爱娟，你要做个医生一定比我强，能成为一个非常优秀的医生。"

　　"我怎能和你相比！你是个大医生，我是个小护士。"

　　"医生和护士工作的目的都一样，就是尽量让这个病人早日出院。"

　　"可是病人心中只有医生啊！护士嘛，在病人心中，只是做些杂事、琐碎的事的人。"

　　"谁胡说的呀？！医生和护士在疾病治疗的过程中，缺一不可，都重要。医生和护士只是分工不同而已。"

　　"曹医生，自从加大葡萄糖供给和使用氨基酸，病人的肠液流出量比以前少多了。瘘口周围肉芽组织的生长也快些了。"

　　"爱娟，你观察真仔细。"

　　"我每天给他做护理，当然清楚。你嘛，只知道动动嘴，发个命令，指挥我做这做那。"

　　"我只知道动动嘴？我怎么没有意识到？"

　　"我只是说说玩而已。"

"郭主任非常关心这个病人。他看了不少肠瘘治疗方面的文章。"曹勇超说道。

"以前我们给病人用的是普通葡萄糖液体，每天只给病人提供部分能量。现在增加葡萄糖用量，同时给予氨基酸，病人的代谢才能从负平衡转为正平衡，组织合成增加，病人就长肉了。"

"小姑娘厉害，像个大教授。"曹勇超真心佩服陈爱娟。

"这些都是那本杂志说的。"

"这个病人是个老干部，在经济上有保障。我希望这个病人早点好，我就能节省不少时间，多参加手术。最近医院的病人多起来了，手术也增加了不少。"曹勇超很想多做手术。

"曹医生，这个病人情况在逐渐好转，有些事情你可以交给我。如果我处理不了，我会叫你的。"

"爱娟，你真是个好人啊。你可不许说，我只动口不动手。"

"哪里、哪里。我能做，尽量自己做。能为病人做些事，我挺开心的。"

"那我就谢谢你了。"曹勇超从心底里喜欢和感激这个小妹妹。

一天手术结束后，曹勇超来看这个病人，他走到病房的门口，听到病人妻子和陈爱娟的对话。

"小陈护士，我老头比前几天要好多了。"

"是的，阿姨。因为在 10 天前，我们开始给老局长用深静脉高营养。深静脉高营养能加速组织的生长。"

"为什么不早用？"

"以前我们医院没有氨基酸。这是医院为老局长，特地从上海进的药。"

"哦，谢谢啦。"

"用了深静脉高营养后，老局长的情况，就一天比一天好起来了，估计不多久就能出院了。"

曹勇超在门口听了，暗暗为陈爱娟叫好。这些话很多外科医生，都不一定能够说出来。难怪这些天病人家属不问他病情了，原来问陈爱娟了。

"阿姨，我说过老局长一定能好。现在你相信了吧？"

"相信，相信，等老头子病好后，我们全家要好好谢谢你们。"

"不用谢。都是我们应该做的。阿姨，深静脉高营养方法，是郭主任和曹医生想出来的。"

曹勇超推门进来，说道："我没有做什么，最辛苦的是陈爱娟。她为了治疗老局长，看了很多书，动了很多脑筋，想尽了一切的办法。"

"小陈护士不但人好，知识又多，不愧是大医院的护士。我有什么问题，就问小陈。小陈护士总是耐心给我解答。"

"阿姨，你问陈爱娟就对了，她什么问题都知道。"

"什么问题我都知道？阿姨只是看你的工作太忙，不好意思打搅你，故来问我。"

在医护人员精心治疗和护理下，32床病人终于痊愈了。在病人出院的那天，郭主任、曹勇超、护士长还有陈爱娟，亲自把病人送到电梯口。肠瘘救治的成功，凝集了医生和护士，特别是治疗小组医生和护士太多的心血和汗水。病人出院时给科室送来一面锦旗，感谢郭主任和外科全体工作人员。

第 4 章　男同学造访

1983 年，一个春光明媚的星期天上午，罗玲珏 3 个初中男同学，来到江滨医院集体宿舍 317 房间。

"请坐。"罗玲珏安排 3 个男生，紧挨着坐在一侧。陈爱娟、彭春霞、陈巧云和罗玲珏则坐在 3 个男生的对面。

虽然是大学三年级的大小伙了，3 个人依然十分腼腆、拘谨。坐在中间那位戴着眼镜、长得秀气的男生，手更是搓个不停。陈爱娟她们 4 个人，毕竟工作快两年了，和异性相处比 3 个男生要从容大方得多。

"从你们学校到我们这里，要多少时间？"陈巧云首先说话。

"大概一个半小时吧。"

"能自我介绍一下吗？"陈巧云像个大姐姐似的。

"我叫张小强，在东南师范大学历史系。我们在春节的时候就说好了，来看罗玲珏。"坐在中间的小伙子首先介绍自己。

"我叫刘益民，在理工大学机械系。"

"我叫黄友平，也在理工大学，是自动化专业。"

"我们四个人是护校同学。现在，都在医院上班。"罗玲珏说道。

"我叫陈爱娟，在外科。"

"我叫陈巧云，在骨科。"

"我叫彭春霞，在手术室。"

"手术室是不是开刀的地方？好可怕的。"一听到手术室，黄友平兴奋起来。

"手术室是开刀的地方。但开刀好像没有什么可怕的。"彭春霞说道。

"是不是拿刀把人的肚子剖开，血从肚子里哗啦哗啦流出来？"刘益民脸上做出害怕的表情。

"那是外面瞎传的。"陈巧云笑着说道。

"做手术时，先要结扎血管，然后再切除。故手术出血并不多。"彭春霞解释道。

"反正，我是不敢做手术。"黄友平说道。

"骨科尽是断胳膊、断腿的。在骨科，我们通过人工复位或者手术复位，把断开的骨头重新连接好。"陈巧云介绍骨科。

"外科病房收治的是需要做手术的病人。手术只是外科治疗的一个部分，或者是重要的一个部分。一个病人从住院到出院，需要十几天时间，但病人在手术室只有两三个小时。大量的治疗工作是在病房完成的。"陈爱娟介绍外科工作的特点。

"住在内科病房的病人，都是需要药物治疗的，比如：肺炎、高血压、糖尿病等。"罗玲珏说道。

"你们能否把你们学的专业给我们说说？"陈巧云想知道外面的世界。

"我是学机械的。机械专业，顾名思义就是机械。"刘益民笨拙地解释道。

"是不是画图纸、做设计？"陈巧云问道。

"是的。我们毕业后基本上是在工厂或研究所工作。"

"自动化就是机器按人的指令去做。"黄友平紧张地介绍自己的专业。

"好像现代化的主要标志就是自动化。如果能实现自动化，那就太好了，我们就省力了。"陈爱娟说道。

"是的。自动化给我们描写了一幅美丽的图画，但还有很长的路要走。这个学科，才刚刚兴起，有好多东西还没有解决。"黄友平慢慢地放松了。

"张小强，你好像是学历史的吧？"罗玲珏怕冷落了学历史的张小强。

"是的。在大学里学历史，只是比中学学的内容更多一些，更深入一些。"张小强进一步说明道，"比方说：在中学，我只学个大概。在大学学历史，要知道事情的来龙去脉，人物思想状况等。"

"你们毕业是做老师吗？"彭春霞问道。

"大部分人做老师。"

"怎么不是全部做老师？"陈爱娟好奇地问道。

"前年和去年毕业的个别学长，去了文化馆、政府机关等单位。"

"哦，是这样。"

"你们平时学习紧张吗？"彭春霞问道。

"还好。"张小强说道，"下午基本没有课，自己去图书馆看书。听说医学院的课很多，书也很厚。"

"医学院书厚、课多。进入医学院校，把人都变成书呆子了。"陈巧云说道。

"你们在初中时，来往吗？"陈爱娟问道。

"来往？不来往。在中学，男生和女生不说话。"罗玲珏立即说道。

"我在农村上初中的，男女同学就更不说话了。"陈爱娟说道。

"我们那时都一样，一心学习。下课时，女同学和女同学一起，男同学和男同学在一起。"彭春霞说道。

"我是今年春节参加同学聚会，才知道他们3个人在江滨市上大学。"

后来，他们还聊了学校的逸闻趣事，诅咒了该死的学校食堂。不知不觉就到了吃中饭的时间，3个人要离开。

"这怎么行！现在已经是11点20分了。就在我们医院食堂吃个便饭吧，顺便看看我们医院食堂怎么样。"陈巧云建议。

"就在我们这里吃个中饭。爱娟、巧云、春霞，我们一起去。"罗玲珏说道。

陈爱娟本来不想去，但想到罗玲珏一个人不好意思陪3个小伙子吃饭，就答应了。他们一行 7 人，在食堂吸引了很多人的眼光。吃完中饭后，3 个小伙子离开了医院，陈爱娟 4 人回到了寝室。

"师范学院那个小伙子长得挺漂亮，人也挺老实的。"彭春霞说道。

"3 个人的长相都是中等吧。"罗玲珏说道。

"爱娟，你们有同学聚会吗？"陈巧云说道。

"没有。"陈爱娟回答道。

"我们班有 50 人，那天参加聚会的大约 20 个人。我是被同学硬拉过去的。聚会时，我才知道他们 3 人在江滨市上大学。没有想到，这 3 位老兄，竟然找到了这里。"罗玲珏摇头说道。

"那个叫刘益民的，不是说他们班上只有两个女生，而且女生的眼睛向天花板上看。他们今天回去，一定会向他们的男同学炫耀一番。说到我们这里，还吃了一顿中饭。"彭春霞说道。

"古话说：物以稀为贵。大学女生少，工科女生就更少。所以在工科上大学的男生，很难有机会和女生说上话。到我们这里，我们这么热情接待他们，他们肯定会受宠若惊的。"罗玲珏说道。

"医院是女人扎堆的地方，若是在大学，我们身边一定会有一大帮人围着我们转。"陈巧云说道，"玲珏，哪天我们到他们的学校或寝室去一次。"

"他们要来，那是没有办法。我们就没有必要去他们的学校了。"罗玲珏说道。

"虽然他们是大学生了，给人感觉像个孩子。"陈爱娟说道。

"他们确实比较天真，都是在校的学生。将来毕业，还不知道分配哪里。"罗玲珏说道。

"医院里要是有和我们年龄差不多大的医生就好了，大一点没有结婚也可以。"陈爱娟说道。

"爱娟，你是不是想在医院里找个男朋友？"陈巧云反应极快。

"哪里，哪里。我只是顺着你们的话往下说。"陈爱娟矢口否认。

"我们都是 20 岁的人了，想谈恋爱完全正常。"陈巧云说道。

是的，20 岁的人自然会有对异性的向往和对爱情的渴望，这是人最基本的生理和心理欲望。如果没有，则不正常。

12 月初的一天早晨，护理部钱主任突然来到外科一病区，参加护士的早交班。

　　"外科病人多、手术多、护理任务重，大家辛苦了。护理工作在疾病的治疗过程中，起着非常重要的作用。在医院，很多的治疗措施是我们护士执行的，很多的病情变化也是我们护士首先发现的。为了更好地提高护理质量，适应时代发展，护理部设立外科总护士长、内科总护士长以及综合科总护士长。

　　蔡兆兰同志自从 1956 年参加工作以来，一直在临床一线工作。工作认真、勤奋努力，多次被评为先进护士和优秀护士长。在蔡兆兰护士长的领导下，外科一病区连续 5 年，无差错、无事故，多次受到病人和医院的表扬。所以医院决定任命蔡兆兰为外科总护士长。祝贺蔡兆兰担任外科总护士长。"

　　大家拼命鼓掌，祝贺蔡兆兰担任外科总护士长。

　　"我们请蔡兆兰总护士长讲话。"

　　"首先，首先……"平时一向从容的蔡兆兰突然有些紧张，"首先，我万分感谢钱主任，提拔我做外科总护士长。我们科室发展到今天，取得这样的成绩，都是钱主任关心和支持的结果。同时我也十分感谢各位，这么多年来对我工作的支持。我们平时相处得非常好，现在要离开大家，我真舍不得。"说到这里，蔡兆兰有些动容，眼睛充满了泪水。

　　看到蔡兆兰动了感情，钱主任说道："蔡兆兰对外科有深厚的感情。我希望大家能在蔡兆兰离开后，继续做好护理的工作，大家行吗？"

　　"行。"

　　"好！下面，我还要宣布一个决定，就是任命高学芳同志为外科一病区护士长，接替蔡兆兰同志的工作。"

　　又是一阵掌声。

　　"谢谢大家，谢谢大家。"高学芳向前跨一步，深深鞠一躬。

　　"高学芳给大家说几句。"

　　"钱主任，我不知道怎样说。"

　　"有什么话，就说什么，随便说说。"钱主任鼓励高学芳。

"感谢护理部，感谢钱主任。我一定要以蔡护士长为榜样，做好护士长工作，不辜负领导对我的期望。"

"好。"钱主任，满意地点点头，继续说道："蔡兆兰，你再说两句。"

"从今天起，高学芳就要走上护士长岗位了。我衷心地希望高学芳，在工作中要团结老护士，带领好年轻人。同时，我也希望全体护士，就像支持我的工作一样，支持高学芳的工作。"

1984 年 7 月中旬，79 级医学生到医院实习，有一个叫夏建林的实习医生很喜欢罗玲珏，有事没事，就找罗玲珏说几句话。罗玲珏也客气待他，双方礼尚往来，慢慢地罗玲珏对夏建林有了好感。9 月，夏建林和另一个实习医生邀请罗玲珏和科室另外一个护士，到电影院看了一场电影。10 月的一天，罗玲珏上晚班，小伙子在护士办公室一直陪到晚上 12 点钟。以前，罗玲珏上晚班时，总是希望时间快快地过去。这天她则希望时间过得慢一点，或晚班的时间更长一点。

爱情就这样来到罗玲珏的心中，就在罗玲珏刚刚尝到爱的甜蜜时，夏建林在内科实习结束了，去了外二科实习。

刚离开内科时，夏建林还经常到罗玲珏这里报到。罗玲珏上晚班时，夏建林也能来陪她聊天。一个月后，次数明显减少，罗玲珏凭着女性的敏感，意识到夏建林对她的热情下降了。特别是有一次，夏建林对她说，外二科有个护士多么漂亮、多么可爱，罗玲珏听了心里很不是滋味。

一天晚上，罗玲珏悄悄来到外二科病房，发现夏建林和上晚班的护士聊得热火朝天。妒忌之火腾地就从心中升起，但理智让罗玲珏冷静下来，她悄悄地离开了外科二病区。

在医学院读书的 4 年中，班上虽然有女同学，但男同学鲜有机会和女同学讲话、交往。来到医院后，护士对他们热情大方、平等相待，积压多年的青春热情就像火山一样爆发出来。只要他们有空就和护士打成一片，黏在护士的身旁。即使不是谈恋爱，和年轻的异性的聊天，心灵也得到极大的快乐。

在夏建林把罗玲珏的爱情撩起来后，夏建林的感情转移到别的异性。好在，罗玲珏对他的感情只是刚刚开始，故罗玲珏很快就调整好自己的情绪，重新回到正常的生活轨道。

1985 年 2 月最后一天，彭春霞在寝室，突然宣布她和实习医生在谈恋爱，而且正式确定了恋爱关系。21 岁的姑娘谈恋爱，完全正常，但保密工作做得如此之好，完全出乎人意料之外。

"春霞，你什么时候谈恋爱的？我们一点儿都不知道。"陈爱娟好奇地问道。

"这个，谈恋爱嘛，谁还会大张旗鼓宣布啊。我们相处了 4 个月，才定下来。"彭春霞回答道。

"爱娟，我和实习医生讲几句话，你们就说我在谈恋爱。你现在看到了吧，谁是在真正地谈恋爱。不过，这完全正常。"罗玲珏说道。

"春霞，他是江滨市人吗？"陈巧云问道。

"不是。"

"那毕业以后……"罗玲珏小心说道。

"他学习成绩好，毕业后，留校的希望很大。"

"那你是怎样谈恋爱的？在医院谈恋爱，居然一个人都不知道。"罗玲珏说道。

"起初，他追求我时，我担心谈不成，就特别小心。他也和我一样，也是小心谨慎的。"

"平时，实习医生围着我们转，那只是玩玩。像彭春霞这样，才是真正的谈恋爱。"陈巧云说道。

"春霞，你是怎样下定决心和他建立恋爱关系的？"陈爱娟问道。

"首先，我看他是真心喜欢我；第二，他有上进心。"

"对，就是要找这种人。"罗玲珏说道。

"他把我们的事，给他父母说了。"

"他父母怎样？"

"他家在农村，他父母完全听他的。"

"那你父母知道了吗？"

"知道了。我爸妈除了对他毕业分配有些担心，其他都满意。最多是他分配到哪里，我调到哪里。我爸妈看我有这样的决心和心理准备，就没有说什么了。何况他毕业后，很有可能留校呢。"

在她们4人刚参加工作时，都希望在医院里找一个年轻的男医生，就像她们的前辈，护士长那样。然而由于历史的原因，当她们从护校毕业时，比她们大10岁左右的医学生，还没有毕业，还在学校读书。最理想的结果没有，只能像彭春霞这样追求有可能留在江滨市的医学生，或为了爱情，自己做出一些牺牲，和男朋友一起去外地工作。其实，也没有什么，她们本来就从外地来到江滨市工作的。她们4个人，都到了谈婚论嫁的年龄了，心里充满对爱情的渴望。

"明天，光明电影院放映日本电影《生死恋》，据说非常好看。"陈巧云说道。

"《生死恋》听着这个名字就想去看。"彭春霞说道。

"谈恋爱的人和没有谈恋爱的人，就是不一样。"陈巧云调皮地说道。

"以后，彭春霞和我们一起看电影的机会，越来越少了。"陈爱娟有些感伤。

"可能就没有了。"罗玲珏说道。

"玲珏，别瞎说。我们4个姐妹永远不分开。"彭春霞说道。

"春霞，这可是你说的哦。爱娟和巧云可都听得清清楚楚。"

"是的，我们听得清清楚楚。"陈爱娟和陈巧云爆发出一阵愉快的笑声。

第二天，在医院食堂吃过晚饭后，江滨医院的4朵金花，一同去光明电影院，看日本电影《生死恋》。

电影女主角，夏子，生长在东京一个富裕的人家，温柔漂亮，爱上了从农村来，做渔业研究的大宫。大宫是个质朴和有事业心的青年，夏子虽然参加工作了，依然十分单纯。夏子不顾两个人家庭的差异，真诚地爱着大宫。观众被电影中的人物、故事情节深深地吸引，电影院只有演员的讲话声。

"爱情是怎样来临的，是像灿烂的阳光，还是像缤纷的花瓣，还是我祈祷上天的结果。"爱情让夏子内心充满了喜悦。

"爱情就像暴风雨一样，让你和我都无法抗拒。"大宫也无限深情地说道。

"我变了，由于你的缘故，我变了。一个骄傲的小姑娘变得温顺了。我不敢破坏现在的幸福，不敢得罪上天，屏住呼吸，静静地等待你的归来。"

陈爱娟她们4个人，全神贯注地听每一句台词，生怕漏掉任何一个字。她们的心被融化了，眼睛湿润了。

"《生死恋》真好看，真想看第二遍。"电影结束后，陈爱娟她们4人议论电影。

"看一遍够了。"

"这部电影好看，是因为夏子真诚地爱着大宫，是真正的爱情。没有掺杂任何世俗的东西。"陈巧云说道。

"夏子敢爱敢做，没有一点虚假，是纯粹的爱情。但我们不能完全像电影这样。"陈爱娟说道。

"为什么？关键是你有没有遇到你喜欢的人。爱娟，你如果有喜欢的，告诉我，我替你参谋参谋。"彭春霞冲着陈爱娟做一个鬼脸。

"去、去。话说回来，谈恋爱是人生大事，一定要慎重。"

"爱娟有点像学校的班主任一样。我要是遇上喜欢的，我就大胆追求。"陈巧云说道。

"我们是不是像中国的夏子？"罗玲珏突然冒出一句话。

"此话怎讲？"罗玲珏的话引起了3个人的兴趣。

"夏子的特点就是年轻漂亮、温柔纯洁。我们4个人心地善良，不染世间的灰尘，就像白衣天使一般。"

"玲珏说得好对。我们就是白衣天使。只是我们天天待在医院里，社交面太窄。"陈巧云说道。

"谈恋爱嘛，讲不清，是一个人的命吧。两个人对上眼，就向前发展，确定恋爱关系，好像也很简单。"彭春霞说自己的体会。

爱情是人类最美好的一种情感。当人成长到一定的年龄，我们称之为发育的年龄，在体内激素的作用下，就会对异性产生向往，继而产生情欲和性欲。爱情是人性中最本质、最真诚的部分。

两个月后，等到她们第 3 次看电影的时候，她们 4 个人中真的缺了 1 个人。那天彭春霞外婆过世，她回老家了。

"前两次，我们看电影，都是 4 个人一起去的。这次是 3 个人。以后，3 个人一起看电影都难了。"罗玲珏伤感地说道。

"今天是特殊情况。本来，春霞准备和我们一起去看电影的，只是家中有特殊情况，临时回家了。"陈爱娟说道。

"虽然这次是特殊情况，但春霞以后参加我们集体活动也会越来越少了。如果春霞不去和她男朋友约会，和我们在一起，我们也不忍心啊。"陈巧云说道。

"是啊。"罗玲珏说道。

"不知你们想过没有，春霞结婚后，医院会不会，再安排个人进来。"陈巧云说道。

"不会吧。"罗玲珏说道，"医院新房子好像已经建好了。让新来的人住到新房子里。"

"这种操心纯属多余。春霞的男朋友现在还是个学生，结婚还早得很。另外，过几年后，你们早就结婚成家了。"陈爱娟说道。

"不管有几个人，如有好看的电影，还是要去看的。"

"其实，我是很爱看电影的，只是在农村没有机会。小时候，父母能把我送到学校读书，就很不容易了。这次春节回家，我小学同学中，有 3 个人已经结婚，其中一人已经做妈妈了。"

"做妈妈了，那么早？"陈巧云惊讶道。

"怎么那么早？！人家到了法定的结婚年龄。上次回家，我爸妈老是问我有没有对象。弄得我现在有些怕回家了。"

"是啊，现在工作了，父母关心的就是恋爱结婚。"

第 5 章　偶像黄老师

7 月，时值盛夏，万物在炎热的太阳炙烤下，显得懒洋洋，一副无精打采、萎靡不振的样子。

顾志平大学毕业，分配到恒丰县。对于自己没能留在江滨市，顾志平觉得对不起彭春霞。因为，他曾对彭春霞说过，他毕业后基本上能留校。或许彭春霞是因为他能留校，才和他谈恋爱的。近大半年来，他和彭春霞真诚地相爱，他每次和彭春霞在一起，就开心、就高兴，彭春霞已经成为他生命的一部分。

虽然彭春霞对他说过，她可以随他一起走，但顾志平认为他不能让彭春霞因为他而离开江滨市。离开江滨市，彭春霞的同学、同事，会怎样说，还有她的父母。经过一番冥思苦想、思想斗争后，顾志平想到一个解决问题的办法。

第二天下午下班时，彭春霞穿着一件纯白的短袖衬衫，衬衫扎在过膝的浅蓝色的裙子里。勾勒出青年女性完美的身材：宽阔的肩膀，隆起的胸部，纤细的腰身。顾志平早已在手术室门口等她了。

"真漂亮。"顾志平情不自禁地赞美道。

"小声点，别让人听到。"

"没事。你本来就漂亮。"

"现在，食堂已经供应晚饭了。我们先去吃晚饭。"

"好的。先去吃晚饭。"

来食堂吃饭的人很多，彭春霞和顾志平根本就找不到一个独处的地方。所以，彭春霞对顾志平说："我们吃快点，到我房间去。"

"不去你寝室。大夏天的，衣服穿得比较少，不方便。"

"这样，我们去小花园。"

"好的。"

俩人吃完饭后，就去了医院的小花园，也称为小公园。

彭春霞和顾志平到小花园的时候，天色仍然是大亮，小花园里没有什么人。

"春霞，实在对不起。没有能留校。"

"按你的学习成绩，完全可以留校，只是被别人开后门挤了，这不怪你。"

"春霞，你真好。"顾志平对彭春霞通情达理十分感动，"你这么好，但我一想到要离开你，就十分难过。我爱你，我分分秒秒都想和你在一起。"

"志平，我也十分爱你。我既然选择了你，我就会爱你到底。既然存在毕业分配，我就做好了你去外地的准备。从你家到这里没有多远，有汽车、有火车，我们可以一个月，见一次面。平时，还可以写信。"

"宝贝，你能这么说，实在是太好了。任何艰难险阻，都阻挡不了我们的爱情。"

"春节回家时，我把我们俩的关系告诉了我爸妈。我爸问我，万一你分到外地，我怎么办？我说大不了，我随你一起走。"

彭春霞这番话，差点让顾志平激动晕倒。他动情地拉着彭春霞的手说道："你这么说，太让我感动了。春霞，我一定会好好地爱你，全身心地爱你。"

"只要你待我好就行了。"

"春霞，我今天来，主要是告诉你我的一个想法，我昨天刚想出来的。"

"什么想法？"

"是这样的。我要和你在一起，但决不能让你受到委屈。"

"嗯。"彭春霞等待顾志平的下文。

"我准备考研究生。通过考研究生这条路，重新回到江滨市。"

"好。是个好主意。"

顾志平说出自己的计划，而且得到彭春霞的认同，心里舒坦多了。

天色渐渐暗淡下来，草丛中的昆虫，发出鸣叫声，远处的江面不时送来凉爽的晚风。不一会儿，月亮来到天空，把银色柔和的光，倾泻到大地上。顾志平和彭春霞俩人手牵着手，默默无语地走在花园的小径上，心中充满着无限的柔情。

当他们来到一棵大槐树下的时候，俩人停下。顾志平把双手放在彭春霞的肩上，无限深情地说道："你真美。"

"一般。"

"就是漂亮嘛。"顾志平像个孩子似的说道。

"你喜欢我吗？"

"当然。"

"为什么？"

"就是喜欢。"

"一辈子喜欢我吗？"

"当然，一辈子。"顾志平把彭春霞搂在自己的怀中，充满柔情说道，"宝贝，我爱你，爱你一辈子。"

"我也爱你。"彭春霞仰起头，深情地看着顾志平，两眼对视，爱情的热火，瞬间被点燃。顾志平双手捧起彭春霞的脸，眼睛里噙满了幸福的泪水，本来清晰美丽的脸庞，变得模糊。顾志平大脑一片空白，热烈地吻起来。不自觉地，顾志平的手移到彭春霞的胸部，触到彭春霞丰满的乳房。彭春霞呼吸开始急促、心跳加速，把顾志平抱得更加紧。

顾志平触摸的幅度一点点地加大。彭春霞抓住顾志平触摸她乳房的手，顾志平不知道是让他的手离开，还是要加大用力。慌乱中，顾志平的手从彭春霞的胸部滑到腹部，再往下。彭春霞小声急促地对顾志平说道："不要，不要。这里不行。"

顾志平脸羞得通红，手离开了彭春霞的下腹部，用力抱住彭春霞，动情地说："亲爱的，我爱你。我永远爱你。"

彭春霞把头用力往顾志平怀里钻，沉浸在无比的幸福之中。

远处传来人的话语声，顾志平看看手表，对彭春霞说道："我该回学校了，现在赶最后一班公共汽车，还来得及。"

"志平，我的心永远在你这里。"彭春霞用手轻轻地戳了一下顾志平的胸部。

刘小虎是江滨市纺织厂的一名技术员，后来凭着关系，从车间调到办公室上班。刘小虎父母就托周玉萍，刘小虎的表姑，给刘小虎在医院介绍个对象。周玉萍就安排陈爱娟和刘小虎见个面，做了一次红娘。

1984年9月第2个星期天上午9时30分，陈爱娟准时来到公园。周玉萍和刘小虎已经在那里等她。

"爱娟，这是我的外甥，刘小虎。"

"你好。"刘小虎大方地伸出手，同时把陈爱娟从头到脚打量一番。

"你好。"陈爱娟礼貌地和对方握手。

"爱娟、小虎，我家里有事，先走了。你们慢慢聊。"周玉萍借故要离开。

"周姐，你非要回去吗？"陈爱娟希望周玉萍能陪她一会儿。

"爱娟，你们慢慢聊。"周玉萍热情鼓励陈爱娟。

按理说，陈爱娟已经工作3年多了，平时也接触不少男性。可是今天，在周玉萍走后，陈爱娟突然有些紧张。

"我叫刘小虎。听我表姑说，你叫陈爱娟？"刘小虎又打量陈爱娟一番。

"是的。"陈爱娟回答道。

"我在纺织厂工作。最近，刚从车间调到办公室。"说到办公室，刘小虎特别地得意。

"为什么要调到办公室？"

"车间太辛苦，要三班倒。"

"在办公室有意思吗？"陈爱娟心想，工厂车间就像医院病房一样。没有车间，就不能称之为工厂。

"谁都想到办公室上班，但不是想离开车间就能离开的。没有人，根本就出不来，只能老老实实待在车间干活儿。"刘小虎说毕，又有些得意，并从口袋里掏出一包烟，开始抽起烟来了。

"听说，纺织厂的女工很多。"

"是的。车间工人以女的为主。上班和医院一样，还要三班倒。"说罢，刘小虎又补充道，"女的多，可以随便挑。"

"可以挑什么？"

"可以挑女的啊。我说是可以随便在里面挑一个谈恋爱。"刘小虎吐了一个烟圈。

"你和她们谈过？"陈爱娟问道。

"谈过。当然谈过。"

"后来都分手了？"

"当然分手了。不然我表姑怎么会安排我们俩见面。"

"你离开车间，可惜吗？"

"可惜？可惜什么？"刘小虎一脸的不解。

"不能做你的事业。比如，把纺织品的质量提高。"

"做什么事业？我只要拿到工资、奖金就行了。车间里机器声吵死人，能把耳朵搞聋。我对搞什么创新没有兴趣，我也不会。"

陈爱娟不知道怎样把话往下说，眼睛看着地面的石子，没有说话。

"其实，在医院当个医生也挺好的。上班有护士陪着。"

"上班时，大家都很忙的。"

"你长得挺漂亮的，就没有哪个医生追求过你？"

"我参加工作时间不长，要学的知识太多。我把时间，都放在工作上了。"

"可以谈恋爱了。两个月前，我谈了一个女朋友，年龄只有 19 岁，人也很漂亮，只是胖了点。"

刘小虎这么一说，让陈爱娟更加无语。就在陈爱娟在想怎么离开的时候，刘小虎要牵陈爱娟的手。吓得陈爱娟连忙把手缩回去，连声说："不，不。"

"牵手有什么啊。我们不是在谈恋爱吗？"

"我们只是见个面。"

"我是喜欢你的。"刘小虎一副无所谓的样子。

"我还有事，我得离开了。"

"那下次，我们什么时候再见面。"刘小虎有些失望。

"下次？下次再说吧。"

陈爱娟闷闷不乐地回到寝室，心想第一次见面，怎么就遇到这样一个人。陈爱娟并不要求男的有多漂亮，多有钱。但两个人要有共同的语言，要有积极向上的生活态度，要有事业心。她心里多少对周玉萍有些不满，怎么给她介绍这样一个小混混。

11点40分，罗玲珏回到寝室拿饭碗，准备去食堂吃中午饭。这时，昨天上夜班，一大早回到房间睡觉的彭春霞醒了。

"爱娟，你什么时候回来的？"彭春霞睁开惺忪的眼问道。

"没有几分钟。"

"爱娟，今天怎样？"罗玲珏问道。

"不怎样。"

"那人长得怎样？"

"不知道。"陈爱娟回答道。

"爱娟，哪有你这样谈恋爱的。连对方长得怎样都不知道。"

"不是谈恋爱，只是见一面。"陈爱娟怨气未消。开始时，陈爱娟是因为害羞，没有看对方长得怎样。后来，和对方说几句话后，对对方一点兴趣都没有了。

见陈爱娟这么说，彭春霞和罗玲珏心里立即明白了。于是，罗玲珏说道："和外面人见面，一开始，不要太认真，抱着试试看的态度。如果发现不合适，就立即撤退。"

"罗玲珏说得对。"

"但我认为，既然去见面，就是奔着谈恋爱去的。如果，还没有见面，就准备分手，好像不好。"陈爱娟太老实。

"爱娟，现在的社会太复杂，有些人根本不把谈恋爱，当成一回事。如果我们太认真，遇上一个轻浮的，或是个流氓，那我们就倒霉了。"罗玲珏说道。

"说的也是。我今天生气，是生我科室周玉萍的气。她怎能把一个小混混介绍给我。"

"爱娟，这件事，过去就算了。"彭春霞劝陈爱娟。

"爱娟，周玉萍给你介绍的是怎样一个人？"罗玲珏问道。

"在纺织厂上班。没有上进心，没有理想。给我感觉就是一个小混混。"

"这样的人，怎能配上我们的爱娟。爱娟多优秀啊。"彭春霞说道。

"我们都是优秀中学生考上护校的。我们虽然不要找什么白马王子，但也不能太差，起码要有共同语言。"罗玲珏说道。

"是的，我也这么想。"陈爱娟说道。

"爱娟，有的江滨市人，自认为高别人一等。认为我们在江滨市工作，占了他们多大的便宜。我科室的护士长，给我介绍个人，条件太差，没有见面就回绝了。"罗玲珏说道。

"玲珏，你做得对。"

1985 年的第 3 天，老天下了一场大雪，把江滨市变成银白色。雪把光线反射到室内，整个病房特别亮堂。上午上班不久，蔡兆兰总护士长亲自护送一位老年女性病人，住到外一病区。

不一会儿，郭主任也来看病人，询问病人的病情。护士长高学芳，特地拉上许秀华、陈爱娟，一起围在病人的床旁。

"我这个胆囊炎，是老毛病了。"病人说道。

"昨晚发病的时候，有呕吐吗？"郭主任问道。

"吐了一次，但一直有恶心，不想吃东西。"

"有发热吗？"

"没有。"

给病人做过检查后，郭主任对病人说道：

"黄老师，你的问题不大，用抗生素治疗几天就能好。"

"要麻烦大家了。真是过意不去。"

"黄老师，这里就是你的家，你安心治疗就行了。"蔡兆兰说道。

"谢谢郭主任，谢谢大家。"

"护士长，你安排一个人专门照顾黄老师。"郭主任对高学芳说道。

"好的，我马上安排。"于是，高学芳安排陈爱娟负责黄老师的护理工作。

"黄老师，过会儿我要给你打针了。你要不要先上趟卫生间？"

"不要了。你想得很周到。"病人满意地看着陈爱娟。

"黄老师，我给你打针了。"病人的血管条件不错，陈爱娟一针见血。陈爱娟把液体输注速度调满意后，对这位特殊患者说道："黄老师，我把治疗盘送到护士站，马上就回来。"

"你去吧，不急。"病人用慈爱的眼光看着陈爱娟。

"陈爱娟，针打得怎样？"高学芳护士长问陈爱娟。

"很好打。"

"在新中国成立前，黄老师就做过护校校长和医院护士长。护理部钱主任和蔡护士长，都是黄老师的学生。黄老师不但人好、技术好，而且医学知识也非常丰富。我们很多医生都不如黄老师。"高学芳给陈爱娟介绍黄老师。

"好像，总护士长说过她，让我向她学习。"

"黄老师非常的优秀，人也特别好，从来不发脾气，是我们的学习榜样。"

"我一定要好好地向她学习。"听高学芳这么一说，陈爱娟对黄老师产生了敬畏和好奇。她想知道黄老师到底是什么样一个人。为什么有这么高的威望。

可能是昨晚没有睡好的缘故，黄老师有些疲倦，合上了眼睛。陈爱娟轻手轻脚地走到黄老师的床旁，小心地坐下来。液体缓慢地、无声地通过输液管道，流向黄老师的血管。陈爱娟出神地看着输液管，心里在想黄老师是哪里人，哪一年从护校毕业的，她的家人……

黄老师半白的头发，梳理得整整齐齐，一丝不乱。虽然，眼角以及眼睛下方，有不少淡淡的鱼尾纹，但黄老师脸部皮肤非常白净、细腻。弯弯细长的眉毛依然是黑色。鼻梁纤细挺直。整个脸十分精致、宁静和安详。

突然黄老师动了动，陈爱娟立即轻声地问道："有什么事吗？"

"没有事。我只是太困了，刚才睡着了一会儿。谢谢你帮我看输液。"

"黄老师，您放心地睡吧。我会在旁边一直照看您。"

"谢谢你。"黄老师闭上了眼睛。

"输液很通畅，已完成一半了。"陈爱娟向前来探望黄老师的钱主任汇报。

"钱主任，要不要叫醒黄老师。让她知道您来看她。"高学芳贴着钱主任的耳朵，小声地说道。

"不要。黄老师睡了，不要打扰她。"说罢，钱主任轻声地走出病房。在走廊，钱主任对高学芳说道："这些天，我们一定要做好护理工作。要让黄老师看到，我们所做的一切，都是按她的要求做的。"

"知道了。"

"最好，要有专人护理。挑一个工作认真、责任心强的护士，负责黄老师的护理。"

"已经安排好了。就是刚才那个在病房里的护士，专门负责黄老师的护理。她工作认真，又爱动脑筋，是个优秀护士。"

"好的。高学芳，黄老师就交给你了。我有空就过来。这几天，要把整个病区卫生清洁工作做好。"

"知道了，钱主任。"

约在下午3点钟，黄老师的液体全部输完了。原先惨白的脸上出现了一些红润，眼睛里也有了光彩。黄老师恢复了精神，开始了和陈爱娟的聊天。

"我现在好多了。谢谢你照顾我。"

"黄老师，不用谢。这些都是我应该做的。钱主任、总护士长，她们都来看过您。她们对您很关心。"

"她们工作都很忙。真是麻烦她们了。我能知道你的名字吗？"

"我能知道你的名字吗？"陈爱娟第一次听到，别人这样问她的名字。虽然"我能知道你的名字吗？"和"请问你叫什么名字？"意思一样，但给陈爱娟留下了特别深的印象。

"当然能知道。我叫陈爱娟。"

"工作几年了？"

"3年多了。"

"哪个护校毕业的？"

"就从我们自己的护校毕业的。"

"喜欢护士工作吗？"

"喜欢。"

"喜欢就好。护士是一项崇高伟大的职业，护理在病人的治疗中，起着很大的作用。作为一个护士，就要时刻为病人着想，时刻准备给病人以帮助。我当年做护士，就是因为护士能帮助人。"

"黄老师，您真伟大。"对比黄老师，陈爱娟是稀里糊涂地来到护校读书，成为一名护士。陈爱娟红着脸对黄老师说道："黄老师，我家在农村，初中毕业时，家里人什么也不懂，就稀里糊涂地报了护校。不过，我挺喜欢做护士。我在工作中有时也想，怎样帮助病人，使病人早日康复。"

"很好。就应该这样。"黄老师喜爱地看着这位从农村来的小姑娘，"通过我们的护理工作，能减轻病人的痛苦，能给病人帮助。"

"黄老师，我平时就这样做的。每当我看到病人病情好转，我就高兴。"陈爱娟今天遇到了知音了。两个人谈得很投机，越聊越多。

"你们学校的校长是不是李雅丽？"

"是的。黄老师，你认识李校长？"

"认识。李雅丽是那届学生中，最优秀的学生。"

"李校长是你的学生？听说钱主任和蔡总护士长，也是你的学生？"

"是的。她们都是我的学生。她们都是好学生。"

"黄老师，护士长说您在医院上过班。"

"是的。那时的护校老师，都是从医院护士中挑选出来的。"

"可惜，我出生太晚了。如果我早几十年出生，就能听到黄老师讲课了。"

"做护士很重要的一点，就是要有对病人有同情心，时刻想着要怎样帮助病人。只有这样，才能成为好护士。"

"一般情况下，我都是这么做的。只是、只是在碰到不讲理的病人，我会在心里诅咒这些人。"

"我们做护士，做护理工作，就是帮助病人，安慰病人。做护士，不能在精神上或言语上刺激病人，增加病人的负担。不讲道理的人是有的，但毕竟是少数。我们要以我们的护理工作感动病人，化解病人对我们的误会。只要他们是我们的病人，我们就没有任何借口，不做好我们的护理工作。"

陈爱娟聚精会神地听黄老师讲话，在心中暗暗赞叹道："黄老师是个多么伟大的护士啊！"

看到陈爱娟专心听她讲话，黄老师就问陈爱娟："小陈，你知道护士誓言吗？"

"不知道。平时上班的时候，护士长只是要求我尽快掌握各项操作和遵守各项规章制度，特别是三查七对。"

"护士长对你们的要求是对的。估计明年或后年，新护士入职时，要进行宣誓。护士誓言，写得非常好。你知道南丁格尔的故事吗？"

"在护校读书时，老师说她是现代护理的奠基人，创办了现代护士学校。"

"是的，但讲得不够。"

"黄老师，你能给我多讲点吗？"

"1860年，欧洲战争期间，她带领护士姐妹去战场，救护伤员。她发现很多伤员，不是在战场上战死，而是后期伤口感染而死亡的。她制定了一系列伤员救治制度和伤员护理办法，结果伤员的死亡率大幅度下降。从此，护理得到人们高度的重视，护士的地位也得到提高。护理不再是医疗的一个陪衬，而是治疗的重要的一部分。由于她经常在晚上提着煤气灯查看、巡视病人。所以，她被人们亲切地称为'提灯女神'。"

"提灯女神，真好听。不过我们现在，上晚夜班时，拿着电筒看病人。"

"她把全部的生命，倾注在护理事业上，赢得了全世界人民的尊重。如今，全世界，以她的生日5月12日为护士节。"

"中国还没有护士节。"

"过去有，后来中断了。过去在护士站、病房的墙壁上都有护士誓言，时刻提醒护士，该怎样做一个护士。护士誓言是这样的：终身纯洁,忠贞职守。勿为有损之事,勿取服或故用有害之药。尽力提高护理之标准,慎守病人家务及秘密。竭诚协助医生之诊治,务谋病者之福利。谨誓!"黄老师非常流利地把护士誓言背出来。

"黄老师,您的记忆力真好。"

"我上护校时,就开始背护士誓言。这个护士誓言是在100多年前翻译的,现在读起来有些拗口。我们已向中华护理学会建议,给新护士增加戴燕尾帽、护士宣誓仪式,增加护士的神圣、庄严感。"

护士是一个神圣的职业。这天下午,陈爱娟深受教育,对护士以及护理有了更深刻的认识。

第三天,黄老师腹痛已完全缓解,开始吃东西了。上午郭主任查房时,黄老师提出要出院。

"炎症已被控制了。出院时,最好带些口服药物。"

"这两天,给你们添了不少麻烦。真是感谢大家。"

"哪里的话,能为黄老师看病是我们的荣幸。下午,我们安排人送您回家。"

"千万不要。我可以自己走回去。"

"黄老师从来就是不愿意麻烦别人,但随时准备帮助别人。"郭主任感叹道。

液体在1点就结束了。黄老师用热水洗了脸,脸上焕发了容光,满脸的慈爱。

第 6 章　驿动的心

"今年春节，只有我一人坚守岗位了。"在寝室，陈爱娟说道。

"还有我啊。"陈巧云说道。

"你是初一上白班。你初一上午来，下午就回家了。"

"爱娟，我觉得在医院上班也挺好。一回家，我爸妈就要问个不停，烦死人。"罗玲珏说的烦死人，指的是父母问她婚姻的事。

"我也怕我家人问。但总是应该回家看看父母。"陈爱娟说道。

"我们科的排班，还没有出来。我给护士长说了，如果春节排班实在有困难，可以安排我上春节班。"罗玲珏说道。

"护士长手下要是有几个像你这样的护士，她的工作就好做多了。"

"我们科室两个新来的，都想在春节期间休息。春节班，年轻人不上，谁上？！"罗玲珏说道。

"本来我们护士长安排去年参加工作的袁玉芳在春节期间上班，但袁玉芳说春节期间家里有事，要请假。没有办法，我只能顶上去。"陈爱娟说道。

"春霞，你去他家过春节，还是在你家？"陈巧云问彭春霞。

"回我家。10 月底，我去过他家一次。"

"第一次去你家？"

"是的。"

"你爸妈看到你把这么一个优秀的女婿带回家，不知有多高兴。"

"哪里。我爸妈一直希望我在江滨市找个对象。就因为我坚持，他们没有办法，只能接受。不过顾志平人挺好的，我爸妈会喜欢的。"

1985 年春节，医院空荡荡的，病房里只剩下一些病重的病人，以及陪护他们的家属。大年三十，陈爱娟上前夜。为了让白班的护士能早点回家，与家人吃团圆饭，陈爱娟在下午四点一刻，就带着晚饭来到科室，值班医生是曹勇超。

"爱娟，怎么又是你上大年三十的班？！"曹勇超为陈爱娟打抱不平。

"本来护士长安排袁玉芳上今晚的班。她家有事，就临时让我顶她的班。"

"你是自告奋勇的吧？"

"不是。谁不想在春节期间休息。"

"你一定是见护士长排班有困难，就主动替护士长分忧解难。爱娟真是个好同志。"

"我真的不是主动要求上过年班的。"

"我不信。"

"其实，大年三十上班也没有什么。待天气暖和一些，我回家多待几天。"

"爱娟，有男朋友了吗？"

"没有。"

"你这么优秀，一定要找个各方面都好的。"

"我要求不高，差不多就行了。"

"什么差不多。你一定要找个优秀的小伙子。只有优秀的小伙子，才能配得上我们的爱娟。"

"真的，差不多就可以了。"陈爱娟换个话题，"不说这个了。你今天值班，你老婆和女儿在家？"

"我老婆带孩子，去她爸妈家吃饭去了。"

"晚上，住在她爸妈家？"

"吃完饭，就回家。"

"住在她爸妈家不是很好吗，免得晚上往回赶。"

"她爸妈家的房子不大。另外，我们家离她爸妈家也不远。"

"你们医生是不是都愿意找江滨市人？"陈爱娟有些突兀地问道。

"好像不是吧。"

这时，有个病人的家属来到护士站，说液体不滴了。陈爱娟就带上实习护士，去查看原因。

这是一个晚期肝癌病人，打针的地方有些肿胀，液体基本上也输完了。陈爱娟就对病人家属说道：

"液体基本上输完了。拔掉算了。"

"就这样吧。"病人家属无所谓地回答道。

"今天最后一个病人输液结束了。你去吃饭。我守在这里。"陈爱娟在护士站对实习护士说道。

"老师，你先去吃饭吧。"

"趁现在没有事，你先把饭吃了。"

实习护士吃完饭后，陈爱娟和她聊起了天。

"你家在哪里？"

"东湖县。"实习护士回答道。

"家里有什么人？"

"有爷爷奶奶，我爸妈。"

"你有兄妹吗？"

"有。我是老大，下面有一个妹妹和一个弟弟。"

"你为什么上护校？"

"我爸妈希望我早点工作，减轻家里的经济压力。其实我是想上大学的。"

"我读护校时候，是非常高兴的。因为护校毕业后，能进国家单位，每个月拿固定工资，吃商品粮。"

"我爸妈也是对我这么说的。今年，我初中同学，有一些人考上了大学。如果我参加高考，我也能考上。"

陈爱娟十分同情她。但现在，必须让她面对现实，让她热爱护理工作。怎样说服她，陈爱娟突然想到黄老师。于是，陈爱娟对实习护士说道：

"护士是一个崇高的职业。医院需要护士，病人需要护士。医疗上的各项治疗措施，是由我们护士执行的。做个好护士，其实也不容易，必须全身心地投入。"

"陈老师，你比我们老师还会讲。"

"我哪有你们老师会讲。我只是把我内心的话，说出来而已。做护士还有一个优点，就是护士能帮助人，能给人以安慰。我们医院有些老护士，家里条件很好，是资本家。她们就是抱着护士能帮助人的理想，当护士的。"

"还有这种人？"实习护士表示怀疑。

"当然有。有种人以帮助他人、安慰他人，为自己的人生目标。所以，她们在工作中兢兢业业，不怕苦、不怕累，深受病人的欢迎。对病人来说，不是亲人却胜似亲人。"

"在学校时，老师也说过护士是白衣天使，要我们为白衣天使增添光彩。"

"老师给你们讲过南丁格尔的故事吗？"

"讲过。说她非常了不起。好像护士节的日期，是以她的生日定的。"

"据说以后护士参加工作时，要戴燕尾帽和宣誓。帽子就像我们在电影里看到外国护士所戴的帽子。"

"陈老师，那个帽子很漂亮。我愿意戴。"

"我也愿意戴燕尾帽。你在这里照看一下。我去医生办公室，把晚饭吃了。"

"陈老师，你去吃吧。我在这里盯着。"

晚饭早已凉了。陈爱娟就往饭盒里倒些热水，凑合着吃了起来。这时，曹勇超来到办公室，伸头看陈爱娟吃的晚饭，心里不免一酸，对陈爱娟说道："爱娟，你这饭菜，也太简单了。"

"我平时吃饭就这样。不过，今天是大年三十，食堂能给我们做饭就不错了。”

“怎么不错。那我们医生和护士，晚上不值班行吗？！”

“病房一刻也不能没有医生和护士。否则，要出大问题。”

“早知道医院食堂是这个德性。我从家里给你带些饭菜。”

“曹医生，没有事的。我习惯了，随便吃一点就行了。”

“你每日三餐，都在医院食堂吃，要注意营养，要学会自己保护自己。”

“曹医生，请放心。我的身体很健康，营养状况非常好。”

大年初一，陈巧云上白班。一大早就从家中赶到医院，带了三盒菜，熏鱼、盐水鸭和油炸花生米。中午，她和陈爱娟一起在寝室吃中午饭。

“巧云，你带的菜太多了。”

“不多。这三个菜，可以放几天，不会坏。”

“太谢谢你了。春节期间，食堂伙食实在是太差。”

“食堂伙食就是凑合。今天上午，院长带了一些人，到病房慰问。我说他们应该到食堂看看，看看我们值班医生和护士吃的是怎样的饭菜。”

“食堂估计是没有希望。每年大家都给食堂提意见，食堂从来就没有改过。”

“不改也要提。”陈巧云坚决地说道。

“领导能在大年初一，到科室走一圈，就不错了。”

“这倒也是。”

“时间不早了，你去科室吧。”陈爱娟提醒陈巧云下午上班时间快到了。

“塑料袋里有一些零食。另外，晚上，你可以到医院会议室，看看电视。”

“看电视就算了吧。我在房间看看书。”

“有篇报告文学，叫作《阴阳大裂变》，写得很好，值得一看。”

“好的。我就在房间好好地看看。”

“爱娟，再见。我上班了。”

"再见。"

内科吴元章医生，在农村插队时，和一位农村姑娘结了婚。今年春节前，吴元章老婆被医院安排在医院洗衣房工作。从考上大学到现在，已有 8 年了。在这 8 年中，他们夫妻俩一直分居两地。特别是在他读大学期间，他的收入只是 15 元的助学金。他一分钱，也给不了自己的小家。老婆在家务农，还带个孩子，生活十分艰苦。

"小吴，这么多年了，真不容易。恭喜啊！"

"谢谢主任的帮助。没有大家的帮助，我根本没有办法，把他们从农村调到江滨市。"

"元章，8 年抗战结束了。嫂子一定很漂亮、优秀吧。"科室同事调侃道。

"什么漂亮、优秀，就是一个普通的农村妇女。"

"吴哥，你们这么多年，不容易。伟大的爱情啊！"

"我现在就是过小日子，把儿子养大就行了。"

"吴哥，你可是个有理想的人。可不能说过小日子。"

"和你说不清。我们不是一个时代的人。"

"什么不是一个时代的人，你不就是比我高两届吗。"

"我下放过，你下放过吗？"

"没有。"

"这是本质上的区别。"

"吴哥，下放的知青多得很，没有你说得那么严重。"

"知识青年是很多。你没有经历我所经历过的。"

3 月的一天晚上，内科孙主任带着值班的医生和护士查房。查房结束后，孙主任对吴元章说道：

"小吴，19 床已连续 3 天，没有睡好觉了。马上肌肉注射安定 5mg。35 床在睡觉前，再量一次血压。"

"好的，我马上下医嘱。主任你去休息吧。"

"小罗，罗玲珏。"吴元章叫唤罗玲珏。

"吴医生，什么事？"

"给 19 床病人打一针安定。医嘱，我已经开好了。"

"你把病历放在桌子上，我马上去给病人打。"

给病人打完针后，罗玲珏把护士站的台面，收拾得干干净净、整整齐齐。吴元章把放在医生办公室的病历拿过来，弯着腰，把病历放入病历柜。罗玲珏对吴元章说道：

"吴医生，你把病历就放在桌面上就行了。我帮你把病历放到病历柜里。"

"简单劳动，还是我自己来吧。"

"吴医生，能为你效劳，是我的荣幸。"

"小罗，你也学会了说俏皮话了。"

"吴医生，你坐啊。别老站着和我说话。"

"谢谢。"吴元章随手拿一张凳子，坐在罗玲珏的旁边。

夜晚的病房，非常安静。只有走廊和办公室，还亮着灯。

"吴医生，听说你爱人调过来了。"

"是的，有两个月了。"

"这下你开心了。"

"开心？我这一辈子，就这样混混了。"

"吴医生，你是大学生，在附院当医生，人家多羡慕啊。现在，爱人调到一起了，多好啊。"

"罗玲珏，你还小，不能理解。"

"吴医生，你说出来，我看看是什么问题。"

"你知道我下放过？"

"知道。你们那届学生，绝大部分人都下放过。"

"尽管我在农村，但表现很好。1974 年，我本有机会上大学，县里没有通过。"

"怎么会这样？！"罗玲珏为吴元章打抱不平。

"当时情况，就是这样。有一天我生病，体温有 39 摄氏度，全身不舒服。起初，我想不出工，在宿舍里休息。当时我怕别人说我，想装病逃避劳动。我就强忍着下床，到田间干活儿。那时候，一个工分是 7 毛

5分钱。"

"那你行吗？"

"肯定不行。我把从田间收割的庄稼，送到队部。这中间，有20分钟的路要走，其中要翻过一个小山岗。在经过山岗时，我两眼发黑，就晕倒了。好在，被一个过路的农村姑娘发现，她和她的父亲，把我搀扶到他们家。"

"农民还是纯朴、善良的。"

"是的。救我的这家人心地特别善良。他们知道我出身不好，还救我，实在是不容易。晚上，他们还特地为我做了一碗青菜鸡蛋汤，给我补身体。他们在我最落寞的时候，救了我，使我放弃了轻生的念头。"

"真可怜。"

"救我的那家人，是当地的极其普通的农民，夫妻俩40岁出头。有一个20岁的女儿，叫严小花。严小花是个心地善良、勤奋老实的姑娘。我那次生病是严重感冒，同时合并有腹泻。持续了一个星期，人特别的虚弱。"

"这一个星期，你都在他们家？"

"是的。如果不在他们家，我可能就死了。"

"嗯。"罗玲珏静静地听吴元章讲述他的过去。

"他们一家对我就像亲人一样。严小花怕我闷，不知从哪里，弄来两本书。一本是《金光大道》，另一本是《智取威虎山》。她父亲还跑到乡卫生院，帮我要了几片土霉素。"

"真是不容易。"

"在严小花家里，我重新体验到久违的温暖，感受到一个少女的温柔。我重新振作起来，觉得世界又美好了。"

"吴医生，严小花是不是你现在的爱人？"

"是的。她是在我最困难时，给了我生存的勇气。使我在漫漫的黑夜中，看到了黎明的曙光。"

"吴医生，你像个诗人。"

"在那个时候，的确是爱情救了我的命。后来，我们结婚，有了孩子后，我的精力，全部放在小家上。为一家三口的一日三餐忙碌、奔波。那时的我，和当地人完全一样。"

"真是不容易。如果不是政策变了，你可能一辈子也就这样了。"

"肯定的。我这样，我儿子以后也是这样。"

"你上大学这 5 年，她一个人在农村带孩子？"

"是的。起初，我爸妈提出把孩子接到城里来，他们帮助我们带孩子。但她不同意。"

"为什么？一个人带孩子多辛苦啊。"

"孩子是她的全部，是她的生命。她一直担心我离开农村后，是否会变心。毕竟，我们是在特殊年代、特殊情况下结婚的。她是个小学生，而我是大学生，两个人的差距越来越大。尽管我一再向她保证不会变心，她仍不踏实。"

"可以理解。因为社会上有这样的人。有些知青，在离开农村后，就和农村的老婆离婚了。"

"在思想、观念以及孩子的教育上，我老婆和我以及和我父母，都有很大的差异。"

"她可是在你最困难时候，和你走到一起的。如果没有她，你对生活都失去了信心。"

"正因为如此，我们才一直坚持到现在。虽然，有人劝我离婚，但不能离，离婚对她的伤害太大。她在我最困难的时候，在我人生最低谷的时候，给我温暖和关爱，使我有了活下去的勇气，我才有今天。"

"看得出来，吴医生是个有良心、有责任心的好人。"

"谈不上什么责任心，只是没有办法。现在，只能是维持家庭，尽到责任。"

"丈夫是个大学生医生，她自己也调到城里工作。好人终于有了好报。"

"但她心里一直不踏实。生怕我和别的女人好。所以，我一下班就回家，尽量待在家里。"

4 月的一天，蔡兆兰总护士长来到外科一病区，先和高学芳聊了一会儿，然后把陈爱娟叫到一边。

"爱娟，来医院工作不少年了吧。"

"蔡老师，有4年了。"

"时间过得真快。工作怎样？"

"很好。我很喜欢外科。"

"喜欢就好。病人和医生对你的反映都很好。个人问题，解决了吗？"

"还没有呢。"

"我有个朋友，托我给她儿子找个女朋友。我想了半天，觉得你最可靠、最合适。你看最近安排个时间，见个面。"

"谢谢蔡老师。可是……"

"爱娟有什么问题吗？"

"没有。"

"这个人，你也许认识。"

"谁？"

"是我们医院药剂科的梁荣刚。"

药剂科是有个叫梁荣刚的药剂师。陈爱娟想起来，有次到病区药房领药时，纸箱底破了，药品散落一地。梁荣刚给她换了个结实的箱子，并帮助陈爱娟把散落在地上的药品，拾到纸箱内。

"蔡老师，我去病区药房领药时见过他，有些印象。"

"他爸妈都是老实人，家里条件一般。这个星期天，你们在公园或去他家见个面。"

"蔡老师，明天我要去药房领药。我找个机会和他谈谈。"

"好，就看你们的缘分了。"

病区药房，就像个仓库一样。货架上，堆放着各种各样的药品。护士推着推车，在病区药房进进出出。这天梁荣刚有点魂不守舍，一直注意从大门进来的人。

陈爱娟进入药房时，梁荣刚在第一时间就看到了她。陈爱娟也看到梁荣刚，就向梁荣刚走去。

"小梁，你好。我又来领药了。"

"你来领药，太好了。你把处方给我。"

陈爱娟把处方交给梁荣刚，便和他一起把药品从货架上取下来。

"谢谢你，记得我的名字。我还怕你不知道我是谁。"

"怎么不记得。我经常来你这里领药。你们就这几个人。"其实，在药房这些人中，陈爱娟只记得梁荣刚一个人的名字。

"我早就知道你的名字了。你们护士每次来药房领药，我们药房的人都会评头论足一番。"

"怎么评头论足？"

"就是长得漂不漂亮，人怎样。"

"那你们是怎样评论我的？"

"那当然很好。"

"具体点。"

"具体点……嗯……"梁荣刚似乎有些为难。

"你们怎样议论的，就怎样说出来。"

"说你人很好，不做作。"

"我就是个护士，上班忙得要命，哪有时间去做作。"

"我妈认识你们护士长……"正在这时有人走过来，梁荣刚停止了说话。

陈爱娟对梁荣刚说道："这里讲话时间不能太长。你看下次在哪里见面？"

"去公园，或到我家都可以。"

"去公园吧。"

这样陈爱娟开始了和梁荣刚的接触、约会。

秋季是江滨市最美丽的季节。青秀山漫山遍野的绿色、红色、橙色、黄色的树叶，就像一个巨大的调色板，绚丽多彩。从树上飘落下来的树叶，铺满了山间小道，使原来生硬的小径，变得有些柔情。陈爱娟和梁荣刚两个年轻人，漫步在青秀山公园的林间小道。

"爱娟，你这么漂亮，在科室追求你的人，不少吧。"

"我们科室的医生都已经结婚了。"

"是的，77 级和 78 级的人都下放过，年龄都老大不小了。"

"你以前谈过恋爱吗？"陈爱娟问梁荣刚。

"没有。嗯，谈过。只是接触过一段时间就分手了。"

"为什么分手？"

"不是一路人。"

"为什么不是一路人？"

"一年前，我在社会上认识一个女的，初次给人的感觉还可以。在认识 2 个月后，发现她同时还和其他男的交往。我质问她为什么这样，她觉得很无所谓，竟然说：多谈几个人，从中间挑一个好的。"

"那后来呢？"

"我就和她断了。爱娟，我爸妈想见你。看哪天，你到我家去一趟，或在其他什么地方和我爸妈见个面。"

"见你爸妈，我有些怕。"

"怕什么？"

"我也说不清楚。我想是紧张吧。"

"根本不用紧张，我爸妈人很好。"

"我怕见到你爸妈后，不知说什么话，很尴尬。"

"有我在，就不会尴尬。"

"虽然这么说，但我心里仍然紧张。"

不知何时，俩人的手牵到一起。因为紧张，两个人的手心都出了汗。当他们俩准备回去时，梁荣刚深情地看着陈爱娟，结结巴巴地对陈爱娟说道：

"我可以拥抱你吗？"

"嗯。"陈爱娟的声音，就像蚊子一样细小。

梁荣刚张开双臂把陈爱娟紧紧地抱在怀中，两颗年轻的心，紧紧地贴在一起，有力地跳动着。梁荣刚本能地、无师自通地捧起陈爱娟白嫩漂亮的脸。起初，梁荣刚小心翼翼地亲吻陈爱娟的额头、眼睛、面颊，然后，亲吻陈爱娟柔软的嘴唇。两个恋人的嘴唇紧紧地贴在一起，彼此互相吸吮，恨不得要把对方吸入自己的体内。

中午时间，陈爱娟回到了寝室，恰巧三个人都在。看到陈爱娟回来，彭春霞说道："最近，爱娟爱打扮了。"

"爱娟是不是在谈恋爱？"罗玲珏警觉地说道。

"爱娟，你可千万不要到结婚时，才告诉我们。"陈巧云俏皮地说道。

陈爱娟的确比以前要注意打扮。出门前总是照照镜子，把头发梳理得整整齐齐。既然已经正式和梁荣刚谈恋爱了，公开就公开吧。话说回来，两个人在一个单位，要想别人一点儿也不知道，的确有困难。

"三位小姐，是这样的，我最近在约会。因为不知道能否成，故没有告诉你们。"

"爱娟，你保密工作做得可以啊。"

"经过一段时间接触后，感觉他还不错，人挺好的。"

"现在，正式谈了？"彭春霞问道。

"正式谈了。刚刚做出的决定。"

"谁啊？"陈巧云迫切想知道对方是谁。

"药剂科的梁荣刚。"

"梁荣刚，我不知道。"彭春霞说道。

"春霞，你又不去药房领药，你当然不知道了。好像药房有这么一个人。下次去药房时，好好看看。"陈巧云说道。

"我想起来了。小伙子，长得很帅。"罗玲珏说道。

"爱娟，你们两家父母见过面了？"

"还早着呢。我们刚刚开始。"

"其实，我们就应该在医院找个男朋友，在本院找一个。我现在，就是很不方便。"彭春霞说道。

"梁荣刚就是个中专生。顾志平马上就要是研究生了。"陈爱娟安慰彭春霞。

"还不知能否考上。"

"顾志平学习成绩好，肯定能考上。"

第 7 章　红楼梦

1986 年 8 月，彭春霞邀请陈爱娟、陈巧云和罗玲珏去恒丰县，参加她的婚礼。顾志平今年考上了东南医学院免疫专业的研究生。9 月初，就要到学校报到，开始他的研究生生活。这是一个对顾志平和彭春霞最好的结局，有情人终成眷属。当初，俩人顶着巨大的压力相爱，特别是彭春霞。有人说彭春霞傻，找个实习医生，自寻分居的麻烦。

9 月以后，陈爱娟和梁荣刚，开始了在职本科学习。陈爱娟读东南医学院护理本科；梁荣刚读药学专业本科。陈爱娟往往是下夜班，不休息直接去医学院上课。

"爱娟，你这段时间瘦了不少。是不是太辛苦了？"许秀华关心地问道。

"秀华，爱娟在上成人本科。利用晚夜班休息时间去上课。幸亏她年轻，换成我肯定受不了。"吴世菊说道。

"爱娟太要强了。"许秀华说道。

"我只是下夜班后，没有事做，才去学习。"陈爱娟为自己上护理本科辩解。

"护士没有必要读本科，把人弄得那么辛苦。"许秀华发表自己的观点。

"大学生护士，中专护士在病房里都一样干活儿。"吴世菊认为护士学历无所谓。

"或许，以后对护士的要求会越来越高，也许对将来提拔有用。"许秀华说道。

"护士能提拔什么？大不了做个护士长。等到做护士长时，都到了可以不上晚夜班的年龄了。"吴世菊说道。

"听说沈丽琴要调到护理部。"许秀华小声对吴世菊说道。

"当护理部副主任？"

"不是，据说是给钱主任担助手，负责教学和培训。"

"我刚来的时候，是沈丽琴带的。沈丽琴平时带教很认真。沈丽琴做这个位置，很合适。这样我们科室又要少一个人了。"吴世菊说道。

"走一个无所谓。明年再分来一个小的，更好。"

1986年11月中旬，蔡兆兰来到外一病区，和高学芳商量工作上的事。

"下个月1日起，沈丽琴就要调离外科了。"蔡兆兰说道。

"一个星期前，听说过。现在，看来是真的了。"

"你看谁接沈丽琴的工作，比较好。"蔡兆兰指的工作是教学工作。

"从能力和态度上来说，陈爱娟最合适。但是，陈爱娟年资不行，她太年轻了。"

"你和我想法一样。陈爱娟工作认真，又能吃苦。我看陈爱娟最合适。"

"将来，陈爱娟不仅要负责实习护士的带教，还要负责新护士的岗前培训。岗前培训是国家最近提出的新要求，即在护士进入临床之前，要给她们讲护理工作的注意事项、怎样接人待物以及怎样处理纠纷。"

为了做好实习护士的带教工作，陈爱娟花了一个晚上的时间，把实习护士的带教和管理，做成一个规范。学生来到科室，要掌握哪些知识和技能，就一目了然。带教的老师就有章可循了，减少带教老师的随意性。蔡兆兰看后，大加赞许，并转告护理部钱主任。

"陈爱娟是不是护理黄老师的那位护士？"钱主任问蔡兆兰。

"钱主任记忆力真好，就是她。因为陈爱娟工作认真，高学芳安排陈爱娟护理黄老师。"

"是个好苗子，要重点培养。"

自从陈爱娟负责外科的带教工作，更是忙上加忙。梁荣刚看在眼里，疼在心里。经常从家里带些吃的东西，给陈爱娟。

1987年2月底的一天晚上，陈爱娟上晚夜，上中班的许秀华还没有下班。梁荣刚的母亲带了一盒饭菜，来到外科一病区。

"请问你找谁？"许秀华不认识梁荣刚的母亲。

"我找陈爱娟。"

"阿姨，您怎么来了？"看到梁荣刚母亲来到病房，陈爱娟立即迎上去。

"荣刚有事来不了。我就送来了。"

"谢谢阿姨。阿姨，这是我们科室的许秀华。秀华，这是梁荣刚的妈妈。"陈爱娟给她们两人互相介绍。

"阿姨好。"许秀华随陈爱娟称呼梁荣刚的母亲。

"你好。"梁荣刚母亲客气回话道。"你们忙，我回去了。"

"再见。"

梁荣刚母亲走后，许秀华对陈爱娟说道："爱娟，你婆婆对你不错啊。"

"什么婆婆，还没有结婚。"

"快了吧？！"

"初步商定在今年下半年。"

"马上就要结婚啦。"

"许姐，我和梁荣刚谈了快两年了。"

"时间过得真快。"

3月初以来，罗玲珏一直有咳嗽，吃药和打针，都不管用。吴元章医生建议罗玲珏到放射科，找他同学陆文盛，拍张胸片。

罗玲珏在下午抽空来到放射科，按吴元章的交代，找到陆文盛。

"陆医生，我们科室吴元章医生让我来找你，帮我拍张胸片。"

"为什么要拍胸片？"

"咳嗽老不好。"

"手抱头，深吸气，屏气，不要动。好了。"陆文盛给罗玲珏拍胸片。

"谢谢。"

"不客气。你明天下午来拿报告单。"

"今天不行？"

"今天不行。因为片子出不来。过两年，我们科室要换日本东芝的X线机器，拍完片子后，几分钟，就能出片。"

"知道了。"

第二天下午，罗玲珏来到放射科服务台，取她的胸片报告。

"叫什么名字？"服务台工作人员一副无精打采的样子。

"罗玲珏。"

"罗玲珏？嗯，怎么没有。你能肯定是昨天拍的吗？"

"肯定是昨天，不会错的。"

"报告都在这里。你自己找吧。"服务台工作人员爱搭不理说道。

对方的态度完全出乎罗玲珏意料之外。罗玲珏心想在病房上班时，医院要求护士对待病人，就像对待自己的亲人一样。更何况，她还是本院的职工。罗玲珏想发脾气，教育她一通，但想到吵架可能会给陆文盛带来麻烦，于是罗玲珏忍住脾气，去医生办公室找陆文盛。

陆文盛坐在读片机前读片、写报告。罗玲珏就径直走过去。

"陆医生，你好。"

"你好，请坐。"陆文盛客气地请罗玲珏坐下。

"谢谢。"

"昨天的片子我看过了。只是内侧的纹理多一点儿，可能是支气管有点小炎症，没有什么问题。"

"没有问题就好。我想也应该是没有问题。"

"拍个胸片，你就放心了。胸片和胸片报告，都在我这里。如果你不来拿，我就准备给吴元章打电话了。"

"陆医生，报告和片子我拿走了。谢谢你了。"

"不客气。"

1987年4月1日，罗玲珏在病房上班，看到一个熟悉的身影进了医生办公室。就在罗玲珏给15床做护理时，吴元章陪那人进入了病房。

"老先生，陆医生看你来了。"吴元章对躺在15床上的病人说道。

罗玲珏抬头一看是放射科的陆医生，立马挺起腰身，笑着对陆医生说道：

"陆医生，你是来看他的？"

"是的。"

"你们俩认识？"吴元章问道。

"前段时间，她到放射科，拍过胸片。对了，还是你让她找我的。"陆文盛说道。

"哎，你看我这记性。小罗回来后告诉了我，说你很客气，还让我谢谢你。"

"陆医生，谢谢你了。"罗玲珏再次表示感谢。

"谢什么。都是本院人，更何况你是吴医生介绍来的。"

"你们看病人吧。我要给别的病人打针了。"

"好的，小罗，你去忙吧。"吴元章说道。

待罗玲珏把她负责病人的治疗工作做完后，陆文盛已经离开了内科病房。

15床病人是心脏前壁小面积梗塞，入院已经有3天了。现在，心前区疼痛逐渐减轻。该病人的主治医生是吴元章，上级医生是孙主任。罗玲珏是负责护理这个病人的护士。

两天后的晚上7点半，陆文盛又到内科病房看15床病人，约一刻钟后，陆文盛从病房出来，到医生办公室。陆文盛不认识值班医生。就在陆文盛犹豫要不要和值班医生说话时，他猛然发现罗玲珏在上晚班，于是，他和罗玲珏打招呼。

"你好，你上晚班。"

"你好，看15床病人？"

"是的。我能看15床的病历吗？"

"当然可以。"说着罗玲珏就把15床的病历递给陆文盛。

陆文盛翻开病历，认真看起来。

"陆医生，你坐啊。"罗玲珏客气地请陆文盛坐下来。

"好的，谢谢。"说罢，陆文盛就挨着罗玲珏坐下来了。

"陆医生，病人是你的亲戚？"

"是的。我的舅舅。"

"怪不得，你这么关心。现在，病人的情况一天比一天好。"

"一开始我舅舅家人听说是心梗，吓得要命。我给他们解释，前壁的一个小心梗，问题不大。"

"有机会，我也给病人说说。让他放心，消除焦虑。"

"谢谢你。"

"不用谢，健康宣教是我的工作内容之一。我还会对病人说，陆医生对你很关心，叫我多多照顾你。"

"你能这么说，实在是太好了。"陆文盛感谢道。

"护士，除了打针，还要和病人交流，了解病人思想。现在，有一个新名词，叫'心理护理'。护理部这几天，正在给我们培训。"

"现在，对护士要求越来越高了。"

"是的。医院的规章制度越来越多。护理部三天两头，来科室检查落实情况。"

"这样对提高护理质量有帮助。"

"对病人肯定是有好处的。可是，护士就辛苦了。"

"临床工作忙，顾不上家了。"

"我一个人吃饱，全家就饱了。"

"你是单身？"陆文盛有些惊讶地问道。

"是啊。不可以吗？"罗玲珏反问道。

"对不起，我不该问。"陆文盛抱歉地说道。

"还是做辅助科室轻松。"

"轻松，肯定比临床要轻松。不过我们在毕业选科室时，大家都希望到临床科室工作。"

"那你是怎样分到放射科的？"

"谁知道？！估计是放射科缺人。医院就从名单中，随便挑一个人，放到放射科。正好，我被选中了。"说完陆文盛自己苦笑起来。

"你是 77 级的？"

"是的。我和吴元章是同学。"

"据说，你们那届学生毕业留校，很难的。"

"我能留校一是我学习成绩好，二是我是江滨市人。在学校，我的志向是做一个刀起病除的外科医生。来到医院后，却阴错阳差地当上了放射科医生。"

"放射科医生也挺好的。医院不能没有放射科医生。"罗玲珏找话来安慰陆文盛。

"话虽然这么说，但……"陆文盛似乎不甘心。

"你下放过吗？"罗玲珏换个话题。

"下放过。我们那届学生，绝大部分人下放过。在农村，当过知青。"

"我 1981 年护校毕业、参加工作时，你们刚到临床来实习。你们年龄比我们参加工作的人年龄要大很多。"

"你是应届毕业考护校的？"

"是的。我是应届毕业生，而且是初中应届毕业生。"

"应届初中毕业，那我比你要大 8—10 岁。"

"听说，你们那届学生不少人都已经有朋友，或结过婚。"

"嗯。我们那时的情况很特殊。"罗玲珏的话似乎让陆文盛想起不愉快的事。

见陆文盛不悦，罗玲珏心想要换话题了，"陆医生，问你一个问题。"

"问吧。"

"陆医生，你人很好，而你们科室服务台的人和你相比，简直一个在天，一个在地。"

"怎么啦？"

"那天，我去放射科拿报告。坐在服务台那个人爱搭不理，阴阳怪气的。"

"她只是性格问题。"

"我看是人不行。"

"主要是你太漂亮了，她嫉妒你。"陆文盛半开玩笑地说道。

"你……"罗玲珏认为陆文盛的话有些过，或有些轻浮，但又不好发作。

"小罗，很多人反映过那个人的服务态度问题。她是我们医院一位家属，就给她安排这么一个轻松养老的岗位。"

"怪不得。"罗玲珏终于明白了。

"社会就这样，不值得为她大惊小怪，弄得自己不开心。"

"听说医院买了一台21寸彩色电视机。后天，星期六晚上，播放《红楼梦》。"罗玲珏扯到其他话题。

"后天，我要回家吃饭。"

"对，你家在江滨市，周末是应该回家看老婆孩子。"

"是看我爸妈。"陆文盛纠正罗玲珏的说法。

罗玲珏突然闪出一个疑问，他怎么不看老婆和孩子，难道是单身？

陆文盛长得像日本男演员高仓健。但陆文盛比高仓健要温和许多，眼睛里总是带着微笑。一个三十出头、漂漂亮亮的男医生，难道还是单身？在罗玲珏心里画上了一个大大的问号。

有一天，罗玲珏在食堂遇到陆文盛，顺便谈到电视剧《红楼梦》。陆文盛见罗玲珏喜欢看《红楼梦》，就竭力推荐罗玲珏看《红楼梦》小说。

罗玲珏接受了陆文盛的建议，认真看起了小说《红楼梦》。起初，罗玲珏看古文很不习惯，可随着故事情节的展开，罗玲珏越看越喜欢，恨不得找个人能与她分享看《红楼梦》的感受。

一天晚上，罗玲珏和吴元章一起值班。

"吴医生，我有件事想问问你。"

"什么事？尽管问。"

"你的同学陆文盛。"

"陆文盛，"吴元章有些警觉，"你想知道他什么事？"

"我经常在食堂碰到他。而且在周末也能遇到他。他平时不回家，周末也不回家。"

"你没有听说过他的事？"

"没有。什么事？"罗玲珏反问道。

"3年前，他和老婆闹离婚，弄得满城风雨。医院领导劝他不要离婚，那家伙，就是铁了心，要离婚。不过最后离了。"

"女方同意了？"

"不是女方同意，是女方提出离婚。"

"为什么？"罗玲珏问道。

"不清楚。离婚有1年了。我曾经开玩笑和他说年龄不小了，要抓紧时间找一个。他说不急，一个人过习惯了。"

"你的同学怎样看他这件事。"

"各种议论都有。有的人说：陆文盛不地道，上了大学就看不上人了；也有人说陆文盛真傻，放弃这么好的一个靠山。"

"是啊。从表面上看，就是这样。"

"由于他从不说他自己的恋爱、婚姻，旁人对他当初是怎么结婚，后来，又为什么坚决要离婚，都不知道。从我认识他这么多年看，陆文盛应该是个好人。"

"既然已经离婚了，就可以再找一个。"罗玲珏说道。

"是的。凭陆文盛的条件，再找一个应该问题不大。"

"陆医生长得像高仓健，但比高仓健更漂亮。"

"小罗，你是不是喜欢陆文盛？"吴元章突然明白了什么。

"不是，不是。"罗玲珏连忙否认，"我只是对这件事好奇罢了"。

"春霞，你怎么又这么慌慌张张？到了寝室，就要好好坐下来，安顿一会儿。"陈爱娟说道。

"刚刚，顾志平舅舅托人买了一台14寸飞跃牌彩色电视机，下午要去拿。要不然，就要被别人抢走了。"

"爱娟，你是不是也要买电视机了？"陈巧云说道。

"我打算在10月底或11月初结婚。现在，还早。"陈爱娟回答道。

"爱娟，要提前做准备。我们是托人找关系好不容易才买到的。"彭春霞说道。

在寝室，罗玲珏一心一意看她的《红楼梦》，其他的姐妹忙着恋爱结婚，罗玲珏无法和她们交流看《红楼梦》的体会。罗玲珏突然想到可以和陆文盛交流《红楼梦》，因为是陆文盛推荐她看的。

一天夜班后，罗玲珏来到放射科医生办公室。见罗玲珏进来，陆文盛放下手中的活儿，客气说道："请坐，小罗。"

"谢谢。"

"你今天休息？我第一次见到你不穿工作服的样子，真漂亮。"

"哦，没有。我……"罗玲珏有点语无伦次，居然脸红了。平时，常有人说她长得漂亮，她都一笑而过。这次居然有这么大的反应。

"小罗，有什么事吗？"陆文盛问道。

"我这段时间，就是你上次告诉我，要看小说《红楼梦》，我一直在看，现在，终于看完了。"

"好哇。能把《红楼梦》看完真不容易。《红楼梦》的确很好看。"

"是的。《红楼梦》有很多的生字和冷僻字。一边看，一边查字典。实在是太好看，才坚持看完。"

"说说，你的感受。"

"小说中的人物太多，除了几个主要人物，其他人之间的关系，还有些乱，没有理清楚。"

"是的。《红楼梦》的人物太多，大概有300多人。要搞清楚所有人的社会关系不容易。"

"陆医生，为什么小说开头要用一个神话故事？"

"我想可能有两个原因。第一，中国古代小说有这个传统。比如《水浒传》，开场是洪太尉求见张天师时，不小心放跑了关押的108个妖魔。这108个妖魔就到人间作乱，就是后来的梁山的108条好汉。"

"第二个原因？"

"第二个原因是这样。在远古时期天上有一块石头，因听到两位高仙谈论人间的事情，就央求他们带他到人间来玩一趟，这是贾宝玉的来历，或叫作前生吧。林黛玉的前生是西方灵河岸边的一株绛珠草。后来，修成女儿身，成为绛珠仙子。在她是绛珠草的时候，赤瑕宫神瑛侍者，每天用雨露浇灌。绛珠仙子为了报恩，也来到人间，用她一生的眼泪还他。"

"作者不用神话故事，也可以直接写贾宝玉和林黛玉的爱情故事。"罗玲珏提出自己的观点。

"作者用这个故事作为这个小说的引子，或叫作开场白，告诉读者这两个人有前世的渊源。贾宝玉和林黛玉那种亲，是薛宝钗永远不懂，永远没有的。薛宝钗费尽了心思也没有得到贾宝玉的爱。"

"虽然，《红楼梦》主要讲贾宝玉、林黛玉和薛宝钗三个人的爱情故事，但中间还穿插了其他大量人物的描写。比如贾宝玉和秦钟在私塾读书，就可以单独成为一篇短篇小说。"

"贾宝玉去私塾读书那章写得非常好。感觉就像我们身边发生的事一样。"

"正如你所说的，贾宝玉和林黛玉有前世的渊源，所以，贾宝玉第一次见到林黛玉时就说：'我曾见过这个妹妹。'"罗玲珏开始说自己的体会。

"陆医生，肺结核病人的报告写好了吗？传染科打电话来问了。"服务台工作人员扯着嗓子大声喊。

"知道了。我会给吴主任打电话，告诉病人胸片的情况。"

"陆医生，你忙。我走了。"罗玲珏欲告辞。

"不急，等几分钟。我马上就把这个报告写好。"

"哪天，抽个我们都有空的时候，向你请教《红楼梦》怎样？"

"好。"陆文盛说道。

"在食堂？在图书馆？在图书馆，就在图书馆。"

"图书馆安静，又没有人。"陆文盛赞同罗玲珏的建议。

"就这么定了。"

"就这样。"陆文盛喜爱地看着罗玲珏，他没有想到一个现代女青年，居然对《红楼梦》有兴趣。

两人约好在 7 月 4 日上午 9 点，在图书馆碰面。罗玲珏提前 20 分钟，就到了图书馆。不一会儿，陆文盛也到了图书馆。

"小罗，对不起，我来晚了。"

"我也是刚到一会儿。听图书馆工作人员说，上午一般没有什么人，下午会有几个人来图书馆看书查资料。"

"这样最好。我们讲话就不会影响别人。"

"陆医生，我昨晚开始看第二遍了。"

"这很好。一般来说，第一遍看个大概，知道大概故事情节。看第二遍时，就要把前后贯穿，分析每个人物的思想状况。《红楼梦》不仅是写贾宝玉、林黛玉和薛宝钗三人之间的爱情故事，也反映当时的历史、社会生活。"

"陆医生，如果不是先天渊源，如果我是贾宝玉，我会喜欢薛宝钗。"

"这是这本小说的核心。贾宝玉性格特征，就是叛逆，对封建社会，特别是礼教的叛逆，不愿走学而优则仕的道路。林黛玉从来不劝说贾宝玉读"四书""五经"，考试做官；而薛宝钗则常常劝贾宝玉好好读书，走正统之路。林黛玉和贾宝玉拥有共同的价值观，是他们爱情的基础，但最终两人没有走到一起。这是大人们，也就是封建政治斗争的结果。大人们希望贾家和薛家能联姻，林黛玉则成了牺牲品。"

"这本小说对女性赞美很多。贾母、王熙凤、薛宝钗，不仅漂亮，还能干。贾宝玉还说过：'山川日月之精秀只钟于女儿，须眉男子不过是渣渣浊沫而已。'"

"这是《红楼梦》的可贵之处。试想在300年前的封建社会，居然有人替女性说话，挑战男性的权威，是多么不容易。"

"是的，我看后，都讨厌男的了，喜欢女的了。"

"这不对。"陆文盛立即纠正罗玲珏错误的观点。

"说说玩玩的。"

"《红楼梦》其实是写一部青春的书。"

"是的，都是写十四五岁，少男少女青春的故事。"罗玲珏附和道。

"青少年有理想、有正义感，和成人的虚假，形成鲜明的对比。"

"作者为了写一个青春王国，特地编写元春回家省亲、建大观园的故事。从此，《红楼梦》就有了两个世界：一个是大观园内的青春王国，充满天真自由，欢歌笑语；另一个是大观园外边，现实世界，披着礼教的外衣下，处处透露出腐败、肮脏、贪婪和丑恶。"

"陆医生，你怎么这么精通《红楼梦》？"

"你如果看过三遍、四遍，我就不敢再在你面前谈论《红楼梦》了。这本书是曹雪芹在家破人亡的时候写的。他家以前也是个大贵族，和皇帝的关系也非常好。后来，因为宫廷内部政治斗争失利，被抄家，最后到吃饱饭，都成了问题。"

"这与写小说有关系吗？"

"当然有。在经过繁荣到衰败后，曹雪芹回忆自己的一生，回忆家族的兴荣衰败，写下了这部不朽的回忆录。"

"不朽的回忆录？！"

"曹雪芹很善良。在写到家中的某些丑事时，写得很隐晦，为保存家人或亲戚朋友的颜面和名声。比如，小说中写秦可卿的去世。"

"陆医生你知道的真多。听你这么一说，我看《红楼梦》就轻松多了，就容易懂了。"

"和你交谈《红楼梦》，我特别高兴，有个听众了。"

"我这个听众，不时问一些傻的问题。你可千万不要笑我。"

"哪里敢笑你。你来问，我高兴还来不及。"

"你几天值一次班？"罗玲珏问陆文盛。

"6天。"

"忙吗？"

"比临床要轻松多了。"陆文盛说道。

"那以后，我们经常在你我都休息的日子，来图书馆讨论伟大的《红楼梦》。"罗玲珏调皮地说道。

"好哇。说话算数哦。"

"当然。"

第 8 章　恋爱季

　　1987 年 8 月第二个星期天下午，骄阳似火，热得使人喘不过气。突然乌云密布，一道闪电之后，便是倾盆大雨，浇灭了从地面腾腾上升的热气。起初，豆大的雨点击打在地面并扬起灰尘，很快低洼处出现了积水。这天晚上，难得陈爱娟她们 4 个人都在宿舍。

　　"玲珏，今天在食堂，坐在你旁边那个男的是谁？"彭春霞问道。

　　"陆文盛。"

　　"哪个科室的？"彭春霞追问道。

　　"放射科医生。"

　　"没有见过。"

　　"有一次，我陪我姑妈到放射科拍胸片，见过他，人长得帅。"陈巧云说道。

　　"巧云只记得漂亮的男的。"陈爱娟开玩笑说道，"玲珏，你们好像很谈得来。"

　　"陆文盛就是 3 年前和老婆闹离婚的那个医生。"罗玲珏说道。

　　"前几年，医院好像有两个医生和老婆闹离婚。"彭春霞说道。

　　"1 年前，他和他老婆离婚了。"罗玲珏继续讲陆文盛的婚姻状态。

　　"他老婆同意了？"彭春霞问道。

　　"不知道。"

"陆医生长得很漂亮，找一个很容易。"陈巧云说道。

"陆医生，不仅人长得漂亮，而且很有思想。"罗玲珏说道。

"玲珏，你对他了解？以前，从没有听你说过他。"陈爱娟说道。

"玲珏，你是不是和他在谈恋爱？"彭春霞坏笑道。

"玲珏，你要知道他为什么离婚。"陈爱娟善意提醒。

"你们个个要结婚了。我只是和一个男的说了几句话，就大惊小怪的。"罗玲珏想把这个话题搪塞过去。

9月中旬的一天，陈爱娟和梁荣刚从医院后门出来，不到一刻钟就来到青秀山公园。沿着山间小道，俩人牵着手，一路向山顶的望江亭走去。这天陈爱娟漂亮极了，就像花儿开放的最盛时期，鲜艳美丽。乌黑的头发，别在耳后，青春又朝气。细长柳叶眉毛的下面是一双清澈明亮的眼睛。皮肤不但白，而且十分的柔嫩，仿佛轻轻一掐，就可以拧出水来。挺直的鼻梁和粉红色的小嘴无可挑剔地安放在陈爱娟漂亮的脸蛋上，组成一幅精致的美人图。

"总护士长到分房委员会帮我去讲话了。说这次分房子要对在临床一线工作的医生和护士倾斜。"

"我们俩的优势是双职工，劣势是职称不高。我们分房打分在中间，能分到一间房间。"

"这次主要是几个从外地调回来的主任，他们打分很高。"

"房子定下了，其他的事就好办了。"梁荣刚说道。

"我妈给我准备了4床被子和两个枕头。"

"被子只要暖和就行了。"

"肯定暖和。都是我爸妈亲手挑的新棉花。"

"我爸妈已托人买电视机了，十月初就能拿到。"

"电视机要是实在买不到，也没有关系。"

"电视机一定要买，其他东西，倒可以简单一点儿。听我爸爸说电视机是18寸的。"

"彭春霞买的电视机是14寸的。我们比她的大。"

"另外，再买一台三洋牌双卡录音机。"

"这要花不少钱吧。"陈爱娟心疼钱。

"钱倒不是主要问题。就怕买不到。"

"结婚前的准备工作，要辛苦你爸妈了。"

"他们高兴。娶了这么一个优秀的媳妇。"

"我可没有那么好。"

在说话中，俩人不知不觉来到山顶的望江亭。站在望江亭不仅能看到长江，还能看到整个江滨市。

"右边的大楼是外科大楼，左边是内科大楼。"站在望江亭，梁荣刚用手指着医院方向说道。

"能看到门诊大楼吗？"

"好像被内科大楼挡住了。"

"那一片房子是什么单位？"陈爱娟问道。

"我想可能是师范大学。因为中央空旷的部分好像是操场。"

"荣刚，那个房子有些特别。"陈爱娟用手指向山脚下，在树木掩映中有尖顶的房子。

"那是教堂，和我们医院老房子同时建的，有 100 多年的历史。"

"你去过吗？"

"没有。好像最近又对外开放了。"

"什么是又对外开放了？"陈爱娟不解地问道。

"之前，这座教堂遭到很大的破坏，关闭了不少年。大概是去年年底或今年年初，重新对外开放的。"

"里面有什么活动？"

"不知道。我从来没有进去过。"

"我们过去看看。"

"好的。"

陈爱娟怀着极大的好奇心，和梁荣刚一起来到教堂。教堂的大门虚掩着，陈爱娟和梁荣刚就小心推门而入。里面有几个人，在打扫卫生。

教堂是长方形的房子，屋顶很高，越向上，越缩窄，要和天相通似的。有几个窗户玻璃是彩色的，阳光通过彩色玻璃，照在地面上，显示出斑驳漂亮的光圈。对着大门的一堵墙上，有一个很大的十字架。十字架的右下方有一个小讲台，左侧有一台钢琴。

"阿姨好。"陈爱娟和一个打扫卫生的阿姨打招呼。

"你好。你们是……"

"我们是来看看的。"

"礼拜活动刚结束。教堂活动是每个星期天上午 8∶30 到 10∶00。欢迎你们来。"

"谢谢阿姨。我知道了。星期天来，要买门票吗？"

"不要。来就行了。"

"知道了，谢谢。"

梁荣刚的家是个两室一厅的老公房，在江滨市算是不错的房子了。梁荣刚父亲在邮电局工作，母亲在妇幼保健站上班。1963 年，梁荣刚母亲曾到江滨医院妇产科进修，认识了现在的外科总护士长蔡兆兰。

"我妈说了，如果医院分不到房子，就把我爸妈住的大房间，给我们结婚用。他们搬到我现在住的小房间。"在厨房，梁荣刚一边做菜，一边和陈爱娟聊天。

"这不好。"

"和我爸妈住在一起，我们下班回家时，就可以吃到已经做好的饭菜。"

"不能总让你爸妈做饭，我们也应该做。你爸妈哪天回来？"

"明天。我爸妈去我外地的舅舅家了。"

"嗯。荣刚，你的做饭手艺是和谁学的？"

"是向我爸妈学的。"

"你是什么时候，开始在家做饭菜的？"

"和你谈恋爱以后。"

"谈恋爱以后？"

"我想让你下班回家后，尽可能休息。我就跟在我爸妈后面学习做饭菜。"

"你真好。"陈爱娟站在梁荣刚背后，双臂将梁荣刚的腰团住，脸紧紧地贴在梁荣刚的背上，不停地摩挲。

"爱娟，你把手松一下。我不好炒菜了。"

"不松。"陈爱娟娇滴滴地说着。

"梁荣刚，你的手艺不错啊。"吃饭的时候，陈爱娟称赞梁荣刚的厨艺。

"做菜虽然很麻烦，但也挺有意思的。"

"那我们现在就说好，结婚以后，你做饭。我嘛，我就饭来张口，衣来伸手。"

"好的。我要把你伺候得像公主一样。"

"荣刚，你真好。我们俩还是谁有空，谁做饭，而且尽量是我做饭。要不然，你妈妈，会心疼死了你这个宝贝儿子的。"

"要不要，再加点饭？"

"不用了。我已经很饱了。"

"爱娟，你坐在这里。我去厨房洗碗。"

"我们一起洗吧。"

洗好碗后，两人坐在客厅看电视。14寸黑白电视机，只能收到中央台和东南省两个台。梁荣刚调整天线方向，图像仍然不停地抖动、闪烁。

"荣刚，把电视机关掉。我们说说话。"

"好的。"梁荣刚把电视机关了，紧挨陈爱娟坐下，一只手搭在陈爱娟的肩上。

"荣刚，再过一个月，我们就要有我们自己的小家了。我一定要把我们的小家布置得漂漂亮亮的。一下班，回到家，舒舒服服地在床上躺着。我看着你，你看着我，大眼瞪小眼。然后，你就拥抱我，亲吻我，从头亲到脚……"陈爱娟憧憬着美好的未来。

"那我现在就亲。"说着梁荣刚侧过身，亲吻陈爱娟的额头、面颊、嘴唇、脖子，然后再亲吻陈爱娟的胸部，头埋在两个乳房之间。突然，咔嚓一声，陈爱娟衬衫的一粒纽扣，崩掉了。

西下的太阳，把金黄色的阳光透过窗户照在两个美丽胴体上。陈爱娟和心爱的人在一起，完成了生命中，最庄严、最神圣的仪式，完成了生命的升华。

陈爱娟穿好衣服，站在镜子前，仔细端详自己。发现自己从来没有这么漂亮，皮肤从来没有像现在这么光滑、娇嫩。

"真漂亮。"梁荣刚由衷从内心赞叹道。

"是的。这么漂亮的姑娘就交给你了。你要好好地珍惜。"

"一定，一定。"

"荣刚，我想回宿舍了。"

"明天回吧。"

"我晚上不回去，寝室的人会怎么说。"

"你就说，住在我家。"

"不行。"

"宝贝，今晚我们睡在一起吧。"梁荣刚恳求道。

"再有一个月，我们就可以天天在一起了。"

"那吃过晚饭再走。"

"嗯。"

"爱娟，今天你的皮肤特别好。"罗玲珏说道。

"没有吧。可能是走的时间多了，出汗了。"陈爱娟竭力想掩饰什么。

"是的。运动能促进血液循环，对皮肤有好处。"

"你一天都在房间？"陈爱娟反问道。

"一天都在房间看小说，看《红楼梦》。"

"我看你要成《红楼梦》迷了。我没有本事看《红楼梦》，看电视剧还可以。"

"爱娟，《红楼梦》真的非常好看，而且是越看越想看。"

"玲珏，这个在我们女生中，只有你能做到。"

《红楼梦》有些句子写得特别好，比如：'女儿是水做的骨肉，男人是泥做的骨肉。我见了女儿，我便清爽，见了男子，便觉得浊臭逼人。'贾宝玉还说：'山川日月之精秀只钟于女儿，须眉男子不过是渣滓浊沫而已。'爱娟，你看贾宝玉说得多好。"

"这些话讲得的确很好。"

"曹雪芹虽然是个男的，但他一直在歌颂和赞美女性。特别是赞美林黛玉追求完美、决不妥协的精神。"

"小说可以写出最理想的人生，但现实，只能是凑合，不能追求完美。"

"我要向林黛玉学习，追求完美。宁为玉碎，不为瓦全。"罗玲珏坚定地说着。

"你现在讲得一套一套的。你亲戚给你介绍的那个人怎样？"

"我差一点没有打他一巴掌。"

"怎么啦？"

"一见面，就没有好印象。"罗玲珏又补充一句，"色眯眯的。"

"玲珏，你漂亮，人家喜欢你。"

"关键是，谈不到一起去。满嘴都是脏话粗话，吹嘘自己做生意，赚了钱。"

"现在有些人，自恃有几个钱，就忘乎所以，不知道自己是老几了。"

"那家伙，不学无术，平时就是打麻将、抽烟、喝酒。"

"根本不用和这种人交往。"陈爱娟说道。

"我离开时，那家伙嘴里嘟嘟囔囔地说'不就是个护士吗，装什么装'。"

"那个人就是个流氓。"

"就是个渣滓浊污。"罗玲珏气愤地加上一句。

"我看你和陆文盛不错，你们两个人谈得来。"

"我和他是谈得来，但从来没有往男女朋友方面去想。"

"是不是，你嫌他离过婚？"陈爱娟小心问道。

"不是吧。"

"你认为他怎样？"

"他对我很尊重，很有礼貌。"

"他是不是，心里喜欢，不敢说。"

"这谁知道。或许他根本就没有这个意思。我一直想知道他离婚的原因。他不说，我也不好问。"

"玲珏，你多和他接触，就能知道。"

"我们科吴元章医生和他是大学同学，他们俩关系很好。吴元章说陆文盛是个好人，他也不知道陆文盛在3年前为什么要离婚。"

"他可能觉得自己是个离过婚的人，不敢主动和你说。要么，我哪天找他谈谈。"

"不，不。爱娟，我还没有想好。"

"凭我的直觉，陆文盛这个人不错。如果你们俩成了，那真是金童玉女。"

"都多大岁数了，还什么金童玉女。"

"不管怎么说，你们俩都非常漂亮。"

几天后，陆文盛来到医院图书馆时，罗玲珏已经到了。

"小罗，对不起。我想提前十分钟到，结果还是让你等了。"

"吃过早饭，没事做。我就来到了图书馆。"

"怎样，《红楼梦》好看吧。"

"很好看。我昨天晚上写了4个问题，准备向你请教。"

"好啊。你说吧。"

"我先问别的问题，可以吗？"

"当然可以。"

"你现在一个人，为什么不找个女朋友？"

"没想到你问这个问题。为了回答你这个问题，我们还是回到《红楼梦》。贾宝玉有个嫂子，叫李纨。她丈夫在结婚不久就过世了。从此，李纨年纪轻轻的就守寡，对生活没有任何激情。《红楼梦》形容她是：槁木死灰。"

"李纨平时很少说话、低调。"

"我的状态也可以用'槁木死灰'来形容。"

"不行，不行。你一个阳光青年，怎么可以槁木死灰。"

"我离过一次婚。这次失败的婚姻对我打击很大。"

"陆医生，你能详细点给我说说吗？"罗玲珏想知道陆文盛离婚的原因。

"大学五年，我班上很多同学想知道我的恋爱、婚姻情况，我没有说。今天，就对你说了吧。"

罗玲珏睁大眼睛，等候陆文盛讲述他的恋爱婚姻历史。

"我和我前妻都是 1974 年高中毕业下放的。"

"你们一下放，就谈恋爱了？"

"真正地谈恋爱，是到农村 1 年后的事。我前妻主动追求我，我每次只是应付。我当时在农村，一门心思想好好劳动，争取被推荐招工或上大学。"

"据说，那时上大学或招工，凭关系。"

"是的。我家就是一个普普通通的老百姓。我曾幻想如果我表现好，有可能被推荐上大学的。后来发现，没有关系，走上大学或招工这条路非常难。过了大半年，我得知她家是高干，她父亲是江滨市的副市长。我就想如果能和她好，我就有了靠山，就能上大学或回城当工人。于是带着这种目的，和她谈恋爱。当时国家有规定，在农村必须满两年以上，才有资格上大学或进城当工人。所以到了 1976 年，我前妻进城当工人了。在她离开时，她没有告诉她父母就和我领了结婚证。"

"你前妻很爱你。"

"是的，那时她是爱我的。她在离开农村时，对我说过段时间，一定要把我调到城里。在我前妻回到城里不久，国家领导人过世。我们这代人的命运发生了改变。"

"我也一样。"

"不久，上面停止了推荐上大学，国家恢复了高考。我和我前妻，都参加了高考。很幸运，我们俩都考上了。"

"多好啊，比翼双飞。"

"我考上了医学院，她考上了外地的全国重点大学。问题是从上大学开始的。"

"你们俩前途一片光明啊。怎么会出现问题。"

"我前妻性格外向，比较任性。就像我刚才说的，她领结婚证，都没有告诉她父母。在大学第二年，她班上有个男同学追求她。她这个男同学，也是结过婚的人，他看中我前妻父亲是高干。起初是班级搞活动，俩人在一起，这很正常。后来男的公开地追求她时，她就应该拒绝，毕竟是有丈夫的人。两个人的关系，很快就在学校传开了。后来，男的妻子到学校来闹，学校要勒令他们俩人退学，他们才中断关系。"

"这是你前妻做的不对，是对你的背叛。"

"我一直被蒙在鼓里，直到男的妻子找到我，我才知道。我还被那个人的妻子无端地羞辱一番。"

"你怎么，一点儿没有发现？"

"我们结婚后，确切说是领结婚证以后，她到我家住的天数，没有超过5天。"

"为什么？"

"她嫌我家的条件差。我家的厨房在走廊上，卫生间是公用的。由于长时间不来我家，邻居都以为我们离婚了。我想等到大学毕业，单位分到房子，一切问题都解决了。没有想到她在上大学期间，出了问题。"

"这完全是你前妻的错误。"

"当我知道她在学校的事后，非常气愤，恨不得立即去她学校找她。"

"你找她了吗？"

"我们这代人，77级大学生，有两个特点：第一是学习特别用功；第二就是有些人在上大学前结了婚或有了对象。学校最怕的、最头疼就是一方配偶到学校来闹。学校既同情学生，又要维护社会道德。"

"学校肯定要说些冠冕堂皇的话。"

"我冷静下来后，心想不能闹离婚。如果我在读书期间离婚，也会影响我毕业分配。所以，我忍了下来。"

"既然，你前妻心中有别人了，就应该离婚。"

"当时，男的妻子到学校去闹，如果我再去闹，她就无法在学校待下去了，只能退学了。所以，我决定等毕业后，再离婚。"

"你人真好，这个时候还为她着想。"

"1982年大学毕业，我到医院上班后，提出和她离婚。她以为我是到医院遇到年轻漂亮的护士了，才提出的离婚。"

"她怎么会这么想。是她对你背叛，导致你要离婚。"

"她来医院调查，也没有发现我和哪个女的好。"

"那后来，她为什么主动提出要和你离婚？"

"深圳成立特区后，江滨市在深圳成立了一个办事处。她父母就把她安排到江滨市驻深圳市办事处工作。我前妻的性格很适合在深圳工作，她在那里干得还不错。后来，遇到一个丧偶的香港老板，她就提出和我离婚了。"

"你马上就同意了？没有刁难她？"

"没有刁难她。"

"现在，你可以重新开始。"

"下放的时候，为找一个靠山而谈恋爱，结婚。我自己都恨自己。"

"那是特殊年代造成的。"罗玲珏试图让陆文盛振作起来。

"有人说我，为了上大学招工，找个干部子女。考上大学又把人给甩了。"

"你可以解释啊。说你前妻也考上了大学，她出轨了。"

"我没有解释，怕越描越黑。"

"陆医生，你这么年轻，又是大学生，不能灰心丧气，要振作起来。"

"我也想过重新来，但谁愿意和我谈恋爱啊。"

"我呀。"罗玲珏自己都惊讶自己是怎样说出来的。

"不行，不行。你这么年轻。别人以为我骗小姑娘。"

"我 25 岁了，已是晚婚的年龄了。"

"你不是一时的冲动，或是出于同情我，才这样说的吧。"

"我自己都不知道我什么时候有这种想法。第一次见到你后，虽然我不知道你为什么要离婚，但我坚信你不是考上大学就把人给踹了的那种人。我就想要帮助你。"

"谢谢你，小罗。我知道你是个好人。我经历了一次失败的婚姻，谈恋爱就十分慎重。你父母会同意你和一个离异的人恋爱吗？"

"这不用你担心。我会做我爸妈的工作。"

"我父母要是知道了我有你这样一个漂亮的贤惠的女朋友，高兴得要命。"

　　"不要高兴得太早。我们要相处一段时间，看看是否合适。"罗玲珏俏皮地说道。

　　"肯定合适。"

　　从此，江滨医院又多了一对恋人，江滨医院最漂亮的一对。

第 9 章　做母亲

　　1988 年年底，陈爱娟生了一个男孩，取名：梁明哲。因为孩子需要人照顾，陈爱娟就从医院分给他们的房子，搬到梁荣刚父母家，和梁荣刚父母住在一起。当时产假的时间为 3 个月。到了第 4 个月，陈爱娟就要回医院上班。世界上的事，就那么的巧，就像是老天爷安排好了一样。1989 年 1 月，梁荣刚母亲 50 岁，正好到了退休的年龄，可以在家带孙子。

　　"爱娟，你晚上要给孩子喂几次奶？"在病房，许秀华问陈爱娟。

　　"两次。"

　　"差不多。我养儿子时，也是每晚喂两三次奶。晚上起来多了，就睡不好，第二天的精神就不行。"吴世菊说道。

　　"是有一些影响，但问题不大，能扛得过去。"陈爱娟说道。

　　"能不能，让你婆婆带孩子睡觉？"许秀华建议道。

　　"不行。白天我婆婆带孩子已够辛苦了。晚上，就让她好好休息。如果她晚上休息不好，第二天带不了孩子，则问题更大了。"

　　"是的。爱娟，你自己要多保重，要注意营养。"

　　"我现在就怕有人说要加强营养。生完孩子后，我的体重增加 10 斤了。"

　　"爱娟，那是没有办法。不吃，你就没有奶，体力就跟不上。"

"爱娟，你回去吧。这个输液我去换。"吴世菊说道。

"谢谢。我自己做吧。还有10分钟到10点半。"每天的护理工作都是"一个萝卜一个坑"。所以，自己分内的事，陈爱娟尽量自己做。按国家政策，陈爱娟每天有一个小时的喂奶时间。陈爱娟选择在上午10点半回家喂奶，下午和大家一样正常上班。

"妈妈，带了一天的宝宝辛苦了。"下午下班后，陈爱娟客气地和婆婆打招呼。

"还好。宝宝今天一切正常。你下午上班后，宝宝又睡了2小时。"

"妈妈，我来抱宝宝。"

"还是我抱吧。你今天上了一天的班，也够累的了。"

"我不累。我想宝宝了。宝贝，妈妈抱抱。"说着，陈爱娟就从婆婆手中接过孩子。"小宝贝，你想妈妈了吗？肚子饿了吗？好的，妈妈知道，宝宝饿了。吃奶吧。"

不一会儿，梁荣刚和他父亲几乎是同时到家。他们俩一到家，立即投入到厨房紧张的战斗中。大约一个小时，一顿丰盛的晚餐，上了饭桌。

"爱娟，你把孩子给我。你们去吃饭。"梁荣刚妈妈说道。

"妈妈，我不饿。你先去吃。"

"爱娟，你去吃吧。"梁荣刚的父亲也劝陈爱娟去吃饭。

"不要客气了。爱娟过来，请吃饭。"梁荣刚也参与进来。

"那我就先吃了。"

"一家人客气什么。"

梁荣刚父子俩、陈爱娟三人先吃，梁荣刚母亲抱着孩子，坐在旁边。

"宝宝每天都有变化。"梁荣刚母亲说道。

"每天都有变化？我怎么没有看到。"梁荣刚说道。

"你没有看到，完全正常。你不带孩子，又不喂奶，怎么能观察到宝宝细小的变化。"

"谁说我不带宝宝。我每天下班回到家，还有周末，都抱宝宝的。"

"宝宝和荣刚小时候几乎一模一样，非常可爱。"奶奶十分喜爱孙子。

"爱娟，菜怎样？好吃吗？"梁荣刚父亲问道。

"很好吃。"

"那就多吃一些。"

"我的体重已经增加 10 斤了。"

"体重增加有 10 斤？"梁荣刚表示怀疑。

"我今天在科室称的。"

"爱娟，生完孩子后，发胖是正常的。你一定要多吃，吃得多，奶才好，人才有劲。"梁荣刚母亲劝陈爱娟多吃。

"不过，今天我吃得实在是太饱了。"说完陈爱娟起身，离开饭桌，让婆婆来吃饭。

吃过晚饭后，梁荣刚父母收拾餐桌和厨房，梁荣刚陪陈爱娟带孩子。家里的电视机成了摆设，没有人看，不是不喜欢，而是没有时间看。忙完家务后，大人们都是精疲力竭，唯一的愿望就是早点休息。第二天，一家人还必须早起。

"荣刚，起床了。不然，要迟到了。"

"我困，睁不开眼。"

"睁不开眼，也要起床。"

"我昨晚没有睡好。"

"什么，你没有睡好。你昨晚就起来一次。我起来了 2 次，给宝宝换尿布。"

"起床就起床吧。"梁荣刚十分勉强地从被窝中爬起来。

"爱娟、荣刚，早饭放在桌子上了，抓紧时间吃，不然要凉了。"

"知道了，我们马上就来吃。"

"妈，我刚给宝宝喂过奶，小家伙吃得饱饱的。"陈爱娟把儿子交给婆婆。

"你抓紧时间吃饭吧。荣刚，你也来吃饭。"梁荣刚母亲催促儿子和儿媳，抓紧时间吃早饭。

陈爱娟和梁荣刚俩人，就像完成一项紧迫的任务，以最快的速度吃完早饭。出门前，陈爱娟站在镜前，用手捋了捋头发，就急匆匆离家上班去了。

这天外科病房输液的病人特别多，又有几个重症病人，所以护理工作量特别大。一上班，护士们就在病房里不停地来回奔走、穿梭。

陈爱娟把自己负责的后组病人处理好后，就坐下来喝口水。凳子还没有坐热，就有个前组病人家属来说液输完了，要换液体。今天是吴世菊负责前组的治疗，她刚刚去卫生间了。病人可不管谁负责前组或后组，液体输完了，就得立即有人去换。

"知道了。"陈爱娟立即起身，就给病人换液体。

中国人早餐，通常是很简单的。陈爱娟早晨吃的那一点食物，所产生的热量，很快就耗尽了。10 点不到，陈爱娟就饿了，再加上晚上睡眠时间不够，陈爱娟十分疲倦。在陈爱娟弯腰给病人打针时，突然感到一阵头晕，差点摔倒。

"爱娟，你的脸色不好。不舒服？"李艺花关切地问道。

"没有什么，只是有点累。"

"带孩子，很累的，熬过半年就好了。"

"是我没有经验。我没有把小家伙的生活习惯调整好。"

"把孩子生活习惯调整好，大人就轻松多了。"

6 月初的一天，小宝宝出现了腹泻，鸡蛋花一样黄色水样泻。以前，曾经有过这种情况，没有吃药，自己就好了。这次小家伙在夜间一连拉了 4 次，陈爱娟几乎一夜没有合眼。

早晨 5 点钟，天刚放亮。陈爱娟端了一盆热水，给小宝宝洗屁股，换上一块新的尿布。刚换好尿布，宝宝又闹腾。

梁荣刚说道："是不是，小宝宝又要吃奶了？"

"不知道。拉肚子，最好让胃肠道休息一会儿。我怕给他吃了，过会儿又要拉。"

"那怎么办？"梁荣刚有些不知所措。

"宝宝好像有些发热。你摸摸他的头。"

"是的，有点发热。你今天就请假吧，就说孩子生病。"梁荣刚建议道。

"我也想到了请假的问题。"

"那就请假吧。"

"不行。如果我今天不去上班，我就要找一个好不容易今天休息的人，顶替我今天的班。"

"那怎么办？"

"我这样想。上午，我还是和往常一样，7 点 45 分之前到科室。到 10 点钟左右，你让妈妈把宝宝带到医院找我，我把宝宝带到儿科，找医生看看。我想儿科医生知道该怎样处理。你赶快去洗尿布，洗好后，立即拿出去晾。"

和往常一样，梁荣刚父母早早就起床了，看到儿子梁荣刚在大清早洗尿布，梁荣刚母亲就问道："怎么，一大早洗这么多尿布？"

"昨晚，宝宝拉肚子。"

"拉了几次？"

"好像有四五次。"

"你睡得好吗？"母亲心疼儿子。

"我睡了一会儿。爱娟几乎没有睡。"

"她今天上班，怎么办？"

"她说今天要上班。"

上班之前，陈爱娟深情地在小宝宝的额头上，吻了一下。

"爱娟，你放心上班吧。你不要太累。做不动，就休息一会儿。"

"妈妈，你 10 点钟带宝宝到病房找我。然后，我们一起去儿科。"

"我知道了。我 10 点钟，到病房找你。"梁荣刚母亲说道。

1989 年 7 月，彭春霞丈夫顾志平硕士研究生毕业。毕业后，留在学校免疫教研室做老师。经过了 5 年的坚持和等待，上天终于给了彭春霞最想要的结果。就在 1989 年，陈巧云和罗玲珏都做了妈妈了，而且俩人都生了女儿。

1989 年 10 月，护理部钱主任，60 岁光荣退休。蔡兆兰接任护理部主任一职，沈丽琴任护理部副主任，外二科护士长张亚英被护理部任命为外科总护士长，接替蔡兆兰的外科总护士长的工作。

1989 年 12 月上旬，护理部蔡兆兰主任，沈丽琴副主任，以及外科总护士长张亚英，来到外科病房调研责任制护理开展的情况。

"高学芳，我们上个月去北京医院参观，他们的健康宣教做得特别好。我和沈主任、张护士长商量后，决定在内分泌科和外一科进行试点。"

"我们先试点？"高学芳有些为难。

"待会儿，张亚英会告诉你，具体怎样做。另外，我办公室里还有些如何开展健康宣教的材料，你可以拿去看看。"蔡兆兰对高学芳说道。

"好的。"高学芳说道。

"听说科室人员有些紧张？"

"还好。主要有两个人休产假，陈爱娟还在哺乳期。"

"陈爱娟生孩子有段时间了吧。"

"还有一个月，陈爱娟的哺乳期就结束了。"

"你可以让陈爱娟帮你一起做健康宣教工作。爱娟在吗？我好长时间没有见到她了。"

"她在。我去叫她过来。"

"好的。"

陈爱娟看到医院护理部三位最高领导，不免心里有一丝紧张，怔怔地问道："蔡主任，你找我？"

"因为好久没有见到你了，大家都想看看你。"

"谢谢领导。"

"爱娟变化不大，只是稍微胖了点儿。"沈丽琴说道。

"胖了不少，皮肤也不行了。"陈爱娟说道。

"生孩子都这样。"张亚英说道。

"谁帮你带孩子，是你婆婆？"蔡兆兰问道。

"是的。她今年年初退休的。"

"晚上带孩子，白天要上班，实在是不容易。大家都是这样熬过来的。小宝宝身体好吗？"

"小宝宝身体很好。"

"爱娟，我刚才和高学芳说了，要在外科开展责任制护理和健康宣传教育工作。等你哺乳期结束后，你协助护士长把这两项工作做好。"

"我一定努力做好。"

1990年2月1日起，高学芳就安排陈爱娟正常上班了。所谓正常上班和哺乳期上班相比，就是要上晚夜班。还有，作为科室的教学干事，陈爱娟还要负责实习护士的带教工作。

孩子断奶后，陈爱娟睡眠时间增加了，皮肤多了光泽，人也精神起来了。为了完成护理部领导布置的任务，陈爱娟利用空闲和休息时间，去图书馆查阅资料，写了阑尾炎、疝、胆囊结石、胰腺炎还有胃癌的临床表现、治疗方法、饮食以及出院后的注意事项等。

陈爱娟把写好的文稿交给高学芳，高学芳看后，很满意。立即跑到护理部交给蔡兆兰主任。

"写得很好。你先打印出来，组织全科护士学习。"

"好的。我马上组织全科护士学习。"得到蔡兆兰的肯定，高学芳心里的石头落地了。

1990年5月12日，护士节这天，在医院大礼堂，江滨医院召开全院护士大会。下午2点，会议准时开始。蔡兆兰主任主持大会：

"护士姐妹们，下午好。今天下午，我们在医院大礼堂，召开一次重要的会议。我们以隆重的仪式，聘请我们的老前辈黄雅贞老师，为我院的终身护士，护理部的终身顾问。"整个会场，爆发出热烈的掌声。

"黄雅贞是我的老师。她在新中国成立前，就担任过护校老师，护校校长，还担任过我们医院的护士长和护理部主任。黄老师还是中华护理协会副会长，东南省护理学会会长，是我们省的人大代表和政协委员。黄老师是我们国家现代护理学创始人之一，她把毕生的精力，全部奉献给了我们国家的护理事业。认识黄老师的人都说她好，病人见到黄老师心里就踏实。

黄老师出生在一个非常富裕的家庭，她毅然选择了护士这个伟大而又辛苦的职业。本来，黄老师可以选择钱多、工作轻松的职业。那么黄老师为什么选择护士呢？因为，护士能帮助人。

黄老师的家人都在美国，只有她一个人在中国。去年年底，黄老师去美国探亲，我们都以为黄老师不回来了。可是黄老师心系祖国的护理事业，心系我们医院，心系这个她奋斗一生的地方。她毅然放弃了在美国优越的生活条件，回到了祖国。

我们现在请黄老师给我们讲话，大家欢迎。"

"谢谢蔡兆兰主任，让我在这里和大家说说话。中学毕业时，我要上护士学校，我爸妈不同意，他们心疼我这个女儿将来工作会太辛苦。我对我父母说，你们不是整天说要帮助人，爱人吗？护士最能帮助人。见我态度坚决，我爸妈就没有再阻拦，并给我送上了祝福。我上了燕京大学护理系，走上了护理这条路。

"新中国成立前，不仅医生少，护士更不够用。全国只有几家屈指可数的护士学校。为了帮助和服务更多的病人，我们克服了种种困难，在江滨市办起了护校。当初的护校老师大部分是在病房上班的护士。在当时艰难的条件下，我们为东南省培养了一批又一批的护理人才，成为新中国成立初期的护理骨干。

"今天，我站在讲台上，看到台下这么多的年轻护士，我特别感动，特别地自豪。你们是我们的未来，我们护理事业后继有人了。

"护士是一个需要奉献、牺牲的职业。目前，我们社会地位不高，工资不高，而且我们的工作又是十分的辛苦。但是，每当我们看到病人痊愈后，出现的笑脸，所有的劳累、抱怨，立即烟消云散，又立即投入到为下一个病人护理的战斗中。人们常把护士称为白衣天使，白衣天使代表着纯洁和帮助。

"在工作期间，我受过委屈。每当我想到我能通过我的工作，能给别人帮助，这些又算得上什么呢？！

"我去年到美国，住在我妹妹家。我姐姐，还有一个弟弟，也在美国。他们知道我的经历，就劝我留在美国和他们生活在一起。我说你们都是我的亲人，但我的事业在中国，中国需要我。我把我的一生全部奉献给了我们医院，我对医院的一草一木有深厚的感情，江滨医院的护士都是我的亲人。"

台下的护士含着泪，拼命拍手鼓掌。最后，黄雅贞鼓励大家要好好地工作，以南丁格尔精神要求自己，做一个受病人欢迎的护士。

6月的江滨市，草木葱茏，满目青翠。人们早已穿上单薄的夏装，显得格外的精神和漂亮。

陈爱娟在病房给36床女病人做口腔护理时，沈丽琴、高学芳陪黄雅贞到病区检查工作。

"黄老师，她叫陈爱娟，是外科非常优秀的青年护士。"

"小陈，我认识。5年前，我住在外科就是她照顾我的。小陈非常好。"

"黄老师好，黄老师过奖了。"

"上次住院，真是让你们费心，麻烦大家了。"

"黄老师，您真是太客气了。若我们在哪些地方做得不够，请黄老师指出来。我们坚决改正。"

黄老师和护理部的领导离开病房后，36床病人问陈爱娟："刚才，那个人是医院的护士吗？"

"是的。"

"她以前是医院的清洁工。"病人继续说道。

"清洁工怎么会变成医院的领导。"病人丈夫对妻子的说法不屑一顾。

"肯定是她。我记得清清楚楚。1973年，我住院，她每天打扫卫生。"

"经你这么一说，我倒想起来了，是她。"

"你们瞎说些什么啊。黄老师以前是我们医院的护士长和护理部主任。"

"小姑娘，我可没有瞎说。你如果不相信我说的话，你可以问她自己。有没有在医院做过清洁工。"病人的年龄有70多岁，故称呼陈爱娟为小姑娘。

从病人说话的认真劲儿上，病人肯定没有说谎话。陈爱娟觉得有些奇怪，就问护士长高学芳：

"刚才，36床病人和家属说，黄老师在病房做过清洁工。我还和他们争起来了。"

"爱娟，黄老师的确做过清洁工。不过，那是在特殊时期。"

"为什么？"陈爱娟追问道。

"在特殊时期，有个坏家伙看黄老师漂亮，就想入非非，试图调戏、侮辱黄老师。被黄老师严词拒绝后，那家伙就安排黄老师打扫卫生。所以在去年年底，黄老师去美国，大家都以为她不会回来了。没有想到，她又回来了。"

"怎么会发生这种事。"陈爱娟依然不理解。

"黄老师把她的全部心血和情感都倾注在江滨医院的护理事业上了。尽管黄老师曾经受到不公，她依然热爱江滨医院，热爱护理事业。"

"黄老师脸上总带着慈爱的微笑，一看就知道是个心地善良的人。"

"黄老师现在是这样，在她受到不公时，也是这样。她的世界好像就没有仇恨。面对这些不公，黄老师没有愤怒、没有诅咒，脸上始终保持微笑。"

"黄老师，真了不起。"

本来，陈爱娟觉得自己既要工作，又要带孩子，十分的辛苦。但在和黄老师对比后，特别是知道黄老师所经历的非人遭遇，她觉得自己非常幸福。她只要做好自己分内工作即可，用不着担心自己会面对各种不公。此后，陈爱娟的脸上总会有愉快的笑容，轻快的脚步不停地在病房内来回穿梭。

1991年1月底，有个药品公司到科室介绍药品。科主任把大家召集在一起，并招呼护士也到办公室来听。陈爱娟清清楚楚地记得介绍的药品叫作"菌必治"，1克要100多元。后来，这药物改名叫作：罗氏芬。会议时间不长，只有20分钟。会议结束后，公司还给每个人，发了一个小礼品。

1991年3月，德国狼牌医疗器械公司在普外科介绍腹腔镜设备，陈爱娟坐在角落旁听。陈爱娟生平第一次看到投影仪，居然能在办公室放小电影。德国狼牌医疗器械公司员工，首先播放了一段腹腔镜胆囊切除术的手术录像。放录像时屋内鸦雀无声，大家聚精会神观看。只要在腹部做几个 5mm 和 10mm 的小切口，就能完成胆囊切除术，而且手术当天，病人就能下床活动。这种全新的手术方式，引起医生们的极大兴趣。会后，德国狼牌医疗器械公司，给每个人发了一个信封。陈爱娟回家打开，里面装了 100 元现金。

改革开放打开了人们的眼界，一些不安分拿死工资的人，就从单位辞职，到外资机构工作，还有少数人出国。90 年代初期，到欧美医药公司上班的基本上都是医生，特别是分到小医院工作的医生。

5 月天黑得晚了，陈爱娟和梁荣刚下班到家时，天还大亮，他们俩就带小宝宝到室外走走。

"我们科室的卢亦明辞职，到瑞典阿斯利康公司上班去了。"梁荣刚说道。

"他去那干什么？"

"他自己说在医学部，是配合市场部开展工作，给客户介绍产品的性能。比如，给临床医生讲药物的药代动力学，药物的半衰期、抑菌谱等。"

"还是做与专业有关的工作。"

"是的。否则，外国医药公司随便找个人就行了。用不着找一个学药的大学生。"

"不知去外国公司是否可惜。"陈爱娟不置可否地说道。

"不可惜。听他讲，想去的人很多，要面试，择优录取。"

"你眼睛要盯住宝宝，别让宝宝摔跤。"他们俩说话时，小家伙一不小心，摔了一跤。

"听说有医生辞职了。"

"我知道有两个医生。一个去了深圳，另一个是去了美国做科研。"陈爱娟说道。

"离开医院，主要是医院的收入太低。你想想我们现在每个月只有 400 块，外国医药公司，每个月有 3000 元。差别太大。"

"荣刚，辞职是天大的事，不能头脑发热，由着性子来。我们是事业单位，旱涝保收，稳定。"

"我们是低收入的稳定。"

"医院有一千多人，辞职只是极个别的人。"

"我真希望医院能增加医生和护士的工资。"

10月7日，彭春霞请陈爱娟、陈巧云和罗玲珏3位姐妹，在肯德基见面。她们4个人结婚成家后，先后搬出了医院的集体宿舍。平时4个人各忙各的事，很难聚在一起。

彭春霞点了4份套餐，每份套餐含有1个汉堡、1份炸薯条、1份土豆泥和1杯可乐，总共60多元。

"春霞，平时谁帮你带孩子？"陈爱娟问道。

"我妈帮我带。"

"自己妈妈帮助带孩子最好。"

"4个人住在1间小房间。只有我妈为了我，能做出这么大的牺牲。"

"不过孩子现在大了，最困难的时候过去了。"

"在孩子6个月的时候。我妈曾提出把孩子带回家。我没有同意。我想再让孩子吃段时间的奶。"

"肯定是你妈妈心疼你。她把孩子带走，你们就能好好休息。"

"是的。现在真要我妈把孩子带回家了。"

"为什么？"

"这个月16号，我和顾志平要去美国了。"

"去美国？"

"怎么这么突然？！"

"顾志平这次去美国是做访问学者，在美国大学实验室做研究工作。每个月的工资是1500美元，折合人民币是1万3千元。"

"那么多的钱？！"罗玲珏惊讶地张大嘴巴。

"恭喜，干杯。"陈巧云举起可乐和彭春霞碰杯。

"顾志平很有上进心，他一心想做出一些成绩。可是学校现有的条件，无法做深入的研究。另外，我们在国内的收入低。"

"还是春霞有眼光，找个研究生。马上要去挣大钱，享福去了。"陈巧云说道。

"我从谈恋爱开始，就分居两地。研究生毕业后，总算是留校了，可是房子实在是太小，只有一间小房间。还是你们好，在医院或本市找个对象结婚，生孩子，有人帮助带。我的辛苦，你们无法体会。"

"不管怎么说，现在是熬出头了。"

"那孩子怎么办？"

"我和顾志平先过去。待我们稳定后，再把孩子接过去。"

"可以把你爸妈一起接过去吗？"

"不清楚。好像有中国父母去美国，帮助带孩子的。"

"如果你爸妈过去，你可以再生个孩子。"

"一个孩子就把我累得够呛。也不知道到美国后，情况会怎样。"

"你和顾志平，一定没有问题。你们俩都是聪明人，又勤奋，肯定能在美国扎下根。"

"春霞，到美国后，要给我们写信。最好，再寄几张照片。"

9 天后，彭春霞和丈夫顾志平，带着 4 个大箱子，飞往太平洋彼岸的美国，开始了新的生活。

第 10 章　表扬信

1992 年 11 月中旬，蔡兆兰主任来到外科，对陈爱娟说：护理部准备在 12 月召开一个全院的护理大会，希望陈爱娟做一个带教方面的报告。

"蔡主任，我从来没有在大会上发过言。"

"你就把你是怎样开展带教工作的，说出来就行了。"蔡主任又补充道："你怎么做的，就怎么说。"

"我今天就准备起来。不知，行不行？"

"肯定行。发言稿写好后，给我看看。"

晚上，陈爱娟坐在写字台前，构思自己的发言稿。她的听众不是初到医院的实习护士，而是有丰富经验的姐姐和阿姨们。怎样写？陈爱娟先列出一个提纲，提纲内容如下：

1. 热爱护理事业，热爱带教工作；

2. 在带教过程中，强调护理在病人治疗过程中的重要性；

3. 强调护士工作的特点是能帮助别人，所以，作为一个护士，要时刻准备帮助病人，关心病人；

4. 带教老师要关心和爱护实习护士；

5. 在带教过程中，应该巧妙地将理论和实践相结合；

6. 礼仪教育包括：衣着大方整洁，语言文明优美；

7. 介绍医院各项规章制度，强调这些规章制度都是前辈们经验的总结，要坚决执行；

8. 介绍科室工作的流程。

陈爱娟就按这个提纲写发言稿。写了改，改了又写，直到第4遍，才定稿。第2天，陈爱娟来到医院的计算机室，把发言稿录入计算机，打印出来，交给蔡兆兰主任。

"爱娟，你在哪里打印的？"蔡兆兰主任惊喜地问道。

"医院计算机房。今天上午刚打印出来的。"

"计算机打印出来的，就漂亮多了。钟小慧的字太潦草，我没有办法看。如果她能像你一样打印出来就好了。"

"钟小慧可能不知道，医院有计算机房。"

"爱娟，你的发言稿，写得很好。你去图书馆，找些教学方面的文章，充实文章的内容。这样，你的发言稿就会更加丰富、生动了。"

"好的。我去图书馆找文章。"

陈爱娟立即去了图书馆，翻阅护士杂志上有关护理带教的文章，找到两篇自己满意的文章。陈爱娟花1块钱，把它们复印下来。

"……通过带教，学生们对护理工作充满了兴趣，渴望早日成为一名护士，实现自己的理想。谢谢大家。"在12月的护理大会上，陈爱娟做如何带教的发言。

"陈爱娟虽然是年轻护士，但她的教学工作做得都非常好。这是因为她工作认真，做任何事都爱动脑筋。好了，今天的会议就到这里结束，散会。"蔡兆兰最后做总结。

通过这次会议，全院的护士知道、认识了陈爱娟。

1993年3月，科室来了一位67岁男性患者。该患者是个退休老师，因为大便不成形，在门诊做肠镜检查，发现直肠癌而住院。

"您是老师吗？"

"是的。"出于礼貌，病人勉强回答道。

"我称呼你张老师，可以吗？"陈爱娟礼貌地问道。

"当然可以。"

"你到我们医院，在我们科室，就不要有什么担忧和害怕了。"

"希望这样。"

"郭主任手术做得很好。你只要按医院的要求，配合医生治疗就可以了。"

"我有些问题，想问郭主任。但郭主任太忙，我昨天一天，都没有看到他。"

"郭主任手术做得好，找他的人就特别多。你这次看病找郭主任是对的。"

"我是经过朋友推荐，做了一番调查研究后，决定找的郭主任。"

"平时，郭主任很忙。你有任何事情，也可以和我说。我将尽最大努力帮助你。"

"这病手术切除就好了吗？会不会有转移？"病人被陈爱娟的真诚所感动，开始和陈爱娟交流。

"目前肿瘤的治疗原则是：早期发现，早期治疗。你的病还是比较早期的。"

"我是早期的吗？"

"是的。你没有出现肠梗阻，没有肺和肝脏的转移。"

"能肯定吗？"

"当然能肯定。"

"那就太好了。"

"陈护士，我再问一个问题。像我这样的病，手术后能活几年？"

"活个 5 年，10 年，应该没有问题。"

"只要能活 5 年，我就满足了。5 年后，我都 70 多岁了。古话说：人生七十古来稀。"

"现在人的寿命长了。你身体好，至少能活到 75 岁以上。"

"谢谢你。和你这么一交流，我心里踏实多了。我刚知道病的时候，觉得人生全完了。老是想这种厄运怎么会落到我的身上。"

"其实，你一点也不需要绝望。明天，郭主任就要给你做手术了。手术后，你又和正常人一样了。"

"我要振作起来。我要对自己说：手术后，我就和正常人一样了。"

"你这样想就对了。拥有一个乐观开朗的心态，对手术后的恢复大有帮助。积极向上的心态、乐观的精神，可以提高人的免疫力。"

"是啊。既然有那么多的人住院治疗，为什么我要特别地紧张、恐惧。这次患病只是我人生的一个小插曲，小挫折。战胜它就行了。"

"张老师，你说得太对了。你现在是因为疾病住院。这疾病就是你和医生的共同敌人。我们要团结一致打败敌人。"

"我们团结一致，消灭疾病，战胜疾病。"病人坚定地说道。

"明天上午，郭主任不仅亲自给你做手术，郭主任还把手术后的治疗和护理，全都安排好了。手术是治疗的关键部分，千万不能因为手术后的某些小问题，而前功尽弃。我们不仅要确保手术成功，还要确保你平安回家。"

"谢谢。我的命全部交托给你们了。"

"请你放心。我们一定会尽最大的努力，治疗你的疾病。"

第二天上午，郭主任带着曹勇超，给张老师做手术。肿瘤在直肠的上段，没有转移。

手术结束后，病人从手术室回到病房。陈爱娟和病人的儿子、女儿以及手术室的护工，一起把病人从手术室的推床搬到病床。陈爱娟在手术单上，写上：血压 120/70mmHg，心率 87 次 / 分钟，再签上自己的姓名，就把手术单交给手术室护士。

"病人从手术室转运到病房，只有我们在手术麻醉单上签完字后，手术室的工作，才算结束，病人就移交给我们了。所以，手术病人的交接一定要仔细。不仅仅是测量病人的血压和脉搏，还要观察各种引流管。"陈爱娟对跟在她后面的实习护士说道。

"嗯。"实习护士面对大手术后的病人，显然有些害怕和紧张。昨天，还是面色红润，谈笑风生的张老师，现在则是脸色苍白、表情淡漠，虚弱地躺在病床上的重病人。

"手术后第一天的护理非常重要。我昨天要你看的胃肠切除术的护理，你看了吗？"陈爱娟问道。

"看了。"

"好。你说说，护理要点。"

"手术后第一天，主要是观察病人的血压和脉搏。同时注意腹腔引流管和导尿管。"

"说得很好。为什么病人从手术室回到病房后，要吸氧气？"

"不知道。"

"刚做腹部手术后的病人，往往呼吸比较浅，自己呼吸可能不够用。故要给予病人吸氧补充。"

"知道了。"

"说说直肠癌术后，可能会有哪些并发症。"

"切口感染、肺部感染、腹腔出血、心力衰竭。"

"很好。作为一个护士，不仅要知道手术可能有哪些并发症，而且还要知道什么时候会发生。我们就会有的放矢，做好自己的工作。比如，手术当天，以及手术后的第一天，就要注意腹腔有没有出血。这时，我们就要注意腹腔引流管，要观察引流液的性质和量。如果有鲜红色的血液，且量又大。就要立即通知手术医生，有可能要进手术室止血。吻合口瘘，一般要到术后的第4—6天，如果过了6天，吻合口就没有问题了。所以，从第4天起，就要特别注意腹腔引流管的情况。切口感染一般发生在手术后的第4天。故在术后的第3天或第4天，要给病人的切口换一次药。"陈爱娟向实习护士传授护理经验。站在旁边的病人家属，也聚精会神地听着。

陈爱娟一说完，病人的女儿立即问道："我爸爸的情况正常吗？"

"正常。我刚量过血压和脉搏，是好的。腹腔引流管液体也很少。今天最主要是要注意病人的血压和脉搏，以及腹腔引流管情况。你们家属，今天要辛苦了。"

"你们就不管了？"病人女儿带有质问的语气说道。

"我们就不管了？"陈爱娟不想和她发生争执，就冷冷地说道，"我们会按护理的要求，做好护理工作。"

"嗯。"病人女儿毫无表情地哼了一声。

1小时后，陈爱娟再次给病人量血压时，病人勉强睁开了眼睛，吃力地说着："谢谢，陈护士。"

"爸爸。"看到父亲醒过来，病人女儿欣喜而紧张说道。

"嗯。"

"爸爸你好吗？"

"全身难受。"

"怎么难受？"

"我说不清楚。"病人说完，就闭上了眼睛，不愿再说话。

"护士，我爸这样有问题吗？"病人女儿生硬地问道。

面对病人女儿说话的态度，陈爱娟真心不想理她。但作为一名护士，陈爱娟不能和病人家属斤斤计较，于是说道："手术后第 1 天，病人很累的。我们尽量不要打扰病人，尽量让病人多休息。如果有人来探视，让他们过 3 天再来。病人现在最需要的是安静和休息。"

下午 4 点钟，郭主任来病房看病人。这是郭主任多少年养成的工作习惯，再忙，也要抽个空看看手术后的病人。

"郭主任好。"病人儿子说道。

"郭主任辛苦了。"病人的老伴儿说道。

"郭主任，我爸爸的手术做得怎样？"病人女儿焦急地问道。

"肿瘤局限于肠腔内，没有转移。"

"谢谢郭主任。"病人老伴儿说道。

"今晚要有人陪，特别是手术前三天要有人陪。"

"我们已经安排好了。谢谢郭主任。手术后，还来关心病人。"

郭主任欲和病人打招呼，但看到病人十分疲倦，就对病人家属说道：

"今明两天，是病人最难受的两天。过了这两天就好了。"

"知道了。谢谢郭主任。"

手术当天以及手术后第一天，病人躺在床上，平安过来了。手术后第二天，陈爱娟给病人做护理时，病人欲侧身，引起切口的剧烈疼痛。

"张老师，你今天还得躺在床上不要动。毕竟，你做了一个大手术，手术切口很长。过了今天，明天就好了。"

"我是个爱运动的人，躺在这里一动不动，浑身说不出的难受。"

"张老师，最困难的昨天都过去了。再坚持一天，就是胜利。郭主任、曹医生对你都特别的关心。我们刚才还商量今天给你用什么药，使你恢复得更快一点。"

"谢谢。"

到了下午3点钟，病人偶尔有几声咳嗽，虽然不剧烈，却引起病人较剧烈的腹部疼痛。病人的女儿，跑到医生办公室，找到曹医生。

"张老师，有什么不舒服吗？"曹医生很快来到病人床边，询问病人的情况。

"刚才，咳嗽的时候，肚子痛。"

"现在，还痛吗？"

"现在不痛了。不咳不痛。"

"你不要动。我来看看你腹部的情况。"

曹医生轻轻地掀开病人的被子，检查病人的腹部和引流管。

"张老师，刀口很好，引流管也没有问题。就是咳嗽引起的疼痛。"

"我爸爸平时不咳嗽，是手术引起的咳嗽。"病人女儿怪罪地说道。

"你爸爸平时不咳嗽，不能保证他手术后不咳嗽。"曹医生对她也不客气了。

"医生，能否想个办法，不让我爸爸咳嗽。"病人女儿态度有点软了。

"既然出现了咳嗽，我们总要解决的。"曹医生不喜欢病人女儿说话的方式，故意用官话回答。

"医生，那快想办法吧。"

"我们会想办法的。"曹医生没有看病人女儿，转身对实习医生小刘说，"把胃管拔了。"

"病人还没有排气。"

"胃管可以引起咽部的不适，咽喉部的炎症，进而引起咳嗽。拔除了胃管，病人的咳嗽很快就能好。术后咳嗽不仅会导致病人的切口疼痛，甚至可以造成切口裂开，是手术后切口疝发生的主要原因。"

"我马上拔胃管。"

一根约1米长的胃管从病人的鼻孔处拔出，长长的胃管表面附着稠厚的黏液。胃管拔出后，病人长长地舒一口气。病人的老伴儿和女儿，惊讶地说道：

"这么长的管子啊！"

曹医生没有理睬病人家属，对病人说道："怎么样？现在解放了吧！"

"好多了。这管子插在嘴巴里，真难受。"

"待会儿，我让护士给你做雾化吸入。你会更舒服一些。"

"谢谢曹医生。"病人老伴儿说道。

曹医生刚离开病房。病人女儿就对实习护士大声喊道："怎么还没有给我爸爸做雾化吸入？曹医生刚才说了我爸爸要做雾化吸入。"

面对突如其来的质问，实习护士完全蒙了。正好，陈爱娟走过来，实习护士就像抓到一根救命的稻草，对陈爱娟说道："老师，37 床的女儿说要做雾化吸入。催我们快点去做。"

"这个人，怎么回事。"此时，陈爱娟非常讨厌张老师的女儿。

陈爱娟一到病房，病人女儿马上抓住陈爱娟说道："曹医生说马上要给我爸爸做雾化吸入。耽误时间，你要负责的。"

陈爱娟听到后，火气腾地就上来了。"什么我负责？！哪有你这么说话的。我们尽心尽力给你父亲护理，希望你父亲早日康复，你怎么一点良心也没有。"

"对不起护士。我女儿只是心急，说话不妥当，不要往心里去。刚刚，曹医生说要做雾化吸入。"病人老伴儿给陈爱娟赔不是。

"如果需要做雾化吸入，曹医生会通知我们的。"

"曹医生刚才说的。我去找他。"病人的女儿要去找曹医生，被她的妈妈一把拽住。

陈爱娟不愿再和她说话，就离开了病房。见到曹医生，陈爱娟就气不打一处来，冲着曹医生说道："曹医生，你说给 37 床做雾化吸入，是吗？"

"我刚给实习医生说了。爱娟，怎么啦？"

"病人女儿责怪我们，为什么不给她爸爸做雾化吸入。"

曹医生一听就明白，对陈爱娟说道："病人的女儿素质很差，我们不和她一般见识。我去教训她。"

"对这种人就要好好地教训一顿。让她知道怎样做人。"

曹医生把病人的老伴儿和女儿，叫到房间外，语气平和地对她们说道："护士平时工作很辛苦，她们为了病人的治疗做了大量的工作，我们要尊重护士。尊重人，也是一个人的基本素养。"曹医生说完，看到病人女儿一脸的不服气，就继续说道，"医院的制度是这样的，首先是医生开医嘱，通知护士，然后护士去执行。如果，护士没有接到通知，则不能怪护士。"

"我只是希望护士，早点给我爸爸做雾化吸入。"病人女儿仍然在强辩。

"我们医生、护士和你们家人的目标是一致的，就是希望你父亲早日康复。你说你父亲有咳嗽，我一分钟没有耽误，就去看你父亲。确认是胃管引起的，马上拔除了胃管。拔掉胃管后，你父亲舒服多了。"曹医生滴水不漏地把病人女儿所有的话全给堵回去，不给她任何机会。

"曹医生，你做事我们放心。我怕护士做事拖拉，不认真。"病人女儿仍然狡辩。

"负责你父亲的护士，是我们医院最优秀的护士。郭主任把你父亲交给她护理，郭主任最放心。"说完曹医生问实习医生小刘，"刘医生医嘱开好了吗？"

"还没有开医嘱。我刚才把胃管扔到污物间，我现在就去开医嘱。"

"你们回病房吧。刘医生开好后，会通知护士的。"曹医生仍心平气和地对病人家属说道。

"谢谢曹医生，你这么一说我们就放心了。"病人女儿一点儿对护士道歉的意思也没有。

"小张，你知道雾化吸入怎么做吗？"陈爱娟问实习护士小张。

"知道。"

"你说说。"

"将鼻导管换成氧气面罩，同时把氧气流量开到最大……"

"就是这样做的。我们现在一起过去，给病人做雾化吸入。"

"张老师，你的喉咙不舒服是胃管引起的。拔掉胃管后，很快就能好。现在，给你做雾化吸入。雾化吸入能加速咽喉部炎症的消退。"陈爱娟和风细雨地给病人解释。

"好的。谢谢你。"

"这是我应该做的。有什么不舒服，可以随时告诉我。"

"陈护士，你真是个好护士。"

术后第三天早晨查房时，病人告诉医生，肛门已经排气。曹医生查看腹部引流管只有几毫升，于是，曹医生嘱咐实习医生小刘："把禁食停了。今天给予流质，同时减少补液量。"

"张老师，你吃得好，输液就减少一些。"陈爱娟鼓励病人进食。

"知道了，谢谢。"

"谢谢你，陈护士。"病人老伴儿说道。

"张老师，你休息吧。有事尽管叫我。"

"陈护士，你在，我老头心里就踏实。"

"看到张老师，一天一天地好起来。我们心里也特别地高兴。"

"陈护士真是个好人。待张老师出院，我们全家一定要好好地谢谢你。"病人老伴儿真诚地感谢陈爱娟。

"阿姨千万不要。我们做的这些，都是护士应该要做的。"

在医护人员的精心治疗和护理下，张老师恢复很快。在术后的第9天，就出院了。出院后，张老师给医院送来一封热情洋溢的感谢信。全文如下：

感谢信

尊敬的医院领导：

此时此刻，我怀着无比激动的心情，提起笔，向你们并通过你们向贵院的护士表示衷心的感谢。

我叫张利民，是个退休的中学老师，今年3月20日，因为患直肠肿瘤住在贵院外科，37床。在住院期间，得到了医护人员，无微不至的关爱。这些关爱定格在我的生命里，成为永久的记忆。

在我住院之前，我对护士的印象或者看法是：打针、发药，做些简单、重复的事。这次住院彻底改变了我对护士的看法。护士是白衣天使，生命的守护神。

打针、发药是护士的工作，在这个过程中，有同情心和爱心。作为一位病人，特别是手术病人，我有对疾病的恐惧和焦虑。护士用丰富的医学知识，耐心地给我解答各种问题。打消了我对手术的担忧，重新鼓起我生活的勇气，有了战胜疾病的信心。

一天24小时，护士们忙碌在病房里，就像一台永动机，永不停歇，连喝水的时间都没有。有少数病人家属把对病人陪护所产生的怨气，发在护士身上，但护士从不计较，因为她们知道生命的重要，在生命面前任何委屈都算不了什么。她们用爱的双手托起生命的希望，用柔弱的身躯筑起生命的河堤。

每天，我在病房里，看到护士我就心里踏实，不会担心有什么意外或不测发生，我的生命就有希望。

最后，深深地感谢参加救治、护理过我的各位护士，感谢贵院培养出这么多的优秀护士。

　　　　此致

敬礼！

　　　　　　　　　　　　　　　　　病人：张利民

　　　　　　　　　　　　　　　　　1993年4月12日

第 11 章　担任护士长

进入 20 世纪 90 年代后，从邻近地区转入江滨医院的病人，越来越多。转入的病人都是病情危重或需要做大手术的病人。为了提高危重病人抢救的成功率，保障大手术的安全，江滨医院决定成立重症监护室（Intensive Care Unit，ICU）。

1993 年 1 月，医院派遣心内科副主任医师邢守国和呼吸科医生孙洪武，到上海医院进修。同年 8 月，护理部安排陈爱娟和李宝莲去上海医院 ICU 学习 4 个月。

1994 年 1 月 3 日，即 1994 年第一个星期一，江滨医院新外科大楼正式启用。新外科大楼 16 层高，配置有：中央空调，中央供氧，层流手术室。除了外科病房和手术室，病理科、血库以及新成立的重症监护室，也在这幢现代化大楼里。

手术室在 8 楼，重症监护室在 9 楼。新大楼开放启用的第一天，也就是江滨医院重症监护室成立的第一天。医院安排心内科行政副主任刘礼文教授主持 ICU 工作，邢守国为 ICU 副主任，陈爱娟为护士长。并一次性从全院范围内，抽调了 9 名医生和 23 名护士，组成 ICU 医疗和护理团队。院领导还承诺，将来随着业务量增加，会增加 ICU 的人员配置。

ICU 病房不同于传统的病房布局，护士站设立在长方形宽敞明亮的大厅中央，两边各放置 8 张病床，在面对病房入口处，还有两个单人病房，预备给特殊感染病人使用。每个病床配备有中央供氧，墙壁中央负压吸引，以及一台美国惠普公司生产的心电监护仪。科室还备有 7 台呼吸机。

ICU 上班的第一天，医生和护士集中交班。刘主任特地打了一根新领带，搭配洁白的衬衫，头发梳理得整整齐齐。

"今天是我们科室，我们医院 ICU 成立的第一天。ICU 是当代医学发展的一项重大成就，是医院现代化重要标志，它代表一家医院救治危重病人的水平。由专门的危重病医生和护士来治疗危重病人，才能达到最好的危重病救治效果。在 ICU，我们要学习很多新知识，要学习气管插管、静脉穿刺、呼吸机使用等。ICU 是一个全新的治疗领域，我们要在学习中工作，在工作中学习。ICU 病房里的各种现代化的医疗设备，是我们老医生从来没有见过的。你们年轻一代要珍惜这个机会，好好学习，尽快熟悉这些新仪器和新设备。

"我和邢主任，还有陈爱娟护士长商量，在科室内安排系列讲座。邢主任和孙洪武医生去年专门去上海医院进修。首先，由他们俩讲，我也准备了心功能不全，以及心肌梗塞的课件。护理部也要开展业务学习，具体由护士长安排。

"由于我们是新成立的科室，医院其他科室的医生，对把重症病人交给我们处理，肯定会心存疑虑，担心我们的救治能力。起初，其他科室极有可能把一些病情非常重，他们又不愿处理的病人，转到我们科室。不管是什么样的病人，只要病人来到我们这里，进入 ICU 病房，我们就要全力抢救，以我们的优质服务，赢得全院医护人员的信任，赢得病人以及病人家属的信任。"

集中交班结束后，陈爱娟把她手下的 22 名护士叫到护士办公室。作为全院最年轻，又是最重要岗位的护士长，陈爱娟对她的部下开始了讲话。

"刚才，刘主任说了今天是我们医院 ICU 成立的第一天，医院对我们寄予殷切的希望，同时全院的医生和护士正看着我们。

"病人进入 ICU 病房，不是等医生看过病人，开好医嘱，护士再处理病人。而是，病人一到 ICU 病房，护士就开始工作了。立即给病人吸氧，接上心电监护仪，测量病人的生命体征，看病人的瞳孔，保持呼吸道通畅。如果口腔有大量的痰液，以及呕吐物，我们要立即吸痰，清除口腔中的异物。这些事，可能在医生来看病人之前，我们就已经开始做了，并且处理好了。抢救病人要争分夺秒……"

办公室十分安静，大家认真听陈爱娟讲话。

"我们以前在病房，任何人都可以进出。在 ICU 绝对不行，ICU 有严格的探视制度，每次只允许一名家属进到 ICU。进入 ICU 必须要穿隔离衣，戴好口罩和帽子。本院的医生和护士进来，也要穿隔离衣、戴好口罩和帽子。因为，ICU 病人病情重，病人的抵抗能力差，极易发生感染。在 ICU 工作的护工，我们要给她们培训，养成换鞋、戴口罩和勤洗手的习惯，还要培养她们的无菌观念。

"呼吸机是 ICU 最重要的抢救治疗设备。我们护士要知道呼吸机各种管道的连接和基本操作。我们护理部第一次讲课是李宝莲讲呼吸机的使用。有可能在病人的床边，也有可能在办公室，讲解呼吸机的应用。今天我们就在床边，在呼吸机现场，讲解呼吸机的使用。我们现在就过去。"

6 床旁边，有一台崭新的呼吸机，除了陈爱娟和李宝莲，其他 21 位护士，都是第一次见到呼吸机。大家好奇地看着这个现代化新玩意儿。

"呼吸机是 ICU 最重要的设备之一，是 ICU 的看家法宝。呼吸机顾名思义就是帮助病人呼吸的机器，是我们 ICU 最重要的抢救设备。现在，请李宝莲给大家讲呼吸机的使用。"

"刚才，护士长说了呼吸机是帮助病人呼吸的高级医疗设备。作为 ICU 护士，我们必须要知道呼吸机的使用方法。在这台呼吸机的背面有一个圆形接口，它是氧气的进口。呼吸机前面有个氧气出口，也是通过管道和病人的气管插管相连接，把氧气输送到病人的肺里。搞懂呼吸机前面面板的意思，非常重要。这是吸氧浓度，氧浓度从 0% 到 100%。100% 的氧，我们也称为纯氧。氧的浓度，可以根据需要，任意选择。这个指标是气道阻力，如果病人气道阻力过大可能是气道阻塞……"

"李宝莲讲得非常好。以后，我们每个人，要准备一个小本子，把讲课的内容记下来。还有医生讲课，我们尽可能去听。ICU 涉及的科室、疾病种类多，大家需要好好学习。"陈爱娟做总结讲话。

ICU 开张第一个星期，居然没有进来一个病人，直到第二个星期的星期三，神经外科副主任徐立军给 ICU 送来一个脑干广泛性挫伤昏迷的病人。该病人在神经外科已经住了 8 天，病人出现较严重的肺部感染，每天体温达 39℃。

ICU 护士、护工，还有神经外科医生，一起把病人搬到正对护士站的 5 床。陈爱娟迅速给病人接上氧气、心电监护仪、绑上测量血压的袖带。心电监护仪显示：心率 93 次 / 分，氧饱和度 93%，呼吸频率 24 次 / 分，血压 110/80mmHg。陈爱娟又用手电筒检测病人的瞳孔和对光反射。神经外科医生对 ICU 护士快速反应，感到震惊。心想这么厉害的护士。

"徐主任，你亲自把病人送来了。"听说神经外科送来一个病人，刘礼文主任也来到病人床边。

"刘主任，你这里实在是太先进了。"

"徐主任，这是从美国进口的心电监护仪，能 24 小时不停地显示病人的心率、呼吸和氧饱和度。另外，可根据需要测量病人的血压，1 小时 1 次，半小时 1 次，10 分钟 1 次，都可以，可以任意设定。"

"能随时看到病人的生命体征，医生心里就踏实多了。外科病房根本做不到。"

"术业有专攻。徐主任你专心做你的手术，术后管理，就交给我们来做。"

"把病人放在你这里，是对的。"

"肯定的。"刘主任得意地说道。

"以后我会把更多的重病人放到你这里。这个病人就麻烦你们照看了。"

"你太客气。如果我们有什么做得不好，或你们有什么不满意，请指出，我们一定会改进。"

"什么改进。谢谢你们对我的帮助，那我就回去了。"

"再见。"

"再见。"

神经外科医生走后，刘主任把大家召集在一起，听邢守国讲这个病人的治疗。

"这个病人是严重的脑外伤，同时并发肺部感染。目前，病人的心率是93次／分，呼吸24次／分，鼻导管供氧开到最大，氧饱和度93%，病人的呼吸偏快，说明肺功能受到一定的损伤。如果鼻导管或面罩给氧，不能满足病人对氧气的需求，就要进行气管插管。

我们要给病人进行床边拍胸片，看病人肺感染情况；做血气分析和生化检查，对病人全身的情况，要有全面的了解。

在治疗方面，第一，调整抗生素，治疗肺部感染；第二，加强营养支持；第三，给予脱水。还有，要准备气管插管。

虽然这个病人目前的病很重，但病人只有40多岁，基础疾病少，能存活的机会还是有的。"

"邢主任讲得非常好。这是我们科室的第一个病人。我们一定要把这个病人从死亡线上给拉回来，创出我们科室的品牌。从今天起，我们就要按ICU的要求，严格管理科室，各个细节都要做好。大家就按邢主任说的，各自做好自己的工作。"

过了两天，病人肺部感染，越来越严重，面罩吸氧，氧饱和度勉强维持在90%左右，病人需要用呼吸机治疗。邢守国给病人做气管插管。当插管成功后，站在一旁的刘礼文主任绷紧的脸，立即舒展开来。虽然邢守国到过上海医院进修，但刘礼文对邢守国能否插管，心里没有底。现在看来，担心是多余的。

气管插管后，陈爱娟感到身上的压力徒然增加。因为，在23名护士中，只有她和李宝莲有管理气管插管病人的经验。陈爱娟在心中对自己说道：千万不能因为护理跟不上，而影响病人的抢救。

首先，陈爱娟请邢守国和孙洪武，分别在两个下午，给全科护士讲解呼吸机的原理和使用。另外，陈爱娟自己也给全科护士讲气管插管和气管切开的护理要点和注意事项。

"在ICU，护士要眼快、手快、反应快。我们不仅要护理病人，还要管理仪器设备……"陈爱娟就像个战场的指挥官，发布战前动员和布置。

尽管陈爱娟对手下的护士做了详细的交代，但陈爱娟依然放心不下，不时来到病人床旁。

"周玲玲，病人这只手要固定好。"

"护士长，固定得还可以。"

"一定要牢靠。万一病人手乱动，把气管插管拔了，或把中心静脉穿刺导管拔了，就麻烦了。"

"我重新绑。"周玲玲立即把病人的右手重新固定。

"工作就应该这样。在 ICU，不能有任何侥幸心理。病人呼吸怎样？"

"现在，呼吸机设定的频率是 17 次 / 分钟，吸氧浓度是 70%。"

"有报警吗？"

"偶尔有一次。"

"什么报警？"陈爱娟警惕地问道。

"报警后，我立即把邢主任叫来。邢主任说：是气道压力过高引起的。病人有了自主呼吸，病人的自主呼吸和呼吸机不同步，故出现气道压力过高。"

"怎么处理的？"

"邢主任把呼吸机的模式改为 SIMV 模式，就没有报警了。"

"这是我们科室第一个病人，也是第一个使用呼吸机的病人。你要做个有心人，要随身带一个小本子，随时记下病人病情的变化。"

"明天上班，我一定会带个本子。"周玲玲说道。

陈爱娟只有对李宝莲一个人单独上班放心。所以，晚饭后，陈爱娟就离开家来到 ICU 病房。陈爱娟按门铃，上晚班的徐莉莉跑过来，给陈爱娟开门，说道：

"护士长，你天天晚上来看病人？"

"我在家里不放心，就过来了。"陈爱娟一边换鞋，一边说话。

"护士长，你太认真、太负责了。"

"你和史玉萍一起上晚班？"

"是的。"

"今晚值班的医生是谁？"

"邢主任。"

"他值班，我就放心了。遇到问题，你们要及时向邢主任汇报。"陈爱娟换好隔离衣和鞋后，进入 ICU 病房。宽敞整洁的 ICU，除了脑外伤病人外，还有普外科和胸外科各一个病人。普外科和胸外科病人，只是年龄大，全身情况差，这两个病人都不需要用呼吸机。脑外伤病人，每天体温居高不下，吸氧浓度也降不下来。陈爱娟来到脑外伤病人床旁，心电监护仪显示：心率 91 次 / 分钟、氧饱和度 96%，呼吸 21 次 / 分钟，就问徐莉莉：

"病人的体温是多少？"

"好像是……我去看记录本。"徐莉莉结结巴巴地说道。

"徐莉莉，我们总共只有 3 个病人，而且只有这么一个病人使用呼吸机。所以，每个病人的生命体征要记得清清楚楚。现在有心电监护仪，心率、呼吸，以及氧饱和度都显示在机器上，只有体温需要我们自己记。如果连一个体温都记不住，就讲不过去了。"

"护士长，我一定改正。"徐莉莉紧张地说道。

"你们两个过来，给我讲讲呼吸机的情况。"

"讲什么？"刚满 20 岁的史玉萍瞪大眼睛，有些紧张害怕地问道。

"你说说现在呼吸机工作情况。知道多少就说多少，不用紧张。"

"嗯。这是开关，现在是打开状态。这是吸氧浓度，吸氧浓度是 75%。"史玉萍紧张得结结巴巴地说道。

"徐莉莉，你知道昨天的吸氧浓度是多少？"

"昨天是 70%。"

"对。为什么今天是 75%？"

"医生调的。"徐莉莉嘟嘟囔囔说道。

"可能是 70% 的吸氧浓度不够用，要加大给氧。"史玉萍不肯定地说道。

"讲得很好。"陈爱娟给予肯定，然后说道，"空气中的氧气浓度是 20%，正常人够用了。当肺部有炎症时，可以用于正常呼吸的肺组织就减少，空气中氧气就不够用了，需要额外给病人供给氧。通常采用鼻导管和面罩吸氧。如果面罩吸氧，维持不了氧饱和度，就要用呼吸机了。"

"护士长，你知道的知识真多。"史玉萍崇拜地说道。

"这是我们必须要知道的，你们以后知道的会比我多。正确使用呼吸机是我们的看家本领，我们必须掌握。史玉萍，你继续往下讲。"

"这个数值是通气量。这个病人现在的通气量是 500ml/ 次，我记得上次学习的时候，邢主任说过，最简单的方法是体重乘以 10，就是病人的通气量。如果病人是 60 公斤，乘上 10 就是 600ml。"

"讲得不错。在临床实践中，人们发现如果按体重乘以 10，通气量就会偏大。现在，倾向于体重乘以 8，更为合理。"陈爱娟注意到，在她和护士讲话时，病人的眼睛一直看着她。陈爱娟心中一喜，心想病人大脑功能恢复了。

第二天上午，陈爱娟带领全科护士进行护理查房。当陈爱娟来到脑外伤病人床旁时，病人的眼睛直愣愣地盯着她，好像有什么话要说。陈爱娟对病人说："你的病一天天好起来了，你安心养病就行了。我们这里的条件非常好，医生和护士水平都很高，我们一定能把你治好。过会儿，我们给你准备一支笔和一个小本子。如果你有什么话要说，可以写下来。"

陈爱娟说完，病人的眼角流出了泪水。在场所有的护士，都为之动容。陈爱娟对办公护士秦玉兰说道："以后，做气管插管和气管切开的病人将越来越多。这类病人和医生护士交流的方式，以及病人和病人家属及交流，除了眼神之外，就是写字。所以，我们要给每位病人准备一个本子和一支笔。今天下午，就要把这事落实好。"

插管后的第 4 天，神经外科徐主任来看脑外伤病人。病人一身的管道，头上还顶着呼吸机和心电监护仪。徐主任说："这个病人如果放在神经外科病房，肯定死了。你们又让他多活了几天。"

"徐主任，我们不仅是要他多活几天，而是要让他活下去。这个病人应该是有希望的。只要我们现在能把他的生命体征稳住，过段时间，病情就会好转。"邢主任很有信心地说道。

"如果这么重的病人能活下来，你们就要创造奇迹了。"

"这是什么奇迹，和你们开刀差远了。"邢主任谦虚地说道。

"这么重的病人，放在我们科室必死无疑。"徐主任实事求是地说道。

又过了4天，病人的肺部感染仍没有好转，邢主任决定给病人做气管切开。在耳鼻喉科医生的帮助下，邢主任在ICU做了第一例气管切开术，安上了气管套管，用呼吸机进行辅助呼吸。

在第二天的医护大交班上，邢主任说："呼吸不好的病人，首先给予吸氧。如果吸氧解决不了问题，就要气管插管。如果需要长时间使用呼吸机，我们就要给病人采取气管切开。气管切开后，便于长时间接受呼吸机治疗，也便于吸痰、气道管理，病人肺部炎症就容易得到控制。"

交班结束后，陈爱娟又带领全科护士进行护理查房。

"上次我们业务学习，我给大家讲了气管切开的护理要点。现在有了实际的病例，我们可以应用起来。

由于是气管切开，所以在早期，我们要注意伤口有没有出血。出血可以向外流，也可以向内流。向内流，就是流向肺部，会导致病人窒息和病人的死亡。所以，一旦出现出血，要立即处理。从气管套管吸痰时，动作要轻、要快。同时，要小心病人喷射痰液，喷到我们脸上。"

不久，胸外科一个食道癌病人和一个肺癌病人，做完手术后，直接从手术室送到ICU病房。病人在ICU观察两天后，就回到了胸外科。此后，普外科有个大肠癌病人，在术后第2天出现心肌梗塞。在外科病房抢救了一天，把外科医生和护士，弄得手忙脚乱。后来，许秀华提醒曹勇超，把病人送ICU，陈爱娟在那里做护士长。曹勇超心想也对，让ICU医生和护士看护手术后危重病人，自己的主要精力还是放在外科手术上。

经过ICU医护人员的精心治疗和护理，5床脑外伤病人肺部感染终于得到了控制。停用呼吸机后，氧饱和度能维持在95%以上。当刘礼文主任电话通知神经外科徐主任，把病人转回神经外科时，徐主任都不敢相信。神经外科医生都以为这个病人早死了。这么一个重症病人，在ICU医生和护士的救治下，居然起死回生了。

重症脑外伤病人抢救成功，极大地提升了ICU医生和护士的自信心。刘主任还让孙洪武把病人治疗经过，写短篇报道，交给医院的宣传部门。陈爱娟自己也写了一份总结，交给护理部蔡兆兰主任。在全院大会上，院长表扬了 ICU 医生和护士，成功抢救了重症脑外伤患者。

自从尝到把重症病人放入 ICU 的好处后，脑外科医生争先恐后地把病人往 ICU 送。胸外科和普外科也把 ICU 当作自己的特护病房，还有内科，如呼吸科和心内科，也把一些危重病人，转到 ICU。相比外科病人，内科病人住院时间长，特别是慢性阻塞性肺疾病病人，一旦用上呼吸机，就很难脱机。

经过 ICU 全体医生和护士的努力，3 个月后，ICU18 张床位全住满了，病人不是想来就能来 ICU，需要提前预约。一天，胸外科医生想把右肺切除病人放入 ICU，由于 ICU 没有空床位，胸外科主任找到医务处。经过商量、协调，把神经外科一位病情稳定的病人，转出 ICU，才空出一张床，给胸外科肺切除病人。

为了面对新的形势，邢主任草拟了一份病人入 ICU 的条件和细则。主要内容如下：手术室病人进入 ICU 需要提前一天和 ICU 联系，ICU 医生认可后，才可在手术结束后，直接进入 ICU；任何科室必须无条件接受病人回原科室；最后，ICU 必须每天留一张空床，作为急诊床位。科室内举行了简单的讨论后，交给医务处。医务处发文到各个科室。病人多了，科室医生和护士，就显得捉襟见肘了。从 4 月至 8 月，医院先后给 ICU 增加了 3 名医生和 5 名护士。

到了 9 月，ICU 就有了 27 名护士。安排好 26 名护士每天的工作，是陈爱娟工作重点之一。在陈爱娟上任之初，护理部蔡兆兰主任就对陈爱娟说过，护士长主要工作之一，就是排班。如果班排好了，护士长的工作就做好了一半。9 月 25 号，陈爱娟坐在办公室，排 10 月的班。

首先，陈爱娟确定秦玉兰上办公班，虽然顾丽华和李宝莲负责教学，但仍要上晚夜班。白天需要 6 名责任制护士，每个人负责 3 张床位。治疗护士 5 人，这样在白天就有 10 名护士。上半夜 3 名护士，后半夜 3 名护士，每天还有出晚夜班在家休息的 6 人。意味着，每天的白天，有 12 个人不在班上，另外，2 个机动。包括陈爱娟自己，整个 27 名护士，维持 ICU 的运转。

10 月初的一个下午，沙丽新来到陈爱娟办公室。沙丽新是 1990 年参加工作的本科护士，平时工作积极主动，学习新知识能力很强。陈爱娟很喜欢她。

　　"丽新，你坐啊。"陈爱娟客气地请沙丽新坐下。

　　"护士长，护士长……"

　　"有什么事，就直接说吧。"陈爱娟见沙丽新有为难之事。

　　"护士长，是这样的，我不想上晚夜班。"

　　"不想上晚夜班？！为什么啊？"陈爱娟十分惊讶。护士工作最大的特点之一，就是上晚夜班。

　　"护士长，我怀孕了，怀孕有 4 个月了。现在，上晚夜班，很吃力，上不动了。"

　　对护士来说，怀孕是个美丽的忧愁。常理上来说，怀孕后需要有好的休息。医院规定护士怀孕 7 个月时，才可以不上晚夜班。怀孕后，即使不上晚夜班，也有些人受不了病房高强度的护理工作。特别是在怀孕后期，挺着大肚子，在病房跑来跑去，弯腰打针，病人看着都于心不忍。

　　"最近几天上晚夜班，常有胸闷和心慌。"沙丽新补充道。

　　"医院有规定，必须怀孕 7 个月后，才可以不上晚夜班。你现在才 4 个月，我不能批准。"

　　"护士长，我实在是坚持不下来。即使我来上晚夜班，也干不动。走一会儿，就要歇一会儿，不能胜任工作。我没想到怀孕对工作有这么大的影响。"

　　"医院政策放在那，我们不能违背。但我们可以想其他方法。"

　　"什么方法？"

　　"你到内科或妇产科那里，找医生给你开个病假条。你拿着病假条，我给你休息。"

　　"谢谢护士长。我是没有办法才提出不上晚夜班的。"

　　"你去门诊找一个医生，开个病假条。"

　　第二天，沙丽新就拿了病假单交给陈爱娟。妇产科医生开的病假单，好家伙的，一开就是两个星期。两个星期不上班，科室就要重新排班了。上晚夜班的人不能少，那就必须从上白班的护士中，抽一个人上晚夜班。这样，大家上晚夜班的频率就增加了。怎样解决这个问题？陈爱娟把秦玉兰、顾丽华和李宝莲叫到办公室商量。

"这个妇产科医生一点不负责，给沙丽新两个星期的假，让她来顶班。"秦玉兰抱怨道。

"护士长，我担心沙丽新休息两个星期后，再去门诊开病假条。这样我们科室，就要少一个人上班了。"

"万一，其他人跟沙丽新学，身体不舒服，就去弄张假条。"

"我也想到了这些问题。ICU 是个密闭的空间，容易感到闷，怀孕的人是不适合在 ICU 工作的。如果拿个病假单，就休息，我们科室就会乱套，正常运转会受到影响。我们要想出一个好的解决方法。以后，怀孕生孩子的人，会越来越多。"

"护士长，你看这样行不行。沙丽新说晚班上不了。我们能否安排她上白班？"秦玉兰建议道。

"医院规定怀孕 7 个月以后，才可以不上晚夜班。我们不能破坏医院的规章制度。"陈爱娟一脸的无奈。

"护士长，你那个年代的人老实，能吃苦。现在的年轻护士，都是独生子女，十分娇气。怀孕 7 个月还上晚夜班的人，现在没有了。"顾丽华说道。

"我以前的科室，怀孕 5 个月，就不上晚夜班了。好像护理部，也没有说什么。"秦玉兰说道。

"我们可以给护理部说，ICU 工作强度大，怀孕护士不适合在 ICU 上班。"李宝莲给陈爱娟出主意。

"好的，我心里有些底了。我马上去护理部找蔡主任，把我们这里的情况向她反映。"

吃过晚饭后，上大班的儿子坐在电视机前看动画片《猫和老鼠》。陈爱娟在厨房洗碗，梁荣刚站在她身边。这是他们家的多年习惯，不管是谁在做家务，另一个人总是陪在旁边。

"爱娟，你科室有什么事？"

"没有啊。"

"那你，怎么有心事？"

"沙丽新因为怀孕不想上晚夜班。她到妇产科开了两个星期的病假。"

"怀孕了，就可以不上晚夜班？不过，怀孕上晚夜班，的确是很辛苦。"

"她现在是怀孕 4 个月。上晚夜班时，出现了心慌、心悸。"

"你怀孕 6—7 个月的时候，还在上晚夜班。可能每个人的体质不一样。"

"现在问题是，科室就这么多人，一个萝卜一个坑。沙丽新休息，谁上她的班。以后再有怀孕的，怎么办？这是我头痛的原因。"

"你们科室年轻未育的护士多，将来怀孕、生孩子是个大问题。"

"所以，我下午到护理部找蔡主任。蔡主任说，这不是个问题，好处理，她给我想出个办法……"

"姜还是老的辣。"

"我想明天上午早会上讲，不知有没有效果？"

"肯定有。"

和往常一样，上午 7 点 45 分，ICU 护理部开始交班。

"我们 ICU 成立至今，已有 10 个月的时间了。在这 10 个月的时间里，我们参与了一个又一个危重病人的抢救，把很多重病人从死亡的边缘给拉回来了。这里包含有我们护士太多的汗水和艰辛的劳动。同时也有我们的家人，对我们默默地支持，间接地为病人救治做出了巨大的贡献。

ICU 是对护士要求最高的地方。它不仅要求护士有良好的专业素质，还要求有充沛的体力。它要求护士时刻保持高度的警觉，眼观六路耳听八方，反应要敏捷，动作要快速，就像在战场打仗一样。

当护士就意味着辛苦和奉献，这是护士工作性质决定的。任何人都不能以孩子不舒服，父母身体不好，或是自己身体有病，就请假。大家想想，我们的工作都是一个萝卜一个坑，你今天不来，就有一个该正常休息的护士得不到休息。"说到这里，陈爱娟有意停顿一下，看大家的反应如何。

"是啊。护士长说得对。"

"不能随便请假。一请假整个科室的排班就乱了。"

"谁愿意请假啊。实在是万不得已才请假。"

大家七嘴八舌，议论开了。

陈爱娟觉得自己目的基本达到，继续说道："我们是一个大家庭，大家要互相爱护、互相帮助。沙丽新怀孕快5个月，上晚夜班时，有心慌、心悸。我请示护理部蔡主任后，考虑到我们科室的特殊情况，暂时安排沙丽新上白班。"

沙丽新提到嗓子眼上的心，终于放下来了。如果科室非要她上晚夜班，上到怀孕的第7个月，她很有可能在某一天的晚上，晕倒在病房里。

9床是个昏迷病人，在床上排出一堆不成形的大便。周玲玲戴上口罩和手套，在护工的帮助下，忍着难闻的恶臭，清理大便，清洗病人的身体。突然，周玲玲双手捂着肚子，蹲下来。

旁边的徐莉莉和顾丽华见状，立即扶起周玲玲，关切地问道：

"玲玲怎么啦？"

"肚子痛。"

"玲玲，你先坐一会儿。"顾丽华让周玲玲坐下。

"周玲玲，你是不是怀孕了？"上办公班的秦玉兰也离开座位，来到周玲玲的身边。

"两个月了。"周玲玲回答道。

"会不会是流产？"顾丽华似乎突然想到什么事。

"不会吧。"周玲玲似乎有些绝望。

"杨丽华，你叫一个护工，送周玲玲去妇产科看看。"秦玉兰说道。

陈爱娟听说周玲玲可能会流产，立即赶到妇产科。妇产科护士长告诉陈爱娟，只是先兆流产，没有出血，问题不大，休息几天就可以了。

"护士长，实在对不起。怀孕两个月都好好的，今天下午肚子突然痛了，给你添麻烦了。"

"说什么话。玲玲，你安心休息。上班的事，我来安排。"

第 12 章　ICU 管理

　　1995 年 1 月中旬的一个上午，大约在 10 点钟，普外科黄医生，现在已是黄主任了，来到 ICU。

　　"爱娟。"

　　"黄主任好。你怎么来了？"

　　"我明天有台胰十二指肠切除术。我想手术后，把病人放在你这里，观察几天。听说，你这里没有床位。"

　　"现在，越来越多的科室把 ICU 当成他们的特护病房，把老弱病残、危重病人，都放在我这里。"

　　"手术后，把病人放在 ICU 住几天，就转回外科。"黄主任重复自己的诉求。

　　"外科病人周转快，但有些科室病人周转慢。比如脑外科病人，呼吸科慢阻肺的病人，一住就一个月，严重压床。另外，医院还有规定，每天必须保留一张空床，给急诊备用。"

　　"明天手术病人年龄大，有高血压和心脏病，身体状况差。如果进不了 ICU，我就得把手术停了。"黄主任说出自己的难处。

　　"我看看哪个病人可以转出 ICU。嗯，4 床还有 17 床，病情稳定，我和他们科室的医生协商，尽快让病人转回他们自己的病房。"

　　"谢谢爱娟。我去和邢主任聊聊天。"说毕，黄主任就去找他的好朋友邢主任。

到了下午 4 点钟以后，如果没有新的病人来，ICU 护理工作，就基本结束了。这时护士们就可以稍微放松一下，在一起聊聊天。陈爱娟见沙丽新在吸氧气，心头一惊，就上前询问。

"刚才，走急了一点，有些气急。"沙丽新笑着说道。

"肚子不痛了吧？"陈爱娟关切地问道。

"不痛。现在是第 8 个月了。再坚持 2 个月就是胜利了。"

"丽新姐可厉害了。她自己的活儿，一定要自己做。挺着大肚子，走路比我都快。"去年 8 月参加工作的杨慧娟说道。

"丽新，如果累了，就休息一会儿。下个星期起，你上办公班，不用在病房来回跑了。杨慧娟，我们一定要互相帮助，你要照顾好沙丽新。"

"护士长，我们一定会照顾好丽新姐。"

"好。"陈爱娟满意地看着杨慧娟，这个 20 岁不到的小姑娘。

"杨慧娟，我今晚不能和你一起去买衣服了。"和杨慧娟一起进入 ICU 的闻华虹说道。

"为什么？不是说好了的吗？"

"我能知道你们准备买什么衣服吗？"陈爱娟笑着问道。

"上个星期天，我在内科一个同学，买了一件风衣，很漂亮。我们也想买一件。"杨慧娟说道。

"风衣？我们穿的工作服，不是和风衣差不多吗？"

"护士长，风衣很漂亮的。风衣有米黄色、浅蓝色和酱红色，式样很时髦。护士长，你身材好，你要是穿上风衣一定很漂亮，很吸引人的。"

"我吸引什么人？！你们这些小姑娘。你们买回来，穿给我看看。"这些年，陈爱娟把全部的精力用在工作和儿子身上，对衣着打扮，根本没有时间顾及。毕竟，爱美是女性的天性，陈爱娟也想知道现在流行什么衣服。

"闻华虹，护士长说了，衣服买回来后，给她看看。走吧。"杨慧娟说道。

"上街逛逛，放松一下。"陈爱娟鼓励她们上街逛逛。

"护士长，我要给史玉萍代晚班。她外婆突然过世，她去乡下了。"闻华虹说出不能逛街的原因。

"哦。"陈爱娟说道。

"我明天是晚班，明天白天我可以睡一觉。"闻华虹说道。

"明天白天，你就不要外出了。在家好好睡一觉。"

"好的。一定好好睡觉。"闻华虹保证道。

"护士长，她明天一定会到自由市场逛的。"杨慧娟说道。

"你们现在年轻，精力旺盛。我可不行了。"

"护士长，你很年轻啊。你走起路来，咯噔咯噔地，我们都跟不上你。"

"你们这些小家伙。"陈爱娟喜爱地看着自己的爱将。"你们虽然年轻，但也要注意休息。"

"知道了，谢谢护士长。"

在 ICU，正是这些年轻的护士用自己青春和热血，把一个又一个病危病人，从死亡边缘拉回来。

怀孕 9 个月的沙丽新俨然是 ICU 的一道"亮丽"的风景，走起路来像个企鹅，一摇一摆的。3 床液体输完了，沙丽新准备去治疗室，拿下一瓶液体。杨慧娟见状连忙说道："丽新姐，我去吧。"

"没事。走走对生孩子有帮助。"说罢，沙丽新去治疗室拿液体。或许是走得稍微快了一点，沙丽新把液体换好后，就有点气喘、气急。

"丽新姐，要吸氧吗？"杨慧娟问道。

"好的，谢谢！"

杨慧娟把氧气管给沙丽新连接好，打开氧气，问沙丽新："大小可以吗？"

"可以。就这个流速。谢谢。"

10 床病人家属看到这一幕，心情复杂地说道："就要生孩子了，还这么辛苦。你们医院领导，太不人道。"

"大妈，我没有事。稍微休息一会儿就好了。"沙丽新笑着说道。

"几个月了？"

"9个月了。"

"要注意保护自己的身体。你们这些小姑娘，不能只工作，不要命。"

"走路能增加盆底肌肉的强度，对生孩子有帮助。"

10床病人家属正准备离开ICU时，陈爱娟从外面回到ICU病房。

"护士长好。"

"大妈好，您又来看老先生？"

"我退休了，有空就过来看看。"

"大妈，你不一定要天天来。我们会帮你照顾好大伯的。"

"把老头子交给你们，我最放心。老头子要我谢谢你们。"

"不客气。这些都是我们应该做的工作。"

"护士长，你们护士做得真好。不但让老头子活下来，还把他全身弄得干干净净。说实话，我都嫌他脏。"

"大妈，把大伯的身体护理得干干净净，有利于恢复。"

"我和其他病人家属都说，你们护士比我们的儿女都亲。你们不怕苦、不怕脏、不怕累，连我们自己儿女都做不到。"

"谢谢大妈对我们工作的肯定。我们护士听到你这么说，心里就平衡多了。这些辛苦，就值了。"

"护士长，有一句话，我不知该说不该说。"老太太试探地问道。

"说吧。没有什么不该说的。"陈爱娟鼓励病人家属把话说出来。

"我这几次来，经常看到那个怀孕快生孩子的护士，经常吸氧气，我看了非常揪心。如果是我的女儿，我一定让她好好地在家休息。"

"大妈，谢谢你对我们护士的关心。就这两天，我就要安排她休息了。不过，适当地运动，对生孩子有帮助。"

"护士长，老头子的病就全拜托给你了。老头子说，他这条命是你们给他的，要我好好地谢谢你们。"

"大妈，你放心。我们会尽最大的努力，治疗大伯的病，希望他早日回家。"

"谢谢，再见。"

"再见。"

三天后，蔡兆兰带着市第一人民医院护理部一行4个人，参观ICU。

　　"爱娟，这是市一院护理部董主任，这是汤主任……"蔡兆兰把客人一一向陈爱娟介绍。"陈爱娟是我们ICU的护士长。"

　　"这么年轻。"

　　"人虽然很年轻，但很能干，把ICU管理得井井有条。"

　　"蔡主任就是有眼光。"

　　"陈爱娟刚参加工作时，我是普外科的护士长。那时，我就发现她工作特别认真，爱动脑筋，没有人不说她好的。所以，我就让她做了ICU护士长。"

　　"谢谢蔡主任的夸奖。我们ICU工作，都是在护理部的支持、领导下，开展工作的。我只是按照蔡主任的要求做而已。"

　　"爱娟，你给董主任介绍下我们ICU的情况。"

　　"我们ICU有18张床位。今天有4个病人要出院。1张留着急诊用，另外3张，脑外科、胸外科和普外科各预约了1张床位。他们昨天就预约好了。"

　　"什么样的手术后病人可以进ICU？"

　　"主要是年龄大、合并症多，比如：心脏不好，肺功能不好的病人。"

　　"这些病人，是不是术后，要一级护理或特护？"

　　"到ICU都是特护。把大手术病人放在ICU，外科医生最放心。观察几天，就转回普通病房。"

　　"放在ICU，他们肯定放心多了。"董主任肯定地说道。

　　"所有的床位，都配备心电监护仪一台，可以24小时不间断监测病人的生命体征。每张床位都有中央供氧和中央负压吸引。对需要长期输液或危重病人，我们都行中心静脉置管。中心静脉置管，既可以保证病人长期输液，又可以测量病人的中心静脉压。"

　　"嗯嗯。"参观的人不住地点头、称赞。

　　"今天，我们有5台呼吸机在工作。这5个病人中，3个是气管切开，

2 个是气管插管。"

"气管切开和气管插管，使用呼吸机有什么区别吗？"

"如果短时间使用呼吸机，一般用气管插管，如果使用呼吸机超过 7 天，我们都采用气管切开。"

"有了这些病人，护理工作量就大了。"

"是的。在做好基础护理工作的同时，还要做好特殊护理。所谓的特殊护理，主要是与呼吸机、中心静脉置管有关的护理工作。"

"你们是怎样培养 ICU 护士的？"

"我们自己经常开展业务学习，每个护士都要准备一个讲课的题目。我们医生，也给我们护士讲课。ICU 开展有 1 年多了。现在，我们的护士自己能处理一些呼吸机的常见故障。"

"不错，不错。蔡主任，你们 ICU 真的很了不起。我们回去，要派人到你这里来学习。"董主任佩服地说道。

"什么学习，来参观指导工作。"

当她们一行到 15 床时，沙丽新正好给病人吸痰，非常娴熟地给病人吸痰。

"你怀孕几个月了？"董主任上前问道。

"9 个月了。"

"还在坚持上班？！"

"后天就休息了。"

"我们护士工作责任心都很强。只要自己能做，绝不给科室添麻烦。"陈爱娟表扬自己的同伴。

"真是不容易。"董主任自己最清楚，护士都是这样熬过来的。

"ICU 护士个个都很优秀，责任心都很强。但我们还是要关心她们。ICU 护士必须要有旺盛的精力和良好的身体状态。ICU 护士工作的安排，不同于普通病房护士工作的安排。这是我们遇到的新问题。"蔡兆兰说道。

1995 年 3 月，蔡兆兰召开一个小范围的护理会议。参会的人员是护理部正副主任、主任助理、总护士长和陈爱娟。

"张利华，你要专门准备一个本子，把我们开会的内容，做一个记录。"蔡兆兰主任对她的助理说道。

"主任，准备好了。"张利华回答道。

"记录的内容要有：会议的名称、时间、地点、参加人员。当然，主要是记录会议的内容。"

"我设计好了这个表格，主任你看看。"张利华把表格递给蔡兆兰主任。

"可以，大家都签个名字。"

大家签好名字后，蔡兆兰说道："今天请大家来，是讨论护士工作安排，直接说就是晚夜班的事。"

"目前的政策，怀孕 7 个月，可以不上晚夜班，但一直要到临产前，才能休息。目前这项制度，实行起来越来越困难。有些护士怀孕不到 5 个月，就以各种理由，不上晚夜班。"沈丽琴说道。

"我们过去都是到第 7 个月，才不上晚夜班，但人的确吃不消。之前，大家都是咬着牙，拼着命上班。但现在的人根本吃不了我们那个年代的苦。我也不希望护士像我们过去那样生活。"蔡兆兰说道。

"怀孕后需要加强营养，睡眠要充分。上晚夜班，这种黑白颠倒，对身体很不好。现在都是独生子女，宁愿在经济上有损失，也要把孩子养好。所以，现在经常有怀孕的护士，拿张病假单，来请假。"张亚英说道。

"在怀孕第 5 个月，就可以不上晚夜班。大家看看是否可行。"蔡兆兰提议道。

"我看可以。"

"我同意。"

"我看也行。"

"既然大家都同意，我们就内部规定怀孕到第 5 个月，可以不上晚夜班。这个规定，我们不对外宣布，各个科室要灵活执行。我们既要严格管理，又要爱护我们的护士。"蔡兆兰说道。

"蔡主任说得太对。只要他们拿到医生出具病假单，我们就安排休息。"

"还有一个问题，怀孕后，是不是要上到最后一天。"沈丽琴说道。

"我看最后一天，就没有必要了。即使在以前，我们也没有上班到分娩的前一天。"内科总护士长说道。

"我在怀孕后期，脚肿得厉害，走几步就想休息。怀孕的护士，她们自己来上班，最好。如果她们自己提出休息，我们不阻拦。陈爱娟，你说说话，不要只听不说。"蔡兆兰说道。

"ICU 病人的特点是：病情重，病情变化快。要求护士上班时，注意力高度集中，反应要快。我想怀孕后期，在 ICU 上班是不合适的。"

"在 ICU 上班需要充沛的体力，在怀孕后期是无法做到的。我倒有个想法，如果怀孕到第 5 个月，从 ICU 借调到门诊工作。"沈丽琴建议道。

"我打算在医院实行轮转制度，即每个科室都要派人到 ICU 轮转。再加上，外院来进修的护士，这样 ICU 能上班的护士人数就有了保障。大家看看这个想法怎样？"蔡兆兰不愧是护理部主任，提出一个解决问题的好办法。

"这个办法好。既能解决 ICU 人手的问题，本院护士的急救技能又得到了提高。"陈爱娟说道。

"是个好方法。一举两得。"沈丽琴说道。

"如果按这个办法实施，ICU 上班的人够了。"张亚英说道。

"对每个轮转的护士，要制订培养考核计划。"蔡兆兰提出具体要求。

"蔡主任请放心。我一定按领导的要求，做好轮转护士的带教和培养工作。"

这次会议虽然是一家医院护理部关于怀孕护士工作安排的事，但反映了时代的进步。虽然医院是个救死扶伤的场所，但也要关心医护员工自身的身体健康。

1995 年 9 月 1 日，陈爱娟的儿子上小学了。开学这天，陈爱娟和梁荣刚俩人一起送儿子去滨江路小学。

"明哲，在学校要听老师的话。"

"知道。你已经讲了 10 遍了。"

"另外，放学的时候，爷爷和奶奶会来接你的，你不要乱跑。"

"知道。一定要等爷爷奶奶，和他们一起回家。"

"宝贝真聪明。"

"明哲，进去吧。要好好学习，听老师的话。"梁荣刚催促儿子进学校。

"宝贝，再见。"

"爸爸妈妈再见。"

看着儿子欢快进入校园的背影，陈爱娟无限感慨。儿子长大了，从生下来，一个小不点，到现在成长为一个活蹦乱跳的小学生。这么多年是怎样过来的，自己也记不清了。但小家伙的出生，又好像是在昨天一样。陈爱娟想到自己在农村上小学的情景，儿子现在的条件比她自己上小学时的条件，不知要好多少倍。

在这样一个 5 口之家，孩子是家庭的中心。早晨父母送孩子去学校，下午爷爷、奶奶接。放学到家后，爷爷或奶奶，一个陪孩子玩，另一个则在厨房做晚饭。吃过晚饭后，两位老人休息，爸妈陪孩子一起做作业。

"明哲，这是什么？"

"橡皮。"

"对。这是块橡皮。"陈爱娟说着，又拿了一块橡皮。"这也是块橡皮，对不对？"

"对。"

"现在我手里有几块橡皮？"陈爱娟把两块橡皮，放在同一只手上。

"妈妈的手上有两块橡皮。"

"真聪明。我的手上有两块橡皮。这就是 1+1 等于 2，懂吗？"

"知道。老师在学校里说过，1+1=2。"

"你用笔写下 1+1=2。"

"为什么要写？"

"妈妈要你写。"

小家伙拿着一支铅笔，歪歪扭扭地在纸上写下：1+1=2。

"对的。但写得不好，需要再写一遍。"

小家伙十分不情愿地又写了一遍。

"嗯。有进步。"

"妈妈，我想看电视。我要看《猫和老鼠》。"

"不行。"梁荣刚在旁边说道。

"明哲，你现在是小学生了，学习是你的主要任务。以后只能在星期六或星期天，看电视。"

"妈妈，我想看《猫和老鼠》。"

"不行。你只能在星期六或星期天看电视。"梁荣刚坚定地说道。

"明哲，现在时间不早了。你要洗脸洗脚，准备睡觉了。要不然，明天早晨就起不来，就要迟到。迟到，老师是要批评的。你想让老师批评你吗？"陈爱娟耐心地说道。

"不想。"

"一个好学生，首先就要做到不迟到、不早退。现在把书和作业本收好，装进书包。"

陈爱娟把儿子的书包收拾好，再给儿子洗脸、洗脚。

"自从明哲上小学以来，我们几乎没有看过电视了。"梁荣刚感慨道。

"我差不多把电视给忘了。听说《猫和老鼠》又出新的内容了。"

"我明天到新华书店，看看有没有新的录像带。"

1996 年 4 月中旬星期天的上午，天气晴朗。陈爱娟给儿子穿上小球鞋，准备一家三口去公园游玩。

"妈妈，刘玉红今天也去公园玩。她爷爷、奶奶，还有她爸爸妈妈一起带她去公园。李小龙爸爸今天带他买变形金刚。"

"今天我和爸爸带你去公园。但你要自己走，而且是要走到山顶，不许让爸爸抱。"

"我们儿子不会的。明哲自己一定能走上去的。"

"鞋带系得紧不紧？"陈爱娟问道。

"不紧。"

"那我们就出发。"

正在这时，"叮叮叮"家里的电话响了，紧接着，陈爱娟佩在腰间的 BB 机也响起来了。陈爱娟一看是医院总值班打来的电话。

"喂。"

"喂，是陈爱娟护士长吗？"

"是的。我是。"

"我是医院总值班。刚刚在红岭路发生了一起重大车祸，有十几个人被送到我们医院。院长都到了急诊室。今天是星期天，院长担心 ICU 值班的医生和护士人手不够，就给邢主任和你打电话。希望你们能尽快来医院，参加病人的抢救。"

"我知道了。我一定会安排好 ICU 护理工作。"陈爱娟没有说我马上就来，因为陈爱娟早就已计划好，今天带儿子去公园。陈爱娟想了想，能叫到的护士，只有舒晓芹和祝庆华了，两位新来的护士。陈爱娟立即给两位打电话。舒晓芹母亲接的电话，说舒晓芹一大早就出去了，要到晚上才回家。祝庆华听到护士长打来的电话让她加班，犹豫了一会儿，说马上过去。

"妈妈，我们走吧。"儿子催促她。

"等一会儿。"陈爱娟正在改变主意。

"以前抢救病人，你总是去医院加班。这次就让别人去吧。"梁荣刚不希望陈爱娟今天去医院加班，"我们早就答应儿子去玩。小家伙今天特别地期待。"

"你也跟着儿子一起起哄。"

"什么我跟儿子一起起哄。我们在过年的时候就讲好了，今天带他出去玩。"梁荣刚感到受了委屈。

"今天的情况特殊，院长都赶到医院急诊室，邢主任也被叫到 ICU。我要是不去，多不好。"

"如果是在平时，你整天待在医院不回家也没有关系。你看今天儿子多么希望你带他出去玩。医院需要你，我们家也需要你。"

"你不在临床上班，有些事，你不能理解。今天我不能陪儿子去玩了。你带他去吧。"

"不。我要妈妈带我去玩。"梁明哲用期待的眼神，看着妈妈，胖乎乎的小手，紧紧地抓住妈妈的衣角。

"宝贝，妈妈要去医院抢救病人，因为妈妈是一名护士。如果妈妈不去医院，病人就会有生命危险。你说妈妈不去行吗？今天爸爸带你去。下个星期，我和爸爸再带你去玩，好吗？"

"妈妈，我还是希望你带我去。"

"儿子，我今天实在不能陪你去玩。下个星期，妈妈一定带你去玩，还给你买玩具，听话儿子。"说毕，陈爱娟快步离开家，奔向医院，身后传来儿子的哭声。

第 13 章　工作花絮

　　1998 年梁明哲上小学 3 年级。这些年来，陈爱娟的生活除了工作，就是儿子。丈夫梁荣刚在医院药剂科上班，表现也不错，最近还提上了主管药剂师。梁荣刚虽然只有 36 岁，但在药剂科已是一个"老职工"了。按照以往的经验，再过几年，待老的退休，梁荣刚或许能当上主任或副主任。

　　1998 年 9 月 8 日，星期二，药剂科全体人员开会。施主任传达院周会的内容。

　　"不要讲话，安静。下面传达的内容与我们有关。就是 9 月，医院仍然会给每位职工发高温费。"

　　"这个，我爱听。还有其他什么好消息吗？"刘翔调皮地说道。刘翔比梁荣刚低一届。

　　"每句话，都要好好听。"施主任瞪了刘翔一眼。"以后医院将从收入中拿出来 15% 作为奖金。如果这样，我们每人每月的收入就能增加 300 元。我们属于医技科室，分配方法不变。"

　　"那我们还是垫底的。"1984 年参加工作的李素珍无精打采地说道。

　　"医院的收入，一半是我们药剂科创造的。如果没有我们药剂科发药，医院的收入将大幅度下降。医院不能亏待我们。"梁荣刚说道。

　　"刚哥说得对。"去年刚参加工作的崔晓红为梁荣刚叫好。

"什么刚哥，刚弟的，像什么话？！我们是医院，要叫名字。"施主任严肃批评崔晓红。

"施主任，你常说我们要像一家人一样。我们就是兄弟姐妹，对吗？"说完，崔晓红做了一个鬼脸。施主任没有理睬崔晓红，继续说道："现在国家对药剂科要求越来越高，药剂科在医院的地位将越来越重要。"

"再怎么重要，我们还是按医生开出的处方，给病人发药。"刘翔憋不住，又说道。

"就你奇谈怪论最多。"施主任又瞪了刘翔一眼。"医院、医学发展到了一个新时代。药剂科不仅是发药，还要参加用药管理，制定合理用药，对医生开出的处方进行把关。"

"我们能对医生的处方指指点点，太好了。总算扬眉吐气一次。"崔晓红高兴地说道。

"你们这些小家伙。"施主任对这些年轻人无可奈何，"我们把关的目的，是为了合理用药和安全用药。"

"主任的境界和我们普通老百姓就是不一样。"刘翔调皮地说道。

"我还是那句老话，做我们这一行，一定要仔细、仔细、再仔细。发药之前，一定要再次核对一遍。确认没有错误后，再把药发给病人。性命关天，责任重大。"施主任用他老一套，结束讲话。

"这次院周会，总算是有些内容。以前的院周会总是千篇一律，比如：要加强管理，加强责任心，对病人态度要好，等等。你不去开会，也能在科室传达，八九不离十。"李素珍说道。

"医院工作就是这么回事，所以每次会议就这些内容。"梁荣刚说道。

"李姐，我看和以前差不多。没有什么新内容。"前年参加工作的何劲松说道。

"何师兄，你也太笨了吧。我们大家都听出了两个新内容。"崔晓红讥讽何劲松。

"是 3 个新内容。"梁荣刚纠正崔晓红的说法。

"刚哥，我本以为能得到你的表扬，反而被你批评了。"崔晓红噘着嘴说道。

"3个新内容分别是：9月继续发高温费；以后每个月的奖金能多发15%；最后，就是药剂科将越来越重要。"梁荣刚总结道。

"晓红，刚哥讲得清清楚楚。只是施主任废话讲得太多，冲淡了主要内容。"刘翔说道。

"无论如何，有进步了。以后，每个月的钱多了一些。"李素珍说道。

"钱多最好。现在，化妆品好贵的。"崔晓红说道。

"崔小妹，你钱不够用，找你的刚哥要啊。"何劲松拿崔晓红开玩笑。

"我哪有钱。我的工资只有那么一点点，还要养儿子。"

"刚哥，你不用哭穷。我们不会问你借钱。"何劲松调皮地说道。

"刚哥的钱，全部由护士长管理。"刘翔说道。

"瞎说，我在家里说了算。"

"你骗谁啊？！你看嫂子多厉害，年纪轻轻的就当上了护士长。"

"我们刚哥也不差啊。你看我们刚哥，鼻子是鼻子，眼睛是眼睛。一个标准的美男子。只是我们天天在一起，都熟视无睹了。"

"崔晓红，你有点文化好不好。不要说鼻子是鼻子，眼睛是眼睛。要有具体描写。比如：鼻梁挺拔，浓密的眉毛下面是一双炯炯有神的大眼睛。知道了吗？"何劲松不放过任何一个攻击崔晓红的机会。

"哟，何师兄，你的文采不错啊。以后，我们科室的汇报、总结，全由你来写。"崔晓红立即回击何劲松。

"不行。我只是瞎说说。"

"不说了。你们年轻人就喜欢贫嘴，要好好干活儿。"

"刚哥，如果我们自己不创造一些乐趣，我们的工作就太沉闷了。"

"等到你们结婚、生孩子以后，就知道了。生活就是平平淡淡，过一天，算一天，过一年算一年。"李素珍发表自己的观点。

"那是你这一代人的看法和观点。"崔晓红不同意李素珍的观点。

"我们这代人？梁荣刚，我们有这么老吗？"李素珍很不服气。

"不至于吧，相差不过10岁。"梁荣刚回答李素珍的话。

"李姐，我们都是同一代人。你是我们的大姐，不是师娘。我们都是兄弟、姐妹。"崔晓红立即纠正自己的说法。

"病房来领药了。大家干活儿吧。"

"开玩笑归开玩笑。工作还是要好好地做。刚哥，你说是吗？"

"是的。就你最调皮。"梁荣刚从心底里喜欢崔晓红。

上午9点至10点钟，是病区药房最忙的时候。病房护士推着小推车，来病区药房领药。药剂科工作人员，必须在最短的时间内，把药发给来领药的护士，又不能有差错。如果动作缓慢或有差错，不用科主任来批评你，病区的护士就会给你脸色。这帮护士，个个都是伶牙俐齿。

"谁把氨基酸放到货架的最上面？"崔晓红望着货架最上层的药品，有些愁眉苦脸。

"那不是有踏脚凳吗？"何劲松手指着踏脚凳。

"站在上面，我有些怕。何劲松，你把氨基酸拿下来，好吗？"

"没门。又想偷懒。"何劲松没有搭理崔晓红。

"呸！一点男子汉的气度也没有。"崔晓红狠狠地瞪了何劲松一眼，然后哆哆嗦嗦地站在凳子上。双手吃力地把装有氨基酸的箱子往外拽。

"喂，崔晓红停下。这箱药太重。"梁荣刚担心崔晓红个矮力气小，弄不好，人和一箱药，一起摔下来。

"刚哥，你真是我的救星，真是我的及时雨。"崔晓红盼到救星了。

梁荣刚站在凳子上，举起双手，轻松地把一箱药从货架上层取下来。

"崔晓红，看看外科要几瓶氨基酸。"梁荣刚问崔晓红。

"6瓶。"

"1、2、3、4、5、6，6瓶。还需要拿其他的药吗？"

"没有了。"

"那我就把剩余的4瓶放回原处了。"

"刚哥，你小心点。"崔晓红关心地说道。

"没事。让你一个弱不禁风的小姑娘，拿那这么重的一箱药，是不合适的。万一，从上面摔下来，怎么办？"

"还是刚哥心疼人。"

"以后需要爬高拿重物，告诉我。我帮你拿的。"梁荣刚待崔晓红像个小妹妹。

梁荣刚注意到，顾琴没有说话，好像有很大的心事。若是在平时，顾琴或多或少说几句话。梁荣刚悄悄地问崔晓红。

"崔晓红，顾琴好像不开心。你知道是什么原因吗？"

"顾琴昨天就是这样了。"

"哦。我怎么没有发现。"

"你没有发现完全正常啊。好像是失恋了，不，她把男朋友给踹了。"

"谈了两年了。谈了这么长的时间还分手，真可惜。"

"结婚还可以离婚，谈恋爱分手，就更加正常不过了。刚哥，我有个漂亮同学，就在今年的9月，换了两个男朋友。"

"这样不好。谈恋爱，就要好好谈。谈差不多，就要结婚。"

"刚哥，你年龄不大，怎么就这么老土，像个出土文物似的。谈恋爱，就是谈恋爱，没有谁规定谈恋爱，就一定要结婚。"

"你们这些小家伙，我搞不懂了。"

"这叫代沟。不，我们和刚哥是一代人，是兄妹。"

"晓红，你要关心顾琴，劝她想开些。"

"为什么想不开？刚哥，你这叫杞人忧天。"

"晓红，你是不是又有什么事，要让刚哥帮忙。"何劲松以为崔晓红又有什么事，求梁荣刚帮忙。

"闭上你的臭嘴。"崔晓红没有好气地说。

"你这个人说话，怎么这么粗鲁。"

"顾琴和男朋友分手了。刚哥怕她想不开，让我关心她。"

"不会的。谈个恋爱，有什么想不开。我上个月，刚和女朋友分手。"

"何劲松，你和女朋友又吹了？"崔晓红有些惊讶道。

"'又吹了'多难听。谈了几个月，不合适，就分手。"

"这不好。谈恋爱，要严肃。"梁荣刚说道。

"谈恋爱就是看看两个人在一起是否合得来，哪能见面就结婚。晓红，你说对不对？"

"不要问我对不对。你要问刚哥对不对。"

"对，对。你们讲得都对。"梁荣刚无心与这两个 70 后，辩论这些无聊的事。

1998 年 10 月的一天，唐梦瑶来到陈爱娟办公室，递交辞职报告。平时，陈爱娟满脑子都是提高护理质量，加强护士的责任心，做梦也没有想到有人要辞职。陈爱娟像是遭受雷击，半晌没有说句话。

"护士长。"唐梦瑶轻声提醒陈爱娟。

"嗯。"

"我可以走了吗？"

"走吧。"陈爱娟无奈地说道。

"那我走了。"唐梦瑶知道，陈爱娟此刻一定很难过。

"唐梦瑶，"陈爱娟叫住唐梦瑶，"我们谈一会儿。"

本来已经准备离开的唐梦瑶又坐下来。

"梦瑶，我们 ICU 自从建立以来，总共有两位护士离开 ICU。一个是随丈夫到外地，另一个就是施玉萍，她心脏不好，有心肌缺血，不适合在 ICU 封闭的环境中工作。她们俩离开 ICU，还是做护士。而你则是完全放弃护士，从事另外一个行业。"陈爱娟有些伤感地说道。

"护士长，我做医疗器械，还是在医疗行业。"唐梦瑶试图安慰陈爱娟。

"哪家公司？"

"德国西门子公司。"

"西门子公司。我们医院好多设备是西门子公司生产的。"

"是的。西门子是个很大的医疗器械制造公司。我们医院放射科的 X 线机器，还有 CT，都是西门子生产的。"

"唐梦瑶，我比你大十几岁，我一直把你当作自己的妹妹，甚至自己的女儿看待。"

"护士长对我一直都很关心。所以，我离开，觉得特别的内疚。"

"你能告诉我，你到西门子公司上班，一月的工资是多少吗？"

"五千吧。"

"五千？"陈爱娟惊讶唐梦瑶这么高的工资。

"是的。"

"你现在的工资是多少？"陈爱娟问道。

"六百多一点。"

"这么高的工资，比你在医院上班的工资，高出近9倍。"

"我离开主要是身体不行，上不了晚夜班。每次上完夜班后，人几乎瘫痪。如果再做几年，我也许会和施玉萍一样，不能在ICU工作。"

陈爱娟知道唐梦瑶是个心地善良的女孩，不想在钱上刺激别人。故意说离开的原因是身体不合适在高强度的ICU工作。

陈爱娟怜爱地看着唐梦瑶，白皙的皮肤，漂亮的脸蛋，十分招人喜爱。对唐梦瑶的辞职，陈爱娟虽然感到十分惋惜，但在心里又为唐梦瑶有好的工作而高兴。

"中国有句古话，叫作'水往低处流，人往高处走'。的确，在医院上班辛苦，钱又少。无论如何，要恭喜你。"

"谢谢护士长。谢谢护士长的理解。护士长，你这么说，我心里就好过多了。希望我到公司后，我的新领导，也能像护士长这样。"

"你工作认真，人又聪明，领导一定会喜欢你的。你什么时候去公司上班？"

"下个月。"

"这么快。我现在就把你的辞职报告交给医院人事处。"

"太谢谢护士长了。"唐梦瑶眼睛竟然流出感激的泪水。

唐梦瑶辞职，如果仅是少一个人，护理部可以再安排一个护士过来。唐梦瑶的辞职，到医药公司上班，是对陈爱娟工作信念和理想，产生很大的冲击。

这天晚上，陈爱娟一直闷闷不乐，十分沮丧。儿子梁明哲莫名其妙地被她训斥一通。睡觉时，梁荣刚想和她亲热，也被她拒绝。

11月1日唐梦瑶离开了ICU，离开了医院，到了外资公司，做一个白领，或称为 Office 小姐。

11 月中旬的一天，ICU 里住了两个大面积心梗病人。如果 ICU 有心脏病病人，刘礼文主任都要亲自查房，给年轻医生讲解心脏病病人的临床表现和治疗。这天上午 10 点 30 分，刘礼文主任查房才结束，急坏了要做治疗的护士们。

"卢杰，不要吹牛了。赶快把医嘱开好。"朱明君来到医生办公室，见卢杰不急不忙，一边开医嘱，一边在吹嘘自己最近怎样炒股票挣钱。

"急什么？"

"急什么？你看看现在都几点钟了。现在 10 点 30 分了。"

"我知道是 10 点半。"

"你开好医嘱就可以去吃饭。我还要检查核对医嘱，去药房领药，回来还要配制，然后再给病人用。"

"朱明君，过了吃中饭的时间，叫卢杰买肯德基。"刘玉龙调皮地说道。

"刘玉龙怎么变得油嘴滑舌。"

"朱明君，卢杰故意拖时间，就是想创造一个给你买肯德基的机会。"刘玉龙说完，引起一阵大笑。

这时，闻华虹、张静芳也来到医生办公室，拿病历。

"施医生，医嘱开好了吗？"张静芳小声谨慎问道。

"朱明君，你看张静芳态度多好。'施医生，医嘱开好了吗？'多么温柔。"说着，卢杰要起身。

"你给我坐下。"朱明君把卢杰按住，不让他离开，说道，"赶快把医嘱开好。"

"朱小姐，人有三急。你怎么一点也不通情达理。"

"我就是对你太通情达理了。"

"各位小姐，不要急。今天的中饭，我去食堂给你们带回来。不，我给你们买回来。"刘玉龙说道。

"不行。至少是肯德基。"闻华虹说道。

"闻华虹同志，不能要求太高。我每个月就这点钱，能在食堂请客，就不错了。"

"只是比铁公鸡要好一点。"

"邢主任，你要管管他们。医嘱出来得太慢，影响上午的治疗工作。"朱明君见到邢主任，就哆声哆气地对邢主任说道。

"今天主要是刘主任查房用的时间太多。"邢主任说道。

"是的。刘主任查房时间太长。"朱明君抱怨道。

"是刘主任查房时间太长，不是我们速度慢。"卢杰替自己辩护。

"的确，时间不早了。大家抓抓紧，把病历给护士。"邢主任站在公正的角度说话。

"邢主任说了，抓抓紧。"闻华虹说道。

"闻华虹，医嘱开好了，病历交给你。怎样，我是第一个开好医嘱的。"刘玉龙把病历递给闻华虹，起身要离开。闻华虹用力朝刘玉龙的屁股踢了一脚。

"啊哟。闻华虹你的劲儿好大啊。"

一天，外院一位医生来 ICU 参观，看到护士处理各种仪器设备，就好奇地问闻华虹。

"平时，这些事都是你们护士做的吗？"

"是的。"闻华虹简短回答道。

"呼吸机也是你们护士处理吗？"外院医生进一步问道，

"如果氧饱和度低于 92%，我们就增加吸氧浓度，如果病人的气道阻力大，氧饱和度还是上不去，我们就调整呼吸机支持的模式，改为压力支持模式。通过提高压力，把氧气打到病人的肺里。"

"嗯，是这样。这些处理，你们不需要医生参与吗？"

"不用。医生也是这样处理。如果这些事都要让医生处理，医生要累死。"

"嗯。知道了。"

"王主任。我们这里的呼吸机，都是美国产的，质量非常好。"邢主任和外院医生打招呼。

"邢主任，既使我们医院有这些设备，我们也不敢开展 ICU。技术力量达不到。"

"什么技术力量达不到。王主任，你太谦虚了。"

"邢主任我说的是大实话。看看你们这些护士，比我们医生都能干。"

"王主任，你派几个人到我这里进修半年或一年，就行了。"

"一定要安排护士来进修，你们的护士太厉害。"

正在这时，从外科病房转入一个手术后、呼吸困难的病人。病人氧饱和度只有80%，值班医生和外科医生商量后，准备行气管插管。陈爱娟仔细询问病史，病人的年龄只有57岁，平时没有心肺疾病，只是手术后，突发氧饱和度下降，而且胸片排除了肺动脉栓塞。陈爱娟嘱咐护士，先给予面罩吸氧，同时给病人翻身拍背。5分钟后，病人的氧饱和度居然升到95%。

"爱娟，你给王主任说说，你为什么决定给这个病人面罩吸氧。"邢主任说道。

"病人是手术结束，回到病房1个小时后，氧饱和度开始下降，到我们这里只有80%。我看了病人的情况，认为可以先给予面罩吸氧。如果面罩吸氧，不能解决问题，再插管。"

"对呼吸不好的病人，首先给予面罩吸氧。如果氧饱和度上不去，再行气管插管。"邢主任肯定陈爱娟的说法。

"护士长，11床病人人机对抗非常明显。"耿丽颖请陈爱娟过去看看。

陈爱娟立即来到11床，问过病人情况后，发现病人的吸氧浓度不高，只有60%，而且有自主呼吸，造成人机对抗的原因是人机呼吸不同步。找到了原因，陈爱娟就对耿丽颖说："你把呼吸机调到SIMV模式。"耿丽颖马上把呼吸机调到SIMV模式后4分钟，病人呼吸就平稳了，氧饱和度，随之也上来了。

"耿丽颖，我记得上个月，我们学习的时候，曾经讲过病人呼吸和呼吸机不同步，就会导致人机对抗。"

"好像讲过。我不敢处理，怕调整不好，造成更坏的结果。"

"耿丽颖，今天下班回家，好好地看看书。明天上午，我要提问你。"

"今晚，我一定好好地看。"

站在一旁的外院医生，看到这一幕，惊呼：这哪是护士，简直就是呼吸机专家。

"我们护士对使用呼吸机有丰富的经验。她们天天和呼吸机打交道，熟悉呼吸机的脾气，知道怎样处理各种问题。她们的经验一点儿不比医生差。"邢主任为 ICU 护士骄傲。

第 14 章　药 房

　　下午，病区药房的药剂师们和往常一样，把药品依次放在货架上，以备第二天病区护士来领药。

　　"有空纸箱吗？"一位年轻漂亮的护士来到病区药房。

　　"有。你要多大的？"何劲松殷勤地迎上去。

　　"就那个装葡萄糖注射液的箱子就行了。"

　　"好的。请稍等片刻。"何劲松迅速把纸箱剩下的几瓶葡萄糖注射液拿出来，把空纸箱交给护士。

　　"谢谢。"

　　"不用谢。"

　　"再见。"

　　"再见。"

　　拿纸箱的护士一走，刘翔就说道："何劲松对小姑娘特别热情。"

　　"翔哥，我对所有来领药的护士，都热情。"

　　"我看不是吧。"刘翔说道。

　　"就是对年轻、漂亮的热情，看到她们眼睛都放光。"顾琴说道。

　　"何劲松，这个年龄对年轻漂亮护士热情很正常。"李素珍帮助何劲松说话。

　　"还是李姐理解人。"

"何劲松，不要只说话不干事。"梁荣刚提醒何劲松。

"他们污蔑我，我总要为自己伸冤几句吧。"何劲松委屈地说道。

"提醒各位，主任发话，要求我们把药品发出之前，再检查一次，不能有差错。"

"绝对不会有差错。"何劲松回答道。

"嘎吱"门打开。崔晓红从外面回来了。

"崔晓红同志，你回来得太及时了。我们刚把活儿做完。"何劲松好像和崔晓红是冤家对头似的。

"崔晓红，你去哪里了？"梁荣刚问道。

"报告领导。我去 ICU 病房了。"

"你去 ICU 干什么？"

"我有个亲戚住在 ICU，昏迷已经 10 天了。我爸妈非要我去看看。"

"晓红，ICU 怎样？"顾琴问道。

"我算是开眼界、长见识了。"接着，崔晓红把 ICU 的布局和设备描述了一番。

"看来，都是现代化的东西。"

"的确，都是进口现代化的设备。"

"晓红，你见到嫂子了吗？"刘翔问道。

"嫂子？"崔晓红表示不理解。

"你刚哥的老婆啊。"

"我只在里面待了几分钟，就出来了。"

"嫂子很厉害的，不过在家里对我们的刚哥，非常温柔。"刘翔说道。

"我看不一定。这种人个性放在那里，在家里也不会太温柔。刚哥，你家谁做主？"崔晓红问道。

"谁做主？当然是我做主。"梁荣刚说话的底气显然不足。

"'当然是我做主'，从刚哥说话的语气，就知道不是刚哥做主。没有关系，在药房，我们绝对听刚哥的。"

"ICU 全是重病人，任何一点差错，可能就是一条人命。所以，上班时必须严肃认真，不能像我们这样，嘻嘻哈哈的。"梁荣刚说 ICU 工作的特点。

"最好让崔晓红去 ICU 锻炼几个月。"

"何劲松，是不是你看中了 ICU 里面哪个护士了？你告诉刚哥，让刚哥老婆给你做媒啊。"崔晓红立即把何劲松的话给挡回去。

"ICU 工作，比我们要辛苦得多。经常不能准时下班。有时还要加班。"

"为什么要加班？"崔晓红好奇地问。

"比如说，突然有个车祸，有三四个病人同时需要抢救，值班的人就不够了。在家里的人就要到病房加班。"

"这些伟大的地方，不是常人能去的。"李素珍说道。

"李素珍，不是常人能去的地方，此话怎讲？"刘翔问道。

"整天泡在病房里，上班就像打仗一样，不能按时上下班，谁受得了？最后，家也要完蛋。"李素珍回答道。

"刚哥的家不是很好吗？"顾琴说道。

"我要是像护士长那样上班，我家就要乱成一团糟，天天要吵架。"李素珍说道。

"为什么会乱成一团糟？"崔晓红一脸狐疑。

"我家的家务事，大大小小的事，都是我管、我做的。"

"李素珍你要放权，不能独揽大权。让你丈夫也管点事。"刘翔说道。

"不是我爱管事，是他不做家务，而且晚上还经常出去，和一帮狐朋狗友喝酒、打麻将。我每天还要叮嘱他不准赌博，不能在外胡来。你说我要是像梁荣刚老婆那样，我们家不就完了吗？"李素珍说道。

"素珍姐，你不能太惯着你丈夫，要管教。"顾琴说道。

"你们这么说，我总算是听明白了一些。刚哥老婆一心扑在工作上，成为我们医院的优秀护士，是因为我们刚哥好啊。"崔晓红自鸣得意地说道。

"有句话叫作每个成功的男人背后都有一个优秀的女人。对我们刚哥来说，则相反是：每一个成功的女人背后，都有一个伟大的男人。"何劲松说道。

"像刚哥这样的男人太少，可遇不可求。这是护士长的福气。"李素珍说道。

"刚哥，我冒昧地问一句，你和护士长在一起，幸福吗？"何劲松傻乎乎地问道。

"何劲松，你白长这么大。有你这样说话的吗？！"梁荣刚还没有说，崔晓红就对何劲松猛烈开火。

"对不起，我不该这么说。我要找就找一个能顾家的人。"何劲松说道。

"你是想找一个保姆。告诉你，现在没有女的愿意给人做保姆。"

"谁说我要找保姆。"何劲松为自己辩护。

"男人，就应该像刚哥这样。你要向刚哥好好地学习。"崔晓红说道。

"是的。我要向刚哥好好地学习。"何劲松根本不是崔晓红的对手。

"喂，我早走一会儿，去接儿子。"梁荣刚对大伙说道。

"荣刚，你们家平时谁接儿子？"

"上午我们自己送，下午我爸妈接。昨天，我爸妈去外地了。今天，只有我们自己接了。"

"护士长不能接吗？"李素珍问道。

"她能正常下班，就谢天谢地了。我先走了，各位明天见。"

"刚哥明天见。"崔晓红同情地看着梁荣刚远去的背影。

梁荣刚离开后，办公室陷入沉寂。最后，还是崔晓红率先说话："你们说刚哥在家幸福吗？"

"什么幸福不幸福，两口子就是过日子，过一天算一天。"刘翔说道。

"我想刚哥在家里挺辛苦的。"顾琴说道。

"刚哥有他父母帮忙，应该不太辛苦。"李素珍说道。

"我担心刚哥在家里没有地位。"崔晓红说道。

"这个倒有可能。一个愿打一个愿挨，都是自找的。"刘翔说道。

"一个家庭，不能两个人都强势。否则，就要天天吵架。一个强点，另一个随和一点。这样搭档，倒也挺好。"李素珍说道。

一天下午，梁荣刚把儿子早早从学校接到办公室，让儿子在办公室做作业。

"刚哥，你儿子长得很像你。"崔晓红讨好梁荣刚。

"和他妈也有些像。"

"平时，你们家谁管孩子多一些？"李素珍问道。

"谁有空，谁管。"梁荣刚回答道。

"我看，肯定是你管得多。"李素珍说道。

"嫂子在 ICU 上班很辛苦的。"顾琴说道。

"ICU 工作辛苦，压力又大。"梁荣刚说道。

"刚哥，你在家就要支持她了。"顾琴说道。

"那是必须的。她工作忙、责任重。我要尽可能帮助她，让她安心做好 ICU 工作。"

"护士长真有福气，找到你这么一个好丈夫。"李素珍说道。

"我很一般。"

"刚哥，你知道我的理想是什么吗？"崔晓红冷不丁地冒出这样一句话。

"不知道。"

"我的理想就是找一个像刚哥这样的丈夫。"

"你要找一个医生。说起来好听，在外面又吃香。"梁荣刚说道。

"找个医生固然好。但首先人要像你这样。"

"崔晓红，你交际面广，接触人多，要好好地挑一个。"刘翔说道。

"不管是本单位，还是外面的人，关键是看有没有缘分。"顾琴像个长辈似的说道。

梁荣刚对这些话没有兴趣，就说道："施主任说明年 1 月 1 日起，门诊药房和病区药房的人员，要对调。"

"刚哥，你去门诊药房，我也去。"崔晓红立即说道。

"主任说了是两边人员对换。你、我都过去。"

"太好了、太好了。"崔晓红拍手叫好。

"不过，门诊药房，要比病区药房忙多了。"梁荣刚提醒崔晓红。

"只要和刚哥在一起，就开心。"

"崔晓红，你最近有些油嘴滑舌。"

"没有啊。我一直这样。"

"不对。以前不是这样。"梁荣刚肯定地说道。

"刚哥，崔晓红就是这样的人。"何劲松说道。

"不说这个了。下面说正事。门诊药房可没有病区药房这么舒服。只要你发错药，不用领导管，病人就会和你吵，就会到门诊办公室告你的状。"

"晓红没事。她只要能和刚哥在一起，就开心。"何劲松说道。

"和刚哥在一起，就是开心。你不服啊。"崔晓红反讥道。

"我有什么不服的啊。你这话千万不要给护士长听到了。"

"听到又怎样？"崔晓红对何劲松的话，不屑一顾，继续说道，"这说明她的丈夫好，喜欢的人多。何劲松，你听明白了没有？"

有一天梁荣刚没有来上班，崔晓红一天都失魂落魄，空落落的。

"崔晓红，你今天怎么老发呆啊？"李素珍说崔晓红。

"是不是，刚哥今天没有来。你找不到人给你帮忙了。"何劲松调侃道。

"现在，崔晓红不仅是想让梁荣刚给她干活儿，而且是从心底里喜欢梁荣刚。"顾琴点破道。

"我就是喜欢刚哥。"崔晓红无所顾忌地说道。

"人家刚哥有护士长。"李素琴提醒道。

"护士长是他老婆。我吗，只是多了个喜欢的人。"崔晓红无所谓地说道。

"我和你们有代沟了。不能理解你们这帮年轻人。"李素珍无奈地说道。

"李老师，不要把自己说得那么老。"崔晓红说道。

今天，顾琴说崔晓红喜欢梁荣刚，崔晓红承认顾琴说得对，她的确喜欢刚哥。是正常同事之间的喜欢，还是男女之间的喜欢，崔晓红自己也说不清。在理智上，崔晓红还是清楚的，最多把梁荣刚当作知心的哥哥，绝对不能有男女之情，因为梁荣刚有家庭。但是，崔晓红的心常常被梁荣刚占据。前段时间，她姑妈要给她介绍对象，她找个借口不见人。

1999年1月1日，门诊药房和病区药房的工作人员对调。梁荣刚带领刘翔、李素珍、顾琴、何劲松和崔晓红，一起来到门诊药房。

医院门诊大厅，人多嘈杂，用菜市场来形容一点不为过。上午门诊药房5个取药窗口，挤满了取药的病人或病人家属。

"张小妮，张小妮家属。"顾琴按处方上病人的名字，大声喊道。

"来了。"一位70多岁的老太太，来领药。

"这是你的药，总共3盒，全在这个塑料袋里。注意每个盒子上，都写了用法。"

老太太拿过塑料袋，欲打开检查。顾琴根本顾不上理她，按处方上的名字，叫下一位取药的病人："李国庆，李国庆。"

"来了。"叫李国庆的病人，拿了药就离开了。

而张小妮，仍然站在窗口旁，待李国庆一走开，就挤到窗口说道，问顾琴："医生这药怎么吃？"

"怎么吃？在盒子上，写得清清楚楚。"

"这个字太小，我看不清。"

"所有的字，都是这么大。你回家，叫你家人帮你看。"

"他们平时不在家。"

"这个老太太怎么回事，我们还有急事。"站在老太太后面的人催促老太太快离开。

"不要理她，给我们发药吧。"又一个等待取药的人，不耐烦地说道。

"阿婆，你站在这里，后面的人无法拿药，他们都是很急的。你看后面有很多人在排队。"

"我是一大早，天还没有亮就从家里出来的。"

"阿婆，你到前面的服务台，找她们。她们会给你解释。"顾琴急中生智，把老太太打发走。

"吴立勇的药准备好了吗？"叫吴立勇的病人在窗口催促道。

"请等一下。吴立勇，吴立勇，来拿药。"

整个上午，就像打仗一样，十分紧张。这种高强度的活儿，只有这些年轻人才能胜任。一直到 11 点钟，排队取药的队伍，才变短。

到中午吃饭时，梁荣刚对手下的人说："门诊药房是医院的窗口，我们一定要做好自己的工作，让病人体会到党和人民的温暖。把药发给病人之前，一定要核对病人的信息，千万不要出现差错。"梁荣刚虽然是门诊小组长，套话和官话时不时地会从他嘴里蹦出来。

1 月底的一天上午临近下班时，医院医务处李处长、门诊部周主任，还有护理部工作人员，在药剂科施主任的陪同下，一起来到门诊药房。梁荣刚觉得有些奇怪，但从施主任那张阴沉的脸，知道有什么坏事发生了。

施主任把梁荣刚和崔晓红叫到办公室，由于办公室太小，没有足够的椅子和凳子，梁荣刚和崔晓红就知趣地靠着墙站着。房间里的严肃气氛弄得梁荣刚和崔晓红一头雾水。

"今天上午，我们医院差点出了一起严重的医疗事故。幸亏被注射室的护士发现，阻止了。"

"什么事？"崔晓红立即问道。

"崔晓红，听领导讲话。"施主任呵责崔晓红。

"今天上午，内科门诊医生给一位腹泻病人开了一瓶 500ml 的输液，其中加入 10% 氯化钾 10ml。但是，该医生在书写处方时，把 10 写成 100。病人拿着这张处方，先是到收费处交钱，然后，到我们药房拿药。崔晓红就按处方给病人发 10 支 10ml 的氯化钾，病人就拿着 10 支氯化钾，到注射室打针。10 支氯化钾加入 500 毫升液体，从静脉输入，能立即导致病人死亡。注射室护士看到后，就向门诊办公室汇报，阻止了一起严重的医疗事故。"门诊部周主任把整个事情的来龙去脉说了一遍。

施主任绷着脸，一言不发，梁荣刚心里十分紧张，不知道医院怎样处理这件事。倒是崔晓红一脸的轻松，觉得无所谓。

"这是一件非常严重的事情。我已找过内科医生，内科医生已深刻认识了自己的错误。"医务处处长说道。

"我们今天来这里，就是想让大家吸取教训，避免以后再次犯这种错误。"门诊办公室主任说道。

"我是按医生的处方发药的啊。"崔晓红觉得很冤枉。

"你知道，医生处方是错误的吗？"门诊部周主任问崔晓红。

"我们上午工作非常紧张，要以最快的速度，把药发出去。"

"工作忙不是借口。如果不是注射室的护士有经验发现了问题，就要出人命。我多次说药剂科工作责任重大，你们总不当一回事。崔晓红写一个检讨，明天上班交给我。"施主任说道。

"这件事发生在崔晓红身上，就有可能发生在我们这里的任何人身上。今天下午我们组织个学习，总结经验教训。今后，一定要杜绝这件事的发生。同时，我们也要加强自身的业务学习，熟悉各种药物的常用剂量和使用方法。"作为门诊药房的负责人，梁荣刚讲了几句话。

"我们今天来，就是希望药剂科能替医院把好关。我们药剂科，不仅是发药，而且参与临床治疗，指导医生合理用药。"医务处李处长做最后的总结。

"梁组长，这件事不能算到我们头上。"医院一班人走后，刘翔说道。

"没有算到我们头上。医务处处长说得很清楚，是内科医生粗心造成的。"梁荣刚说道。

"看他们兴师动众，好像要把我们吃掉似的。"顾琴说道，"我们只是按处方发药。"

"琴姐说得对。我们只是按处方发药。哪有时间去想医生开的药对不对。如果我们对医生开出的每一张处方，都认真研究一番，那我们一天能发几份药。病人要和我们吵翻天。"何劲松说道。

"作为药剂师，如果发现处方有错误，就不能按处方把药发给病人。"李素珍说道。

"我们怎么知道处方有错误？如果我们知道处方有错误，我们自己就给病人开药了。"崔晓红嘟嘟囔囔说道。

"怎么不知道。我们在学校都学过，高浓度的氯化钾可以导致病人心脏停止跳动，病人就 over 了。注射室护士发现错误，救了病人一命，也救了我们大家。所以，我们也要加强业务学习，要熟悉药物的药理作用、副作用，以及使用方法。"梁荣刚认真严肃地说道。

"每个药品都有说明书，只要看看说明书，就知道。"何劲松说道。

"只要大家做个有心人，这个问题就不是个问题。医院对我们寄予很大的希望，希望我们给那些粗枝大叶的医生把关，希望我们给医院把关。"

"我们是应该把关，但主要是医生开处方不能出错。医生开错了，没事；我们没有发现，反而我们有问题了。"崔晓红不服气地说道。

"当然不是这样。医务处领导讲得清清楚楚，主要责任是开错处方的医生。医院可能要处理开处方的医生。"

"不会处理崔晓红吧？"何劲松结巴地问道。

"谁说要处理崔晓红？！"梁荣刚没好气地瞪了何劲松一眼。

"何劲松，你别乌鸦嘴。看你把崔晓红吓得。"顾琴说何劲松。

"对不起，我只是随便说说。我的意思是不能处理崔晓红。"

"在这件事上，崔晓红虽然有些责任。但不至于被通报处理。如果医院处理崔晓红，我坚决不答应。但在我们内部，我还是要批评崔晓红，希望大家都从这件事上吸取教训。下次，一定不能再犯。"

"刚哥，怎么批评我？"崔晓红小心地问道。

"不是已经批评过了吗？你还要怎样的批评？"

"不需要了。谢谢刚哥，刚哥真好。"

"崔晓红，你真得要好好谢谢刚哥。刚哥把所有的责任，他自己一个人揽下。"李素珍说道。

"刚哥是个真正的男子汉，有事不推卸责任，自己扛着。"顾琴说道。

"刘翔也不错，有事也是自己顶着。"李素珍说道。

"我们药房，也没什么大不了的事。大家在一起工作，就要互相帮助，互相照顾。"刘翔说道。

"我们在一起上班，就要互相帮助。"梁荣刚先肯定刘翔的说法，然后接着往下说，"首先，是做好自己的本职工作。平时，要加强业务学习，对自己要有要求，不能混日子。"

当天晚上，崔晓红闷闷不乐，早早地就躺在床上，想白天发生的事。当时，医院有关部门来到门诊药房时，崔晓红辩解说她只是按处方发药，只不过是一种本能的自我保护。注射室护士救了病人一命，也救了崔晓红。崔晓红想明天去谢谢注射室护士。

第二天上班，崔晓红小声对梁荣刚说道："刚哥，我昨晚在家里，越想越怕。"

"事情已经过去了。以后注意就行了。"梁荣刚安慰崔晓红，让她放下思想包袱。

"刚哥，我想感谢注射室护士。"

"好啊。"梁荣刚肯定崔晓红的想法。

"梁荣刚，你的电话。"顾琴叫梁荣刚接电话。接完电话后，梁荣刚就去了施主任的办公室。

"梁荣刚，请坐。"

"谢谢主任。"

"我让你来，是讨论崔晓红的事。本来准备在电话里和你说，怕说不清楚，就把你叫来了。"

"嗯。"梁荣刚等着施主任把话说下去。

"医院对这件事很重视，处理结果下来了。当事医生要写检讨，并扣发当月的奖金。"

"处罚不轻啊，但有这必要。这个医生实在是太粗心。"

"医务处处长说医院不处理崔晓红，但要我们在科室内部对崔晓红进行批评、教育，并让她在科内做检讨。"

"这是应该的。刚才，崔晓红在门诊药房说她认识到自己的错误。"梁荣刚一听心中大喜，心中的一块石头落地了。

"我想让她写个检讨，另外，在科室会议上，批评一下。这样，算是对上级有个交代，也是对崔晓红本人的教育。"

"好的，施主任，这事我去做。"

"另外，你要写个材料，交给医务处，就说崔晓红已经深刻认识自己的错误，表示以后要努力工作。"

第 15 章　三八红旗手

中午休息时间，梁荣刚把门诊药房的人，召集在一起。

"上午，施主任把我叫到他的办公室，我想大家都知道是什么事。"

"什么事？"崔晓红急切地问道。

"什么事？就是你的事。"梁荣刚白了崔晓红一眼，顿时门诊药房空气凝重起来。"简单说有两点：第一，对内科医生进行通报批评、扣罚一个月的奖金；第二，科室要对崔晓红进行批评教育，崔晓红要深刻认识自己的错误。"

"崔晓红就没有事了？"何劲松傻乎乎地问道。

"怎么没有事。我们在科室内批评。"梁荣刚说道。

"这件事，主要问题是内科医生的问题。"刘翔说道。

"虽然内科医生负主要责任，但我们也要吸取教训。今后，工作一定要认真严肃，不能嘻嘻哈哈。"李素珍说道。

"我们一定要从这件事上吸取教训，工作要认真严肃。"梁荣刚顺着李素珍的话往下说，"这件事发生后，崔晓红已经深刻认识到了自己的错误，并表示今后一定要认真工作，加强业务学习。"

"这件事，虽然发生在崔晓红身上，但我们所有人要提高警惕。今后，一定要杜绝此类事情的发生。"刘翔像个老大哥说道。

"这么多年来。我们药房的工作，还是不错的。医院希望我们从这件事上，吸取教训，为医院把好关。下午上班时间到了，干活儿吧。"梁荣刚说完，大家都散开，回到自己的岗位。

崔晓红来到梁荣刚的身旁，悄悄地问梁荣刚："刚哥，我没有事了？"

"你上好自己的班就行了。"

"太好了。我就知道刚哥会保护我的。刚哥，今晚我请你吃饭。"

"谢谢，不用了。"

"刚哥，我是诚心诚意的。"

"我知道你是诚心诚意的。以后，我们找个机会，全科人一起外出吃饭。"

"好。谢谢刚哥。"崔晓红高兴跳起来，冷不防在梁荣刚的脸上亲一下，迅速离开。

崔晓红这么随意的一吻，把梁荣刚愣怔了好几分钟。平时，崔晓红刚哥长、刚哥短，梁荣刚没有当回事。但这次，崔晓红冷不丁一吻，却在他的心中掀起波浪。

下班后，梁荣刚心事重重回到家。晚饭后，陈爱娟对梁荣刚说道："荣刚，你去洗碗。我要写个材料。"

"什么材料？"

"我被评为省三八红旗手，要写个先进事迹介绍。明天上午，就要交材料。"

"不错啊。其实，前几年，就应该评你为三八红旗手。看你，工作多认真、多辛苦。"

"别的护士长工作也很认真、也很辛苦。"

"你抓紧时间写吧。我去洗碗。"

儿子在做作业，陈爱娟在写自我介绍，梁荣刚独自一个人在厨房洗碗。洗碗是个枯燥，但又必须要做的家务活儿。洗着、洗着，崔晓红就窜到梁荣刚的脑海。一不留神，碗从梁荣刚的手中滑落，掉到地上，"咔嚓"一声成为碎片。

"梁荣刚怎么啦？是不是，把碗打碎了？"

"不知道，这碗怎么突然掉到地上了。"

"你啊，做什么都不成。"陈爱娟气冲冲来到厨房，"就让你洗这么一回碗，还把碗给打碎了。"

"真是，活见鬼。我也不知道这个碗怎么就掉地上。"

"我洗了这么多年，怎么从来也没有打碎一个碗。你就是做事不认真。"

的确，梁荣刚在洗碗时，走神了。故他没有对妻子说的话进行反驳。

"荣刚，你脚旁有碎片，不要动。"陈爱娟用扫把，把碎片集中在一起，放入垃圾袋里。"荣刚，这次处方的事，医院最后的处理，对你们药房还是有利的。处理了内科医生，没有处理发药的人。"

"本来就是内科医生的错。我们只是按处方发药。"

"那不行。万一，医生笔误，或大脑发晕写错了。药房就不能按处方，把药发给病人。"

"是的。崔晓红现在也有些后怕了，她对我说，她要去谢谢注射室护士。"

"这个态度差不多。千万不能说：我只是按处方发药，不认错。"

"科室已经开过会，批评过她。"

"上班时间，不能嘻嘻哈哈，要认真、严肃。你现在是门诊药房的负责人，对下面的人要加强管理。"

"门诊药房，取药的病人一个接着一个，哪有时间嘻嘻哈哈。"梁荣刚说完，"嘻嘻哈哈"的崔晓红又跑到他的脑海里。到10点，梁荣刚洗漱完毕，从身后抱住仍在写材料的陈爱娟说："亲爱的，我想要。"

"不行，我没有写好，你先睡吧。"

"明天写吧。"

"今晚一定要完稿。洗个碗，竟把碗砸了，要惩罚你一下。"

"嗯。"梁荣刚只得自己一个人先睡觉。晚上，他梦到崔晓红。

3月8日，陈爱娟出席东南省三八红旗手表彰大会，整个江滨市卫生系统护士仅有她一人，对陈爱娟以及江滨医院都是个极大的荣誉。

"梁荣刚，你老婆好厉害啊。当上了省三八红旗手。"李素珍羡慕地说道。

"能当上省三八红旗手的人，非常少。说不定，刚哥老婆将来能当上护理部主任。"刘翔说道。

"护理部主任只是好听一点儿。其实，一点儿意思也没有。"梁荣刚说道。

"怎么一点儿意思也没有。刚哥，你知道有多少人盯着那个位置。"刘翔又说道。

"现在只是个护士长，工作就忙得要命，顾不上家。"

"工作忙，那就忙吧。下班不忙就行了嘛。"刘翔说道。

"晚下班、加班是家常便饭。"

"那不行。我们刚哥不能在家里照顾、伺候护士长。"崔晓红说道。起初，她为梁荣刚感到高兴，毕竟梁荣刚老婆当上了省里的三八红旗手。后来，崔晓红担心护士长更顾不上家了，梁荣刚在家会更忙、更辛苦。

自从"氯化钾"事情发生以后，门诊药房的工作人员，发药比以前要谨慎得多。在把药发给病人之前，都要再核对一遍。

"医生小姐，能否快点，我排了很长时间的队了。"

崔晓红没有理睬，继续按照自己的工作节奏干活儿。

"发药要快点。我们已经等了半个小时了。"又一个病人在发药窗口，对坐在药房里面的崔晓红大声嚷道。

"吵什么吵。你看到没有，我在这里一分钟也没有停。我们按处方把药发给你，不能有任何差错。否则，要出人命的。你说我要不要仔细又仔细。"

"是的。要认真仔细。"病人表示理解。

"晓红，你做得对。我们药剂师，一定要认真仔细。同时，自己要有定力，沉住气。"李素珍说道。

"我们发药发得快，没有人说我们好。发错药，病人就会和我们吵，而且院领导会在大会、小会上批评我们。"刘翔发表自己的观点。

"等几分钟，没什么关系；发错药，那就是大问题。"崔晓红说道。

"崔晓红有进步了。"梁荣刚喜爱地看着崔晓红。

4月，崔晓红还真的立了一功。有个前列腺增生的病人，来到医院开药。那天下午，病人在门诊遇到在普外科工作的亲戚。普外科医生就按病人的要求，开了两盒药。想当然地在处方上写道：每天3次，每次2粒。病人拿着普外科医生开的处方，交完钱，到门诊药房拿药。

崔晓红正准备把药发给病人时，突然觉得不对。以前，泌尿外科医生开的处方，都是每天吃1次，而且每次吃1粒。崔晓红就打开药盒，看药物的说明书。果然说明书上写道：每天只能吃1粒，吃多了可引起低血压。

"你以前，吃过这个药吗？"崔晓红态度和蔼地问病人。

"吃过。"

"你还记得是怎么吃的吗？"

"每天晚上吃1粒。"

"为什么这次医生让你每天吃3次？"

"不知道。"

"你请稍等一会儿。"崔晓红转过头，对梁荣刚喊道，"刚哥，来一下。有医生把处方开错了。"

"把处方开错了？！"梁荣刚立即警觉起来。

"刚哥，这药每天只能吃1粒的。这位老兄开成每天吃3次，每次2粒。我问了病人，病人说他以前一直是每天晚上吃1粒。"

"是什么药？"梁荣刚接过药盒，仔细看药物说明书，"这种药，每天只能吃1粒。吃多了，会引起低血压，甚至休克。这个处方是外科祁医生开的，可能外科医生不熟悉泌尿外科的药物。不管怎么说，崔晓红今天立了一大功，要给予表扬。"

在下班前，施主任和医务处李处长一起来到门诊药房，调查普外科医生乱开药的事。

"崔晓红你把事情的经过，给李处长说一遍。"施主任有些得意地说道。

于是，崔晓红把事情的经过原原本本地说了一遍。

李处长皱着眉头。

"李处长，这是处方。"梁荣刚把最关键的证据交给李处长。

"一个外科医生，开什么泌尿外科的药。自找麻烦。"李处长生气地说道。

"是啊。这个医生根本不熟悉治疗前列腺增生这种药，就胡乱开。这个药每天只能吃1粒。吃多了，会引起血压下降，甚至休克。"施主任马上补充道。

"你们药房做得很好。及时发现了医生的错误，杜绝了一次严重的医疗事故。这个处方，我拿走。"

李处长走后，施主任把大家召集在一起，脸上出现难得的笑容。

"今天这件事，我们做得很好。我多次说过，药房工作非常重要，我们不能闭着眼睛发药。2个月前，我们曾批评过崔晓红，今天，我要表扬崔晓红。"

"主任，还有刚哥也需要表扬。我当时吃不准，就问了刚哥。"

"什么刚哥、铁哥的。我们是医院，不容许搞社会上那一套。梁荣刚，你平时要好好管管他们，工作时间要严肃。"

"施主任，我工作很认真的。"崔晓红一脸的委屈。

"你工作当然很认真，不然你怎么能发现医生把处方开错了。"

"嗯，就是这样嘛。"崔晓红把嘴往上一翘，有些得意。

"大家这次做得不错，我想医院会表扬我们科室。希望各位继续做好自己的工作。"说完，施主任就离开了门诊药房。

"刚哥，医院这次一定要表扬我们啊。"

"崔晓红，施主任刚才说过，在办公室要严肃。不许说什么哥啊、妹的。"何劲松说道。

"去、去，滚到一边去。"崔晓红没好气地瞥了何劲松一眼。

"刚哥，我们自己庆贺一下，AA制，到外面吃一顿。"何劲松建议道。

"这倒是个好主意。我也十分愿意和大家一起出去，吃一顿。可是，我老婆今晚值班。"

"护士长值什么班？！"

"她大概20天参加一次医院总值班。我今晚必须在家里带儿子，监督儿子的学习。"梁荣刚给大伙解释陈爱娟值班的情况。

"一个伟大的女人，身后一定有一个伟大的男人。"刘翔说道。

"刘翔，你别酸溜溜的。为什么男人不能为女人做出牺牲？"李素珍说道。

"李素珍，我没有这个意思。"刘翔辩解道。

"我同意素珍姐的话。"顾琴说道。

"崔晓红，你怎么不支持李大姐？"何劲松想把崔晓红卷进来。

"支持什么？我觉得刚哥，在家里挺可怜的。"

"你怎么知道刚哥在家里可怜？"

"护士长一心扑在工作上，家里大大小小的事，全靠刚哥。"

"崔晓红，你不是说过希望找刚哥这样的好男人吗？"李素珍说道。

"崔晓红心疼刚哥。"何劲松说道。

"崔晓红，你可不能喜欢刚哥。刚哥家里有护士长。"李素珍十分认真地说道。

"素珍姐，你可不知道，刚哥也喜欢崔晓红。"何劲松提醒李素珍。

"越说越离谱了。我们下个星期找个时间聚一次。"梁荣刚让大家停止。

"好。下个星期，我们说定了。"崔晓红高兴地说道。

"荣刚，你先要和护士长请好假哦。"刘翔说完，大家哄笑起来。

下班时候，梁荣刚正准备锁门离开，突然发现崔晓红还在，没有离开。平时，崔晓红下班是最积极的。

"晓红，你还没有走？"梁荣刚惊讶地问道。

"刚哥，我突然想起，奥美拉唑没剩下几盒。"

"还有几盒？"

"5盒。"

"明天让库房送一些过来。你的心思开始用在工作上了，很不错。"梁荣刚肯定崔晓红的进步。

"刚哥，你是门诊药房的小组长。我必须要做好自己的工作，不能给你添乱。"

"晓红，谢谢你。谢谢你，有这份心。"梁荣刚喜爱地看着崔晓红。

"刚哥，我对大家一起出去吃饭无所谓。我只是想和你在一起，说说话。"

崔晓红的话使梁荣刚十分感动，禁不住心头一热，把手搭在崔晓红的肩上，动情地说道："其实，我也喜欢和你在一起。"

"真的吗？"

"当然是真的。"

"刚哥，太谢谢你了。"说着，崔晓红就要拥抱梁荣刚。

"这里是医院，我们不能这样。"梁荣刚提醒崔晓红。

"现在都是什么年代了。"崔晓红嘟囔说道。

"还是注意点好。"

几天后，院长在全院大会上表扬了门诊药房，说施主任领导有方，员工素质高，业务过硬。院报还详细地介绍了整个事件的经过。

"荣刚，你怎么没有和我说过这件事。"晚上睡觉前，陈爱娟问梁荣刚。

"没有说过吗？"

"肯定没有说过。"

"也没有什么好说的。"

"你们科室这么大的事，别人都知道，就我不知道。你说我尴尬不尴尬？"

"就是一个医生开处方，用法不对，被崔晓红发现了。施主任借机小题大做。"

"施主任肯定会这么做的。崔晓红是不是上次发错氯化钾的那个人。"

"是的。我们开玩笑说'她这次是将功补过、立功赎罪了'。"

"所以，工作必须认真严肃。你抓紧后，就杜绝了一次医疗事故。以后，工作还要抓紧，不要管他们抱怨不抱怨。"

"知道了。"说完梁荣刚就要俯在陈爱娟的身上。

"你们药房还有其他事吗？"

"其他事？没有。"梁荣刚立即否定。

"每天上班 8 小时，怎么会没有事呢？你最近在家里的话越来越少。

我把我工作上的大大小小的事都告诉你，你什么也不给我说。你在家里就像个陌生人一样。"

"好好，明天起，我什么事都告诉你。"

"你如果不告诉我，我不让你碰。"

平时完事后，梁荣刚很快就入睡了。而今晚，在陈爱娟说他在家里就像个陌生人一样，他心里一惊。这些天，他的心的确不在家里，满脑子都是崔晓红。妻子的话，让他清醒过来，如果和崔晓红一直这样发展下去，将是危险的，弄不好家庭破裂。梁荣刚对这个家有很深的感情，他很爱陈爱娟和儿子。他暗自下决心，要终止和崔晓红这种暧昧关系。

第二天，一上班，门诊药房就像打仗一样，忙个不停。直到 11 点窗口取药的人潮才退去。

"刚哥，这几天头孢他啶用得很快。你要给库房打报告了。"崔晓红娇嗔地说道，眼睛充满女性的娇媚。

面对崔晓红的温柔和娇媚，一种怜香惜玉之感，从梁荣刚的内心深处升起，把昨晚准备结束和崔晓红暧昧关系的想法，打得粉碎。

梁荣刚机械地说道："谢谢提醒。"

"刚哥，我爸昨天买了一些橘子，特别地好吃。我今天带了几个给你。"

"谢谢。我每天三顿饭，中间很少吃零食。"

"现在，不是提倡吃水果，补充维生素吗？"

"好的。只是这一次，下次不许这样。"

"你怎么突然变得严肃起来了？下次不带了。"崔晓红赌气说道。

"崔晓红，刚哥不要，我要。"何劲松开玩笑说后，其他人都笑起来了。

"崔晓红，你到库房领头孢他啶。"

"好的。刚哥。我现在就去。"崔晓红快步离开了药房。

"梁荣刚，我看崔晓红是真心喜欢你。"刘翔略带一点嫉妒说道。

"梁荣刚，你们最近有些不对劲。万一护士长知道了，你就有麻烦了。"李素珍善意地提醒梁荣刚。

"现在恋爱自由，大不了刚哥和护士长离婚，和晓红结婚。"何劲松无所谓地说道。

"何劲松，你怎么把婚姻当成儿戏。你问问刚哥，他准备和护士长离婚吗？"李素珍呵责何劲松。

"你们说到哪里去了。我和我老婆好得很。"

"崔晓红比较任性，70后小姑娘和我们不一样。即使是不一样，我们也应该提醒崔晓红。"李素珍说道。

"崔晓红回来了。大家不要说了。STOP！"顾琴提醒大家。

"刚哥，库房老唐，那个色眯眯的家伙，说下午给我们送过来。我不想再见到他。下次如果要去库房领药，你派何劲松或刘翔去。"

"老唐，平时还好吧。"

"好什么！可能是工作还好，但肯定是个色鬼。"

"刚哥，你把这个橘子吃了。"崔晓红见给梁荣刚的橘子仍然在桌子上。

"刚哥，你就吃了吧。不要辜负晓红的一片心意。哪天，我要有这种待遇就好了。"何劲松俏皮地说道。

"你做梦吧。"

一天下午，临近下班。门诊药房只剩下李素珍和顾琴两人。

"顾琴，梁荣刚和崔晓红这样下去，会很危险。"

"是的。我们要给他们俩提个醒。"顾琴同意李素珍的话。

"我们怎么给他们提醒？"李素珍在想办法。

"告诉崔晓红要立即停止。如果再这样下去，将来倒霉的是她自己。"

"你说得对，现在刹车还来得及。"李素珍说道。

"梁荣刚有老婆和孩子，不能由着性子来，要对家庭负责。"顾琴说道。

"男的，你就别指望了。如果想让梁荣刚悬崖勒马，得让护士长知道。"

"如果护士长知道了，会不会来科室来闹？"顾琴担心道。

"我看不会。"

"为什么？"

"梁荣刚和崔晓红只是刚刚有个苗头。护士长肯定希望他们两个人，立即终止，不再向前发展。"

"是这个道理。那怎么能让护士长知道呢？"顾琴又问道。

"我去告诉她。"

"我们这样做，是不是狗拿耗子多管闲事？"

"不是管闲事，我们是做正事。几年后，他们会感激我们的。"

第 16 章　总护士长

世界上的事，真的就那么巧。就在李素珍决定把这件事告诉陈爱娟时，陈爱娟和 ICU 护士祝庆华，来到门诊药房。

"护士长，你找梁荣刚？真不巧，梁荣刚出去了。"

"李素珍，你好。我不是来找他的。"陈爱娟说道。

"找崔晓红？"李素珍心里咯噔一声，心提到嗓子眼上。

"我科室祝庆华要搬家，需要几个纸箱。我让她自己来，她胆子小，非要我陪她一起过来。"

"哦。是这事。"李素珍提起的心放下了。"其实，护士长，你打个电话就可以了。护士长，你看这个箱子怎样？"

"挺好的。那我们就拿走了？"

"护士长，我有件事要和你说。"

"说吧。"

"嗯，是这样。"李素珍有些犹豫，"在这里说，不方便。"

"什么事啊，搞得这么神神秘秘的。"

"嗯，下午，下班之前，我到你办公室找你。"

"好，我在办公室等你。"

下午 4 点 15 分，李素珍来到 ICU 陈爱娟的办公室。

"护士长，有件事，不知该说不该说？"

"有什么该说不该说，说吧。"

"是这样。梁荣刚是我们的小组长。"

"嗯。"陈爱娟心想李素珍对梁荣刚有什么意见了。

"我们门诊药房，各项工作，做得都很好。最近，还受到医院的表扬。"

"嗯。"陈爱娟等待李素珍说下去。

"护士长，门诊药房崔晓红，最近特别喜欢梁荣刚。"

"喜欢梁荣刚？"陈爱娟心里一惊，立即警觉起来。

"崔晓红整天刚哥长、刚哥短的。起初，我们以为现在年轻人很开放，讲什么话都无所谓。但最近不对劲了，我发现她真心喜欢梁荣刚。"

"梁荣刚怎样？"

"梁荣刚是个老实人。梁荣刚讲话、做事中规中矩的。但是哪个男的，能经得起小姑娘这么夸？！"

"他们有什么见不得人的事吗？"

"没有。小姑娘只是特别喜欢梁荣刚，嘴上甜一些。"

"这个狐狸精。"陈爱娟狠狠地说道。

"护士长，他们俩只是有个苗头，要趁早让他们悬崖勒马。"李素珍又补充道，"你回家给梁荣刚提个醒，就可以了。梁荣刚是个好人。另外，你工作是不是太忙了，冷落了梁荣刚？"

"冷落了梁荣刚？"陈爱娟心里咯噔一下。结婚这么多年来，不是一直这样吗？稍过一会儿，陈爱娟对李素珍说道："非常谢谢你，给我提个醒。我知道该怎样处理。"

"正是我相信你，才告诉你。我走了。"

李素珍走后，陈爱娟一个人在办公室里发愣。她努力梳理自己纷乱的思绪，回忆近期梁荣刚的表现，除了和她交流少了一些，其他倒没有什么。好在梁荣刚和崔晓红只是刚刚开始，远没有发展到不可收拾的程度。

有了这个结论，陈爱娟心情就平静下来，心里就踏实多了。她坚信梁荣刚不是主动，只要她管住梁荣刚，就能解决问题。所以，在儿子睡觉以后，陈爱娟开始了和梁荣刚的谈话。

"荣刚，我想和你说一件事。"

"什么事？"

"听说崔晓红喜欢你。"

"没有。"梁荣刚斩钉截铁说道。

"人家喜欢你，说明你人好。如果人家讨厌你，就麻烦了。"

"她是个小孩，整天嘻嘻哈哈的，还不太懂事。"

"都工作两年了，怎么还不懂事。现在的女孩子比我们那个时代的人要开放得多，把什么事看得都无所谓。"

"是的。比我们要开放、讲话大胆。"

"崔晓红真心喜欢你，你动心了吗？"

"没有。我有你和儿子，怎么会对她动心。"

"你心里还有我们这个家就好。我知道，你人好，同事喜欢你。同事之间的关系，特别是男女关系，一定要有个度。"

"这个我知道。所以，我和她讲话，是认真、严肃的。不和她打打闹闹。"

"梁荣刚，你脑子一定要清楚。这种事，千万不能由着性子来。"

"知道。"

"所以，现在立即停止，还来得及。在这件事上，你不能含糊，要果断，让她彻底死心。你行不行？不行，我帮你去谈。"

"我自己能处理好。不理她就行了。"

"梁荣刚，我再问你一句。你们关系到了哪一步？"

"就是同事关系。只是她喜欢和我说话而已。"

"你要明确告诉她，你结婚了，有老婆和孩子。不能和她聊天太热络。你这样做，也是保护她。"

"知道了。你放心。我一定能处理好的。"梁荣刚心想，怎么思想刚刚滑边就让老婆知道了，赶紧悬崖勒马吧。梁荣刚偶尔也想到这种关系有风险，但就是不能自拔，特别是最近还放任这种情感发展。现在，陈爱娟给他挑明后，他意识到必须立即终止和崔晓红的暧昧关系。否则，家会搞得鸡飞狗跳，他将成为别人茶余饭后的谈资。

第二天早晨，梁荣刚和陈爱娟，和往常一样，早早就起床了。吃过早饭，梁荣刚骑车送儿子上学，陈爱娟直接去医院。

"刚哥来了。"见到梁荣刚，崔晓红的亲热劲儿就上来了。

"嗯，你早。"梁荣刚一反常态，淡淡地回应道。

"刚哥，今天你好像有什么不高兴的事。是不是，昨晚在家里被护士长批评了。"何劲松开玩笑说道。

"抓紧时间，准备干活儿。"梁荣刚心里烦躁，没有理睬何劲松。

大约在 10 点钟，坐在 3 号取药窗口的刘翔说道："梁荣刚，你帮我照看一下。我去趟卫生间。"

"你去吧。"梁荣刚立即来到 3 号窗口。过去遇到这种情况，药剂师们在窗口，插上一个小牌子"有事请稍候"。现在不行了，来医院看病的人越来越多，取药窗口一刻不能没有人。

"翔哥，你是不是前列腺增生啊？怎么刚上班一会儿，就要上卫生间。"何劲松开玩笑说道。

"何劲松，你对我们翔哥，怎么一点也不尊重。上卫生间是人的正常生理需要。"梁荣刚说道。

"刘翔还是个小伙子，哪儿有什么前列腺增生。"李素珍开玩笑说道。

"素珍姐说得对。何劲松在学校时，就没有学好。前列腺增生发生在老年人身上。刘翔还早着呢。"顾琴说道。

"今天是怎么一回事，一箱 5% 葡萄糖注射液，一会儿就空了。何劲松你帮我拆一箱。"

"我没空。你找刚哥。"何劲松没加思考，就把崔晓红的话给挡回去。

"你就是懒。你比刚哥差远了。"

"刚哥是我们这里的劳模。"

"刚哥，你来给我帮个忙。"崔晓红娇滴滴地说道。

"什么事？"梁荣刚生硬地问道，其实，崔晓红和何劲松的对话，梁荣刚听得清清楚楚。现在，他只想远离崔晓红，尽量不和她产生任何瓜葛。

"这个纸箱太重。"

梁荣刚把一箱葡萄糖注射液从货架取下，并撕开纸箱上的封胶带。

"谢谢刚哥。"像往常一样，崔晓红用双手拍打梁荣刚。这次梁荣刚没有接招，而是向后退一步。

"崔晓红上班时间，别人都看着呢。"梁荣刚认真说道。

"这有什么？！看就看吧。"崔晓红满不在乎地说道。

"怎么才能和你这个小家伙说明白呢。"梁荣刚摇头说道。

梁荣刚说别人都看着，的确没有错。李素珍、顾琴，都睁大眼睛看着。李素珍心想，从今天梁荣刚的表现，昨晚陈爱娟一定是和梁荣刚说了。

梁荣刚心里明白，要让生性活泼的崔晓红，减少亲昵的语言和动作，采用温和、蜻蜓点水的方式，肯定没有用，态度一定要严厉。下午临近下班时，梁荣刚把崔晓红叫进自己的办公室。

"请坐。"

"嗯。"崔晓红随意坐下，感觉气氛有些不对。

"最近一段时间，我和你在一起，说的有些话超出正常的范围。你年纪小，可能觉得无所谓。可我是个结了婚的人，不能这么做。"

"刚哥，我只是喜欢你。没有别的意思。"

"这我知道，但我们不能任性。若像内科医生那样闹得满城风雨，对你的打击会很大。"

"刚哥，我知道了。"崔晓红若无其事地说道，但转过身眼泪就从眼眶哗哗地流出。

第二天早晨，刘翔第一个来到门诊药房，门旁站了一位自称为崔晓红母亲的中年女性。她说崔晓红昨晚拉肚子，还有发热，今天不来了。

8点钟，刘翔见其他人都到了，就说道："刚才，崔晓红的母亲来了。说崔晓红昨晚生病，今天休息一天。"

"那她的工作，我来做吧。"梁荣刚说道。

"还是刚哥好。"何劲松说道。

"她妈妈还说了别的什么吗？"李素珍问道。

"没有。只是说崔晓红昨晚拉肚子，伴有发热。"

"我们要不要去看看崔晓红？"顾琴为崔晓红担心。

"我看没有必要。崔晓红妈妈说得很清楚，昨晚拉肚子。"刘翔说道。

"拉肚子有什么。换成我，肯定会坚守岗位。"何劲松说道。

梁荣刚紧蹙眉头，满腹心事。

下午2点，崔晓红突然出现在门诊药房。大家都万分惊喜。

"崔晓红，你不是请假了吗？怎么又来上班？"何劲松说道。

"崔晓红，你没有事吧？"李素珍关心地问道。

"昨晚拉肚子，没有睡好。今天上午倒睡着了，中午醒了。待在家里没事，还不如上班。"

"崔晓红，你上午没有来，大家都担心、关心你。"顾琴说道。

"谢谢大家。我睡了一觉就恢复正常了。现在一切正常了。"崔晓红淡淡地说道。

过了几天，李素珍又来到陈爱娟的办公室，把药房最新的情况，告诉陈爱娟。离开时，李素珍好心提醒陈爱娟，不要冷落梁荣刚。

"我对梁荣刚一直都是这样，没有什么冷落不冷落。"

"护士长，你是个女强人，但在家里要对梁荣刚温存一点儿。男人都吃这一套。梁荣刚是个非常好的人。"

"谢谢你提醒，我一定要注意。有空常到我这里坐坐。"

"好的。我回去了。"

"再见。"

"再见。"

陈爱娟反省自己，为什么会出现这种情况，她自己有没有做错的地方。经过冷静的思考，陈爱娟认为是结婚后，特别是有了孩子以后，她的精力和感情全部放在工作和儿子身上，忽视了和梁荣刚温存和浪漫。她想到有一本书说过，婚姻也需要经营，她决心改变一下自己。

晚上，上小学的儿子睡觉后，是小两口儿窃窃私语的好时光。

"荣刚，你长得英俊，人又好，喜欢你的人自然就多了，这完全正常。"说完，陈爱娟把脸贴在梁荣刚的胸膛。

"没有人喜欢我。我只喜欢你一个人。"

"我们都是老老实实的人，就是因为太老实过日子，我对你关心不够。我要改正。"陈爱娟真诚地说道。

妻子敞开心扉，反而弄得梁荣刚不知说什么好。梁荣刚故意岔开话题说道："爱娟，我有件事要和你说。"

"说吧。"陈爱娟温存地说道。

"病区药房的刘红霞退休了。"

"刘红霞要退休？"

"是的。今年 55 岁了。病区药房，缺一个负责人。"

"病区药房，不是还有其他人吗？"

"施主任看不上。施主任要把我提为科主任助理，同时负责病区药房的工作。我下个月 1 号，就去病区药房上班。"

"太好了。"陈爱娟说太好了，主要是因为梁荣刚可以离开门诊药房，不和崔晓红在一起。"你走后，门诊谁负责？"

"可能是刘翔。"

"刘翔，人还可以。给我的感觉有点小计较。"

"是的。"

"为什么没有让李素珍负责？"

"李素珍是个多一事，不如少一事的人。"

"哦，是这样。"

"今年新分来的一个药剂师，让他去病区药房。从病区药房调一个人去门诊药房。"

"为什么不直接把新来的人安排在门诊药房？"

"在门诊药房，要独当一面工作。他刚来，还不行。病区药房大家在一起，慢慢学吧。"

"你把科主任助理做好，待施主任退休了，说不定，你就当药剂科主任。"

"当药剂科主任挺烦的。医院三天两头开会、检查。"

"没什么。有些具体的事，你可以安排下面的人去做。到时，我帮助出主意。凭你的能力，一定没有问题。"

陈爱娟说完，又在梁荣刚的脸上亲了一下，同时右手伸到梁荣刚的腹部摩挲起来。梁荣刚感到久违的温暖在他的体内迅速蔓延。梁荣刚紧紧地抱住陈爱娟，双手在陈爱娟的背部抚摸，从肩部到臀部，幅度越来越大，力度也越来越大。后来，梁荣刚索性翻过身伏在陈爱娟的上面，热烈亲吻。

在梁荣刚担任药剂科主任助理没有几天，崔晓红调到市第一人民医院药剂科。虽然，这事有些意外，却在情理之中。因为在一年前，崔晓红的父亲就准备把崔晓红调到他们家门口的市第一人民医院药剂科上班。只是崔晓红没有同意，这件事被耽搁下来。市第一人民医院，离她家很近，走路只要 10 分钟。门诊药房的人，都认为崔晓红离开是对的。

1999 年 6 月 11 日，护理部蔡兆兰主任把陈爱娟叫到护理部。

"爱娟，你知道叫你来是什么事吗？"

"什么事？是不是上面要来检查或参观？"陈爱娟问道。

"不是。我们叫你来，是告诉你一个好消息。"

"什么好消息？"

"医院准备让张亚英担任护理部副主任，你接任张亚英外科总护士长的工作，同时兼任 ICU 护士长。"ICU 学科的建设，蔡兆兰倾注了大量的心血。ICU 成立时，她几乎把医院最好的护士，抽调到 ICU。陈爱娟没有辜负她的期望，带领一帮新人，在工作中学习，在学习中工作，硬是把 ICU 开展起来，成为医院的先进护理单位。所有来参观 ICU 的人员，不论是医生，或是护士，都对 ICU 的护士竖起大拇指，叹服她们超强的业务能力。

"谢谢蔡主任。我怕胜任不了。"陈爱娟既高兴又担忧地说道。

"你可以。"蔡主任肯定地说道。

"爱娟，我们都是看着你成长起来的。你工作认真，又勤奋好学，你能做好。"沈丽琴鼓励陈爱娟。

站在一旁的张亚英也用热情的眼神，鼓励陈爱娟。

"做外科总护士长以后，你就不能把精力全用在 ICU。所以，你要在 ICU 找一个好帮手。"

"我自己找？"

"是的。你自己挑选。"

"ICU 有 20 多个护士。我们平时分成两组，顾丽华担任其中一个小组长，并且负责教学工作。顾丽华工作很认真，带教做得也不错。我想让顾丽华做护士长助理，不知可行？"

"当然行，爱娟看上的，肯定不错。明天我们就在全院的会议上宣布。"

"我对做总护士长，还是很紧张。"

"做总护士长，关键是把外科的护士长团结在自己的周围。最近一段时间，可以到各科室走走，做做调研。张亚英总护士长做得非常好，你可以向她请教。"

"我做得好什么啊？都是蔡主任支持领导得好。"张亚英谦虚地说道。

在医院宣布陈爱娟为外科总护士长的第二天，陈爱娟参加 ICU 早交班。

"刚才，闻华虹交班，交得很好……"陈爱娟说话突然卡壳，停顿一会儿，"闻华虹交班，很好，昨晚有 17 个病人……"陈爱娟又停下来。

"护士长怎么啦？"护士们交头接耳。

"ICU 是在 1994 年成立的新科室。在 ICU，我们抢救了一批又一批的危重病人，把他们从死亡线上拉回来。正是由于 ICU 的成立，使我们医院危重病的救治水平，有了很大的提高。ICU 成立和发展，凝聚了我们护士大量的汗水和心血。我们也从一个普通护士，成长为一个 ICU 专科护士，我们自己的业务水平，也得到很大的提高。"

"怎么护士长说这些？"耿丽颖不解地问道。

"可能是护士长要离开 ICU。不清楚。"舒晓芹不肯定地说道。

"昨天，蔡主任通知我做外科总护士长……"

"护士长，你要离开我们？"

"蔡主任让我做外科总护士长，兼任 ICU 护士长，还是和大家在一起。"

"太好了。有护士长在，我心里就踏实。遇到困难，我就不怕了。"舒晓芹像个天真的孩子。

"我最喜欢护士长。"去年参加工作的郭兰英说道。

"虽然我还是 ICU 护士长，但我以后和大家在一起的时间，就会减少了。为了科室的发展，护理部决定让顾丽华担任 ICU 护士长助理。大家鼓掌欢迎。"

ICU 的护士们噼里啪啦，给顾丽华一片掌声。

"以后，病区的工作主要由顾丽华负责，希望大家像支持我的工作一样，支持顾丽华的工作。耿丽颖你能做到吗？"

"护士长，我一定能做到。"

陈爱娟满意地笑了。

"虽然，我和大家在一起的时间少了，但我的心永远和大家在一起。"说完，泪水控制不住地从陈爱娟的眼眶流出。在场的人，都流出了眼泪。耿丽颖和舒晓芹，竟呜咽哭出声来。

第17章 护士节

在蔡兆兰担任护理部主任期间，开展了健康宣传教育、责任制护理、专科护理，还有 ICU 护理队伍的建设，这些都极大地推动了护理事业向前发展。蔡兆兰主任还是东南省护理协会主任委员，全国护理协会常务委员，以及省政协委员。本来，蔡兆兰应该在 1996 年 6 月退休，由于蔡兆兰突出的表现以及医院工作需要，经医院领导集体讨论，报上级机关批准，将蔡兆兰的工作年限延长到 2000 年 6 月。

2000 年 5 月 12 日下午，护理部在医院大礼堂隆重举行庆祝五一二国际护士节暨先进护士表彰大会。

医院大礼堂布置得庄严、热闹。主席台上方悬挂着巨大的横幅："隆重庆祝五一二国际护士节暨先进护士表彰大会"。可以容纳 800 人的大礼堂，是白色的海洋。护士们身穿新式护士装，头戴燕尾帽，既漂亮又圣洁。当时钟指向两点时，主持人喜悦地宣布：

"江滨医院庆祝五一二国际护士节暨先进护士表彰大会，现在开始。首先请护理部领导和德高望重的前辈们入场。"

在热烈的掌声中，蔡兆兰、沈丽琴、张亚英、黄雅贞和钱主任走上了主席台。主持人目送五位入座后，一脸笑容地说道："首先请我们医院刘院长上台讲话。"

刘院长从第一排座位起身，健步走上主席台，首先向主席台就坐的五位护理领袖鞠躬，转过身向坐在台下的护士们深深鞠了一躬。

"非常感谢蔡主任邀请，和大家一起庆祝五一二国际护士节。我代表医院全体医师、全体行政人员以及全体的后勤人员向全院护士同志们，表示节日的祝贺。"刘院长又向台下的护士们鞠一躬。

"人们称护士为白衣天使，是因为护士职业崇高，是生命的守护神。护士的工作是琐碎和辛苦的，正是由于你们多年的付出，医院才能发展到今天的水平，一批又一批的病人才能被救治。不仅病人要感谢你们，医生更要感谢你们。感谢你们把最好的年华奉献给了护理事业，奉献给了医院。

"最后，我再次向全院护士表示热烈的节日祝贺。同时借这个机会向德高望重的黄雅贞老师问好，祝她身体健康，谢谢大家。"刘院长再次向主席台及台下全体护士深深鞠躬。

"谢谢刘院长热情洋溢的讲话。现在，我们请为我院护理事业做出巨大贡献的护理部蔡兆兰主任讲话，大家欢迎。"

"大家好，护士姐妹们好。"蔡兆兰向台下的护士深深地鞠躬。"今天是个好日子，是个伟大的日子。今天我们在这里隆重纪念五一二国际护士节，就是为了重温和更好地认识护士这个伟大的职业。护理部做出一项决定，以后每年要给新入职的护士，举行护士誓言宣誓和护士帽戴帽仪式，目的是增加我们护士的神圣感和自豪感。医院不能没有护士，病人更加需要护士。通过护理工作，我们把关爱带给病人。在我刚参加工作的时候，黄老师就多次教导我要关心病人，时刻准备给病人帮助。这么多年来，我一直把黄老师的话铭记在心中。

"1956 年我从护校毕业，当时黄老师是学校的校长，又是我们医院护理部主任。黄老师对我们年轻护士十分爱护，同时又严格要求，使我在从事护理工作早期就打下了一个非常好的基础，养成了一系列好的习惯。改革开放后，我们的国家、我们的医院、我们的护理事业走上了快速发展的道路。我们开展了健康宣传、责任制护理、专科护理，强调人文关怀，使我们的护理水平上了一个新的台阶，病人的满意度逐年提高。

"为了提高危重病的救治水平，1994 年我们医院，在东南省率先成立 ICU。ICU 病人的治疗护理模式不同于传统的模式，大批现代化的仪器和设备，让人看得眼花缭乱。ICU 在陈爱娟护士长带领下，工作开展得有声有色。她们在工作中学习，在学习中工作，个个都成为护理骨干。在 ICU，护士不再是被动执行医嘱，而是积极参与病人的救治过程……最后，感谢大家对我工作的支持，感谢大家对护理事业做出的贡献。"蔡兆兰系统全面地回顾，特别是她担任护理部主任十年来，护理事业的发展和取得的成就。

"是不是蔡主任要离开我们？"罗玲珏问邻座的陈巧云。

"听上去有点像告别演说的味道。"陈巧云也有同感。

"蔡主任在我们医院工作有 40 多年了，她把她最美的年华奉献给了我们医院。在此，我们全体护士向蔡主任表示深深的谢意。"掌声之后，主持人笑容可掬地说道："下面我们请我们国家护理事业创始人之一，德高望重的黄老师给我们讲几句话。"

"5 天前，蔡主任告诉我，今年的五一二护士节，要穿新式衣服和戴燕尾帽。我听后就特别的激动，我对蔡主任说能否帮我领一套新的护士服和一顶燕尾帽。虽然我已经退休了，但我要穿护士服、戴燕尾帽和大家一起分享这节日的快乐。

"我刚参加工作时，穿的衣服戴的帽子，和我们今天的完全一样，全世界护士穿的服装都是一样：洁白、圣洁。护士服永远是我心中最漂亮、最美丽的服装。

"美国有位叫作朗费罗的诗人，写了一首赞美诗，叫作《提灯女神》。《提灯女神》是我读过千百首诗歌中最喜爱的一首。每当我心生疲惫或受到委屈时，我总是把《提灯女神》拿出来读一遍，激励自己、鞭策自己。我现在把这首诗歌念给大家听：

> 你手提一盏油灯，
> 脚步轻轻地，
> 穿过一个病房，
> 另一个病房。
> 巡视的目光，

如这跳动的火苗一样，
燃烧着关爱、细心和责任。

这不是一盏普通的油灯，
从你点燃的那一刻起，
1854 年的某个夜晚，
它就一直亮着。

一个半世纪的岁月并不遥远，昨天，今天，
那些白衣天使，
是被你的光辉指引着在平凡的日子里，
雕刻时光。
追随你的脚步。

她们在生命的田野里默默耕耘，
铲除疾病的荒草碎石。
再一点点播种下，
希望和健康。
用辛劳和汗水，
诠释着敬业和奉献。

"我希望我们的护理工作做得更好。最后，祝各位护士姐妹身体健康、工作快乐。"

82 岁的黄雅贞用饱满的感情，为大家朗读了美国诗人朗费罗的长篇诗歌《提灯女神》。这真挚的情感只有深爱护士这个职业，做过多年护士的人才会有。陈爱娟在台下听得热泪盈眶。

护士节后，蔡兆兰和沈丽琴退休，张亚英担任护理部主任，刘若英和陈爱娟担任护理部副主任，肖红霞担任外科总护士长，黄萍担任内科总护士长，马春花为综合科总护士长。37 岁的陈爱娟凭着自己的勤奋和聪慧，在护士的"仕途"上，一路顺利走过来。

进入 2000 年后，大手术开展得越来越多，同时从周边地区向江滨医院转来的危重病人也越来越多，造成 ICU 床位供不应求，超负荷运转。2001 年 9 月内科新大楼要启用，医院就在内科新大楼内，用一层楼面作为内科 ICU 病区，让孙洪武做主任。张亚英主任让陈爱娟全权负责内科 ICU 护理团队的组建。

陈爱娟从外科 ICU 抽出 12 名护士再加上从其他科室新调入的 14 名护士，组成一个以"老"带新的内科 ICU 护理队伍。杨丽华为内科 ICU 护士长，李宝莲为副护士长。

2001 年 9 月 1 日，江滨医院内科 ICU 开张的第一天，18 张床位住上了 12 个病人，可谓是开门红。下班后，陈爱娟把内科 ICU 护士召集在一起。

"今天是我们医院内科 ICU 成立的第一天。我特别高兴地看到，在我们科室开张第一天，就住了一大半病人。

我们是新组建的科室，大家在一起要像姐妹们一样互相帮助、互相照顾。从外科 ICU 过来的人，要帮助关心从其他科室来的护士，使她们在短时间内成为一名合格的 ICU 护士。

ICU 有大量的仪器和设备，帮助我们监测病人的生命体征。但这些仪器是冷冰冰的，代替不了我们和病人的交流，代替不了对病人的人文关怀。在这里，我把黄老师喜欢的一首诗歌，《提灯女神》，读给大家听。

> 你手提一盏油灯，
> 脚步轻轻地，
> 穿过一个病房，
> 另一个病房。
> 巡视的目光，
> 如这跳动的火苗一样，
> 燃烧着关爱、细心和责任。
> ……"

陈爱娟富有感情地朗读着，大家似乎看到护士正提着油灯，认真查看每一位病人。

内科 ICU 运作远没有像外科 ICU 运作初期那样，让陈爱娟那么操心。在外科 ICU 开展初期，陈爱娟几乎每天晚上都去 ICU 病房，对值班护士左交代右叮咛，直到确认患者平安才回家。现在，内科 ICU 虽然是刚成立，但杨丽华、李宝莲、周玲玲、朱明君、闻华虹、徐晓芹，个个都是有丰富 ICU 工作经验、独当一面的 ICU "老护士"。

改革开放后，中国经济飞速发展，但医院护士收入的增加十分有限。在 90 年代，外国医药公司招聘人时，必须是本科以上学历。现在只要有医学背景，嘴甜口齿伶俐的人都要。做医药代表，除了收入高外，另一个好处，或许是最大的好处，就是不上晚夜班。

2002 年 3 月 23 日，张亚英召开护理部工作会议，参加的人员：护理部正副主任和 3 个总护士长。

"今天的会议有两个议题：第一也就是最主要的五一二国际护士节，第二我们大家议一下最近护士辞职的事。"

"按照张主任的要求，我们在 3 月初就开始着手准备今年的护士节，并做出了详细的安排。今年护士节和前两年的形式稍有不同，主要让内科、外科和综合科各组一个队伍，朗读护士誓言和《提灯女神》。另外，有个人创作诗歌朗诵表演。3 位总护士长，这项工作安排得怎样了？"刘若英副主任说道。

"已开始从各科室抽人，马上进行排练。"马春花先回答。

"我们内科人员到位了。"黄萍回答道。

"外科参加的人也已经定好了，准备从 4 月份开始排练。"肖红霞说道。

"今年我们第一次举行诗歌创作比赛，不知写得怎样？"张亚英问道。

"ICU 李梦兰写了一首诗歌，叫作《护士赞歌》。写得不错，小家伙挺有才的。"陈爱娟说道。

"消化内科朱小红写了一首《白衣天使的风采》，写得也很好。"黄萍说道。

"妇产科和儿科，有几个护士很起劲，也开始写起来了。"马春花也不甘落后。

"全院700多名护士当中，肯定有文学或文艺才能的人。我们要把她们的积极性调动起来，丰富护士的文化生活，展现我们护士的风采。"张亚英说道。

"为了保证这次活动成功，我们准备在4月22日下午两点彩排，希望大家抓紧。"刘若英说道。

"护士节活动的事就说到这里。下面我们议一下最近护士辞职的事。"张亚英把控会议的方向，说出大家最不愿提及的话题。"最近有个别护士辞职，在全院护士中产生了一些负面影响。"

"内科系统是有3名护士提出辞职。"黄萍说道。

"大外科好像有2名。"肖红霞说道。

"儿科有1名护士提出辞职，急诊室也有1名护士提出辞职。"马春花说道。

"每听到有护士辞职，我心里有说不出的难过。"张亚英痛心地说道。

"4年前，外科ICU有个叫唐梦瑶的护士对我说她要辞职，我都不敢相信自己的耳朵。她去西门子公司上班，收入是医院的9倍。4年前，护士辞职的人少，是因为外国公司要求应聘的人有本科或本科以上的学历，那时本科护士少。现在医药公司对学历要求降低了，只要是学过医，有医院工作经历就可以了。"陈爱娟说道。

"目前护士辞职人数增加，一是医药公司招聘人的门槛降低了，还有就是现在人的观念变了。如果我们工资不增加，以后还会有护士辞职。"张亚英同意陈爱娟的说法。

"总不能想去就去吧，我们不批准。"马春花说道。

"过去可以不批准，但现在不行。劳动法有规定，必须在一个月内批准员工提出的离职申请。"张亚英回答马春花的话。

"我们这么大一个医院，提出辞职的人毕竟不到10个人，我们不必太在意。"黄萍说道。

"医院毕竟是国家单位，虽然收入少点，但收入稳定。到体制外的公司毕竟有风险，万一哪天公司效益不好，就可能被裁员，就要失业。"马春花一向比较保守。

"刚才春花说了，我们是国家事业单位，工作和收入有保障，大部分人还是愿意过安稳的日子。在这个时期，我们开展护士节活动，更加说明这次活动的重要性。通过护士节的活动，给全院护士一次爱岗敬业的教育，为自己是一个护士而骄傲。虽然我们不能阻止护士辞职，但我们可以从正面引导。"陈爱娟说出自己的观点。

"现在的年轻人只图眼前，不考虑长远。"刘若英无奈地说道。

"时代在发展，人们的观念也发生了很多的变化。作为一个管理者，我们必须跟上时代的发展。"张亚英不愧是护理部主任，说起话来就是有水平。

今年的护士节和以往的护士节活动的区别是增加了文艺会演，具体就是诗歌朗诵比赛。首先是外科、内科和综合科的集体朗诵《护士誓言》和《提灯女神》，然后是个人创作的诗歌朗诵。在这次诗歌朗诵比赛中，涌现出一批优秀赞美护士的诗歌，如：

有人说护士像天使，

也有人说护士像小草，

我们认为护士既像天使又像小草。

天使高大圣洁，

小草平凡坚韧。

我们像天使把爱洒向人间，抚平受伤人的心，

我们像小草，拧成生命的青藤，为病人筑起生命的大堤。

……

匆匆的脚步，

忙碌的身影，

那是我们工作的状况。

我们像永不停息的发动机，

穿梭于病房之间。

不论是收到表扬或受到委屈，

我们总是微笑地出现在病人面前，

这微笑如同春雨，

滋润干枯的山岗和待绿的田野。

匆匆的脚步，

忙碌的身影，

……"

又有一个护士用"匆匆的脚步，忙碌的身影"作为诗歌的开头，看来"匆匆的脚步，忙碌的身影"高度概括了护士们工作的特点。

第 18 章　明天接你回家

2002 年 12 月初，陈爱娟到急诊室找急诊科护士长汤庆娅。当陈爱娟来到急诊室时，汤庆娅正和一位农民模样的人说话："你们不能回去，要马上住院做手术，否则要死人的。"

"我们先回工棚休息，如果不好我们再来。"病人家属说道。

"不行。他是胃穿孔，要赶紧做手术治疗，不然会有生命危险。"

平板车上躺着一位 40 多岁的男病人。只见该病人头发蓬乱、面色苍白，穿着脏兮兮的衣服，痛苦地蜷曲着腰身。见状，陈爱娟也劝病人家属："虽然消化道穿孔病很重，但手术简单，效果特别好。不要犹豫，抓紧办理住院手续。"

"你们说的，我都听明白了。我和他都是从农村来城里打工的，刚才拍片、验血用 100 多元，身上带来的钱，都用完了。住院至少要 3000元，我们拿不出这么多钱。"一个堂堂的中年男子汉，眼睛充满了悲伤和无助。

"小林，我们回去吧。"病人吃力地说道。

"你们从同事中借些钱。到病房后，我让医生尽可能给你们省点。"陈爱娟好心地说道。

"我们都是打工的，借个二三十块还可以，几千块到哪里去借。"说毕，叫小林的农民工背起生病的工友，走出了急诊室。陈爱娟不忍心看到病人离开医院，想把病人叫回来。汤庆娅知道陈爱娟心肠好，就拉住陈爱娟说道："陈主任，这种事在急诊室，经常有。我们管不了，也无能力管。"

"这不是什么复杂的疾病，而且手术效果非常好。"陈爱娟十分可惜地说道。

"陈主任，我知道你心肠好，但急诊室这种事实在是太多了，根本管不过来。"汤庆娅劝陈爱娟。

陈爱娟没再说，但心里并不完全赞同汤庆娅的话。陈爱娟想知道急诊室其他护士怎样看这个现象。

"来，你们过来一下。陈主任问你们几个问题。"汤庆娅把手下几个兵叫过来。

"大家辛苦了。我刚才看到有个病人因为没钱，回家了。我想听听大家对这件事的看法。"

"现在病人都有医保，自己花的钱不多。那种生病没钱住院的，基本都是些外地来城里打工的。"

"农民工挺可怜的。三个月前，我就遇到一个急性阑尾炎，因为没钱而放弃治疗，多可惜啊！"

"我就怕遇到这样的病人。如果遇到这样的病人，挺心酸的，好几天心情都不会好的。"

"医院又不是慈善机构，不交钱就看病，哪有这样的好事。"

"有一天，我上夜班，有个病人特别的急。二话没说，就进行抢救。抢救总费用412元。可是，病人家属身边只有300元。第二天上班，清点药品，发现药少了，医院要我们上夜班的人赔。"

大家都随口说着自己的看法，陈爱娟从头到尾没有说一句话。想到病人回去后，有可能会痛死，陈爱娟心情十分沉重。

正当陈爱娟心情沉重地从急诊室回护理部的路上，有个面容姣好、衣着时尚的年轻女子问陈爱娟："请问，office在哪里？"

"不知道。"陈爱娟本来心情就不好，被突如其来的一问，更不想搭理她。

"office在哪，你不知道？我问别人吧。"对方表示很惊讶，但说话仍很有礼貌。

晚上回家，陈爱娟闷闷不乐。这种情况以前有过，那只是在经过积极的抢救和治疗，没能够把病人的生命留住。

"爱娟，吃饭吧。有些病人病情太重没有办法，尽力就行了。"梁荣刚如往常一样劝陈爱娟。

"与抢救病人无关。"

"那是什么事？"梁荣刚问道。

"今天上午在急诊室遇到一个胃穿孔病人，是农民工，因为没钱而住不起医院。"

"胃穿孔要马上手术。"

"是的，手术很简单。如果不做手术，病人会有生命危险。"

"是啊，这个病人回去，实在是太危险了。"梁荣刚说道。

"这个病人因为没钱，离开医院。我一想到病人那痛苦绝望的眼神，我的心就难过。"

"爱娟，我们能做的就是治疗那些住在病房里的病人。能把这些人治疗好，就不错了。"梁荣刚好心劝陈爱娟。

"我今天心情不好，对别人态度也不好。"

"对谁态度不好？"梁荣刚想知道。

"我从急诊室出来的时候，有个女的问我 office 在哪里？我当时心情不好，也没有听懂 office 是什么意思，就简单说不知道。你知道 office 是什么意思吗？"

"Office 就是办公室，她问的可能是行政楼。什么 office 先生或者 office 小姐，就是指在写字楼工作的人员。"

"我本来就搞不清什么是 office，再加上心情不好，就随便回答一句'不知道'。我不应该这样，应该耐心热情一点。"

"这个不能怪你。谁让她自己仗着知道一些英语单词就自以为了不起，就应该不理她。"

"算了，算了，不想这些了。睡觉吧，明天还要上班。"

陈爱娟虽然是护理部副主任，但在心里惦记最多的仍然是内科和外科 ICU。和外科 ICU 相比，内科 ICU 病人住院时间长，或就出不了病房。2003 年 9 月 1 日这天，在内科 ICU 病房里有 3 个病人，住院时间已经超过 1 个月，其中 1 位超过 2 个月。

张奶奶今年 79 岁，有两个女儿和一个儿子，老伴儿前年过世。张奶奶平时一个人过，周末女儿带些吃的东西来看她，或者带她去外面一起吃顿饭。她的生活在两个月前发生了改变，她 48 岁的儿子突然发生脑干出血，送到医院时就已经昏迷。神经内科医生说，大脑毁损面积太大，醒过来的可能性基本没有。具体能恢复到什么程度，只有天知道。病人有个年龄 40 岁的妻子和一个上中学的儿子。刚刚住在 ICU 时，病人妻子来看过几次，后来探望次数逐渐减少；病人的妈妈，张奶奶，每天都是雷打不动来看儿子。

张奶奶来到儿子的床边，尽管护士把床铺得很好，张奶奶还是习惯性地把被子盖严，然后给躺在病床上的儿子擦脸，最后把儿子的头发梳理整齐。

"奶奶，您来了。"

"雯雯，辛苦你了。"

"张奶奶，您放心好了。我会尽最大的努力，照顾好您的儿子。"

"你这么一说，我就放心了。"

"你每天一个人来，路上方便吗？"

"我家就在公共汽车站旁边，坐几站路就到医院了。"张奶奶轻描淡写地说着。

"胡雯雯，你的电话。"

"来了。"胡雯雯迅速离开，来到护士站接电话。

张奶奶一个人静静地坐在儿子的床旁，仔细端详着自己的儿子，眼睛里充满着慈爱。临走时，张奶奶一边用手抚摸着儿子的额头，一边说："儿子，妈妈明天接你回家。"

"妈妈明天接你回家。"是张奶奶自己给自己的坚强信念，是她这两个月风雨无阻，每天来医院看儿子最强大的动力。同时，她也把这句话传递给儿子，让儿子挺住、坚持住，熬过生命最昏暗的时刻。

"你们辛苦了，再见。"张奶奶每天离开 ICU 时，总是客气地和

ICU护士们说声再见。张奶奶佝偻着背、拖着双腿，行动迟缓地离开了ICU。

"张奶奶，再见，慢慢走。"每天都有家属进进出出，只有张奶奶让胡雯雯最伤感。胡雯雯最不忍看张奶奶用慈爱的眼光看着自己儿子，说明天接儿子回家。

"雯雯，老太太走了？"李梦兰问胡雯雯。

"回家了。"

"其实她不用天天来医院，打个电话问问就可以了。"

"不来，她不放心吧。或是张奶奶认为她每天来，她儿子都知道。"

"也许吧！"

第二天下午，张奶奶坐着轮椅来到医院。

"张奶奶，怎么啦？"胡雯雯关切地问道。

"昨天晚上不小心把脚扭了一下。"

"到医院看了吗？"

"看了，我女儿带我到医院拍了张片子，骨头是好的。"

"那你要好好地休息几天。"

"我怎么劝，我妈就是听不进去，非要来看我弟弟。我只好借个轮椅把她送来。"张奶奶女儿抱怨道。

在儿子病床边，张奶奶试着站起来，但没有成功。

"妈妈，你脚有伤，不能站。"女儿劝道。

张奶奶没有理睬女儿的话，尽可能挺直已经佝偻的腰身，睁大眼睛看着自己的儿子，双手握着儿子的右手，不停地抚摸。

"儿子啊，今天你姐姐也来看你来了。你很快就能好了，到时我们全家一起来接你。小军（病人的儿子）学习很用功，他妈妈每天督促他学习。家里一切都很好，你放心养病，明天我就接你回家。"

"张奶奶真是一位伟大的母亲，把母爱表现得淋漓尽致。"胡雯雯对张奶奶十分敬佩。

"下班时间快到了，你们再巡视一下病人，看看有什么要对晚班护士交代的。"李宝莲提醒大家注意交班。

"李梦兰，下班之后我们去街上逛逛怎样？我想去南洋商厦看看化妆品。"胡雯雯每次上街总是想拉上李梦兰。

"我不想去。我表姐从香港给我买了一些，够我用一段时间。"李梦兰回答道。

"胡雯雯，我陪你去逛街怎么样？免费给你做保镖。"赵荣华开玩笑说道。

"你给我做保镖？坏人还没有来，我就找不到你了。"胡雯雯看也没看赵荣华说道。

"雯雯，你看我行不行？"去年参加工作的罗德平凑上来。

"你嘛，还可以。"

"胡雯雯，我比罗德平强壮多了。"赵荣华故意举起胳膊。

"在大叔和小帅哥之间，当然是选年轻的小帅哥了。"胡雯雯故意逗赵荣华。

"我大叔？我有那么老吗？"赵荣华表示不服。赵荣华前年结婚，还不到 30 岁。

"赵兄弟也真是，你管别人说你多大，只要你老婆不嫌弃你老就可以了。"比赵荣华高一届的顾荣耀笑着说道。

"不和你们开玩笑了。我要回家抱女儿了。"赵荣华有个 10 个月大的女儿。

"赵师兄退出了，罗德平快上！"和罗德平同年参加工作的徐伟强说道。

"我这点工资哪敢去高档化妆品商店？把我皮扒了也买不起啊！"罗德平说道。

"小伙子，说话像个男子汉。不就几个钱吗！"顾荣耀逗罗德平。

"顾老师，我也想说硬话，可是钱包不鼓啊。"罗德平苦着脸说道。

9 月底一天的上午，从内科病房转来一个病人，为了输液方便，刘玉龙决定给病人进行静脉穿刺。正当他准备带徐伟强给病人做穿刺时，15 床病人家属，来询问病情。

"徐伟强，15 床病人家属来了，我要和他们谈谈病情。你给病人做深静脉穿刺。"刘玉龙说道。

"我一个人做中心静脉穿刺？"徐伟强是去年研究生毕业参加工作的，还没有单独做过中心静脉穿刺。

"你从右侧股静脉穿刺。"

"好的，知道了。"徐伟强知道股静脉穿刺没什么风险，新手都是从股静脉穿刺上手的。

"杨庆华，我要给7床病人做中心静脉穿刺，请给我帮个忙。"徐伟强请杨庆华帮忙。

"你做中心静脉穿刺？"杨庆华知道徐伟强没有单独做过，"好的，我给你准备物品。"

很快，两个人就推着载有中心静脉导管的治疗车，来到病人床旁。杨庆华把盖在病人腿上的被子掀开，暴露好穿刺部位。

徐伟强消毒铺巾，用左手食指和中指在大腿根部的内下方，触摸股动脉搏动，确定穿刺位置。

"摸到动脉搏动了吗？"杨庆华小声问道。

"搏动很明显。"

"在动脉内侧进针。"

徐伟强就在股动脉内侧，将Arrow中心静脉穿刺针刺入3cm后，但没有抽到血液，表示针不在血管内。徐伟强紧张地向杨庆华小声说道："要不要叫刘玉龙过来？"

"不用，你调整一下角度，向肚脐方向进针也许能碰到血管。我给孙主任做过助手，他每次都是这样穿刺。"

"好的，我再试一次。"杨庆华的话增加了徐伟强的信心。

徐伟强还是在原穿刺点，只是把穿刺针的角度作了一点调整，就刺入血管，轻松就抽到回血。

"成功了。"徐伟强兴奋地说道。

杨庆华把导丝递给徐伟强，徐伟强十分顺利地把导丝从穿刺针送入，接着又把留置导管沿导丝送入血管后，拔出导丝。最后，用注射器确认导管在血管内，接上液体，整个操作结束。

"多做几次就熟练了。"杨庆华鼓励徐伟强。

"第一针没有刺入血管，我有点紧张，差点想放弃了。"

"你这么聪明，中心静脉穿刺对你来说是小意思。以后有机会就自己做，不用找上级医生帮忙。如果你害怕，就叫上我，就像今天一样我帮你。"

"好的，谢谢你。"徐伟强真心感谢杨庆华。

虽然徐伟强比杨庆华大4岁，但杨庆华在ICU工作4年了。在4年的工作过程中，她帮助医生做过无数次静脉穿刺。

有了第一次成功经验，徐伟强就有了信心。第2天，8床病人需要中心静脉置管，同样在杨庆华的帮助下，徐伟强一针见血，整个操作十分顺利。徐伟强十分高兴，竟在病人床边和杨庆华击掌庆贺，正好被李宝莲看见。"喂，你们怎么这么高兴？"

"护士长，徐伟强刚才做中心置管，十分顺利。"杨庆华向李宝莲报告。

"徐伟强，你要好好谢谢庆华。庆华那么忙，还抽空帮你做静脉穿刺。"

"当然要谢谢。"徐伟强说道。

"不要只口头说，要有行动。"

"要有行动？"徐伟强先是愣了一下，然后立即说道，"必须的。"

"你今天只是做了股静脉穿刺置管，以后还要做颈内静脉和锁骨下静脉穿刺。"杨庆华平和地对徐伟强说道。

"我一定要掌握所有的中心静脉穿刺置管。这样，晚上值班我就能独当一面工作了。"徐伟强说出自己的理想。

"中心静脉穿刺置管是ICU医生必须掌握的一项基本功。你这么聪明，这些操作对你来说是件容易的事。"杨庆华像个姐姐或是上级医生对徐伟强说话。

"徐伟强同志，你做中心静脉穿刺，我们也可以给你做助手啊！"胡雯雯调皮地说道。

"是的。徐伟强老是找杨庆华。"李梦兰忽然明白了什么。

"我……"徐伟强不知该怎么回答，在心里找词。

"他做中心静脉穿刺时，正好我有空。"杨庆华给徐伟强解围。

"我怕你们忙、架子大，叫不动你们。"徐伟强终于找了句恰当的回话。

"算了吧。你只是想和我们庆华拉近乎，是别有用心。"

"没有、没有。"徐伟强慌张地说道。

"徐伟强，我们庆华姐人美、心好、手巧。"

"是的，是的。"徐伟强连声附和道。

"这么好的人，你可要珍惜哦！"

此后，徐伟强和杨庆华在一起，反而有些别扭，见面打招呼的声音就像蚊子一样细小。一天上午查房结束，徐伟强把医嘱开好，轻轻地把病历放在护士办公桌上，低声对杨庆华说："庆华，病历来了。"杨庆华则会意地向他一笑。若是在以往，徐伟强会大声说"病历来了"，然后"嘭"的一声，把病历重重地往办公桌一扔。

"徐伟强，你像变了个人似的，讲话声音越来越小。"周玲玲发现了徐伟强的变化。

"是吗？我好像一直都这样。"徐伟强替自己辩解。就在这时，赵荣华把病历向桌上一扔，"轰隆"一声巨响，足可以把死人唤醒。

"赵荣华，昨天晚上你是不是被你老婆骂了，到科室出气。把地上的病历捡起来。"周玲玲厉声说道。

"你帮我捡起来不就行了吗？"

"没门。"

"你怎么这么懒，捡个病历都不愿意。"

"真是岂有此理。你要搞清楚是谁懒？是你自己把病历扔到地上，还说别人懒。"

"赵荣华，你要向徐伟强学习，他现在比以前好多了。"李宝莲批评赵荣华。

11月初的一个下午，闻华虹小声对杨庆华说道："庆华，我有事需要你帮忙。"

"是不是代班？"

"是的。我儿子又生病了，实在是没有办法。"

闻华虹儿子身体不好，在 ICU 是出了名的。小家伙生下来就体质差，经常有些小毛病。在 ICU，若哪个护士家中有突发的事情，不能上晚夜班，通常是请未婚或已婚还没有孩子的同事代班。杨庆华和她的小伙伴们也经常换班、代班。

"华虹姐，晚上你就不用来了，我来上这个夜班。"

"谢谢，庆华人就是好。"

第二天凌晨 4 点，从内科转入一位急性呼吸衰竭的病人。白天病人在呼吸内科用面罩吸氧，氧饱和度维持在 94%—96%。到了半夜 2 点钟，病人突然出现呼吸急促，氧饱和度降到 83%，呼吸科医生和护士经过紧急处理后，仍没有好转，于是在凌晨 3 点钟给 ICU 打电话。

在睡梦中被叫醒是很难受的，徐伟强强打起精神，努力睁开惺忪的眼睛，看到李梦兰和杨庆华在病人床边。

"杨庆华，你怎么在这里？"徐伟强对看到杨庆华上夜班很吃惊，因为白天杨庆华在上班。

"闻华虹儿子生病了，我给她代个班。"

"她怎么让你带班，你今天上班怎么办？"

"我今晚是夜班。"

"我知道你今晚是夜班。"

"我下班后回家睡一觉，晚上就可以上夜班了。好了，快看病人吧。"

"什么病人，大半夜送来？！"徐伟强不高兴地问道。

"徐医生，所有抢救的物品全部备好了。"李梦兰说道。

"谢谢，准备得这么齐全。"

"杨庆华想让你多睡一会儿，把所有的物品准备好后才叫你的。"

"谢谢，谢谢。"徐伟强有些感动。

"我们有什么好客气的，快抢救病人吧！"李梦兰笑着说道。

"这个病人呼吸不行，必须上呼吸机进行辅助呼吸。"杨庆华提醒徐伟强。

"气管插管的物品都准备好了。"李梦兰说道。

"好。准备气管插管。"

"不要紧张，按步骤做就行了。"杨庆华轻声对徐伟强说道。

徐伟强站在病人的头侧，弯着腰，用喉镜挑起病人的会咽部看到了声门。

"看到了吗？"杨庆华问道。

"看到了。"

"沿着弧度把气管插管插进去就行。"杨庆华把涂了润滑剂的气管插管递给徐伟强，徐伟强一次性插管成功。杨庆华和李梦兰迅速把气管插管和呼吸机连上，用压力模式给病人进行机械通气。

"吸氧浓度65%，可以吗？"杨庆华征求徐伟强的意见。

"可以。就先上65%的吸氧浓度，观察一会儿，再作调整。"徐伟强直起腰身继续说道，"庆华，和你在一起我就不紧张，有信心。"

"其实，你都能做。"杨庆华热情鼓励徐伟强。

在呼吸机的帮助下，病人的氧饱和度迅速升到96%，病人暂时脱离了危险。

凌晨的ICU非常安静，病房内只有呼吸机和心电监护仪发出有节律的声音。为了不影响病人休息，徐伟强和杨庆华走到墙角掀开窗帘，隔着玻璃向远处眺望。此时已是凌晨5点半，东方地平线处泛起一丝亮光，小心翼翼地浸润着多情深蓝色的天幕，深蓝色变为浅蓝色，新的一天渐渐地从远方移过来。

钥匙开门的声音，打断了他们俩的遐想，上早班打扫卫生的阿姨来了。

"你去睡一会儿，还可以睡1个小时。"杨庆华希望徐伟强再睡一会儿。

"你今天回家后，一定要睡觉，今天晚上你还要上夜班。"

"好的。下班后什么地方也不去，只睡觉。"

"我今天下班什么地方也不去，书也不看，只睡觉。"

"我们再去看看这个病人怎样。"杨庆华建议道。

"好的。"徐伟强说着就要牵杨庆华的手。

"不行，要被人看见。"杨庆华红着脸小声说道。

杨庆华和徐伟强虽然在一个科室上班，但两个人同时上晚班的机会并不多的，一个月只有这么一次。2004 年元旦，恰巧是徐伟强值班，杨庆华上晚班。

　　晚班 6 点 20 分，来了一个心功能不全伴有肺炎的病人。经过在临床上一年半的摸爬滚打，徐伟强在处理危重病人时，能有条不紊地开展抢救工作。

　　病人一入 ICU，杨庆华和李梦兰迅速把氧气和心电监护仪接上。心电监护仪显示心率 91 次 / 分，血压 108/72mmHg。氧饱和度 93%。

　　"给这个病人做个血气分析。我去看看他的胸片和心电图。"徐伟强老练地处理新来的病人。

　　徐伟强到办公室的读片机看病人胸片。病人胸片显示心脏略有扩大，右中下肺和左下肺有较严重的感染。20 分钟后，血气报告出来了，各项指标尚可。

　　"杨庆华，李梦兰，今晚平安无事。"徐伟强向两位上晚班护士，通报病人的情况。

　　"强哥是什么人啊？！这点小事算什么啊。"李梦兰故意当着杨庆华的面夸徐伟强。

　　"主要是这个病人的病情不重。"徐伟强老实说道。

　　"和强哥上班就是好，不管什么样的病人，医嘱总是干净利落。"李梦兰说道。

　　"我这都是向孙主任学的。"

　　"大家都向主任学，这也要看学的人是否聪明，学得是否得法。"李梦兰很会说话。

　　"病人就这样处理好了，我回办公室了。"

　　"怎么就回办公室了，不陪陪我们？！"

　　"今天白天来了两个病人，再加上这个病人，就有三份病史要写。还有明天孙主任要查房，我要好好准备一下。"

　　"去吧，去吧。"

　　大家各忙各的事，护士不仅要观察病人的生命体征，也要做一大堆的记录。比如几点几分血压和呼吸是多少，什么时候用的药，用药效果怎样，都要有记录。

到了晚上9点，病房各项治疗工作都已结束，晚上新来的病人安静躺在病床上。杨庆华从更衣室里拿出一盒蛋糕，送给徐伟强。

"庆华，你留着吧，我现在一点儿也不饿。"在只有他们俩个人的时候，徐伟强称杨庆华为庆华。

"我还有3个小时就下班了。你要上通宵，拿着吧。"关心中又带有命令。

"庆华，你真好，时常为我着想。"

杨庆华的脸瞬间全红了，为了不让徐伟强看到她的反应，她转过身假装整理病历，"伟强，我把我们的事给我爸妈讲了。"

"我也给我爸妈讲了。"

"你怎么不告诉我？"杨庆华问道。

"我正准备告诉你，这不你先说了。"

"我妈妈想见见你，哪天抽个空到我家去一趟。"

"去你家？"

"不想去？"

"不是不想去，是有点怕。"

"我爸妈只是想见见你，不用怕，有我呢。"

"有我呢。"给了徐伟强无穷的力量，"好的，明天我们俩都休息，我下午去你家怎样？"

"当然可以。"

春节期间，双方父母还见了面，杨庆华和徐伟强恋爱的事就是这么确定下来了。

第 19 章　儿子学医

2004 年国庆节，杨庆华和徐伟强举行婚礼。陈爱娟带上内、外科 ICU 护士，还有部分其他科室的护士长，参加杨庆华和徐伟强的婚礼。不知内情的人，以为杨庆华是陈爱娟的女儿。陈爱娟作为单位领导，被邀请讲话。

"今天，我们医院来了很多人，来参加杨庆华和徐伟强的婚礼，杨庆华是我们 ICU 的护士，她的丈夫是 ICU 的医生。他们俩在共同的工作中，在抢救病人生命中，产生了爱情，走到了一起。

杨庆华漂亮、聪明，工作积极，对病人有一颗善良同情的心。徐伟强是 ICU 一位年轻有为的医生，他研究生毕业后就到 ICU 工作，献身危重病事业。杨庆华和徐伟强他们俩有着共同的事业，共同的追求，他们一定能组成一个令人羡慕、幸福美满的家庭……"

杨庆华结婚后，李梦兰、胡雯雯陆续谈恋爱了。李梦兰和本院一位泌尿外科医生谈恋爱，有一次她去泌尿外科问她一个亲戚的病情，正好遇上她现在的恋爱对象，算是有缘分。胡雯雯则是家人给介绍的一位老师。

在医院，护士找医生是最常见的。五六十年代参加工作的那批人，基本都是医生和护士结婚。现在的人思想活跃，社交面也广，恋爱对象不局限于医院的工作人员。李梦兰和胡雯雯在一个科室，两人几乎同时谈恋爱，自然被同事们议论一番。

"怎么，胡雯雯到外面找了个男朋友？"

"胡雯雯男朋友是位中学老师。"

"我知道是中学老师。为什么不在医院找？"

"找老师好。老师不值夜班，还有寒暑假。"

"说的也是。医生和护士工作太忙，顾不上家。"

"是啊，这也是要考虑的问题啊！"

"找医生或找老师，都是每个人的命。"周玲玲像是位有丰富人生经验的老者做总结。

"周老师说得对。"李梦兰说道，"那天要不是我去泌尿外科看一个亲戚，我就碰不到刘亦民，也不会和他谈恋爱。"

"我这个人，出夜班后，肯定要睡觉的。下班之后不睡觉，洗衣、洗碗、做家务，我没那个本事。所以，我不能找一个同样要上晚夜班的人。"胡雯雯说道。

"怎么，你们年纪轻轻就谈恋爱了。"不知何时，陈爱娟来到内科ICU，把几个年轻护士吓了一大跳。瞬间，胡雯雯的脸红到脖子。

"胡雯雯和李梦兰工作有4年了。"李宝莲为她们解围。

"你们工作都有4年了？我感觉你们就像去年才参加工作。"

"我是工作4年了，陈主任不关心我。"胡雯雯噘着嘴撒娇地说道。

"你们正当地恋爱，我一定是支持的。你们年轻，生活的时代和我们的不一样。你们不仅要会工作，也要会生活，要有新时代护士的风采。"陈爱娟这话迅速缩短了她和年轻护士之间的距离。

"陈主任，我们ICU的护士很吃香的，条件差的我们还看不上。"闻华虹说道。

"陈主任，郭嘉佳可爱打扮了。现在她穿着工作服你看不出，下班换成自己的衣服后，可漂亮了。"舒晓芹说道。

"爱美是我们女人的天性，只要不影响工作，适度的爱美也是应该的。"

"陈主任，你身材好。你如果穿牛仔裤，上身穿白色衬衣，外搭个西装外套，很时尚、很性感的。"

"什么性感，是漂亮。"李宝莲纠正郭嘉佳的话。

"陈主任是我们这里最漂亮的。"

"你们尽给我说好听的。"

"陈主任，我是实话实说。你虽然不是樱桃小嘴，但你的上嘴唇微微上翘，而且很丰满。不仅男人喜欢，就是女的看了也想亲一口。"郭嘉佳说道。

"越说越不像话。"陈爱娟心想这几个人的恋爱根本用不着她来操心了。

"陈主任，你要常到我们这里来，你就会越来越年轻。"李宝莲说道。

2005年夏天，内科ICU护士长杨丽华陪朱明君来到护理部办公室找陈爱娟。当陈爱娟看到杨丽华和朱明君一起来找她，就明白一定是朱明君遇到困难，需要在护理部这个层面来解决，但自己又不敢直接来找。

"请坐。"陈爱娟客气地请她们俩坐下。

"谢谢陈主任。"杨丽华随便坐下，朱明君则有些拘谨。

"最近科室怎样？"陈爱娟有两个月没去内科ICU了。

"床位基本上是满的。最近我们也按你的要求开展业务学习，大家轮流讲一个题目。"

"好。工作虽忙，但学习不能放松。"

"进修护士，还有些进修医生，都十分敬佩我们护士有那么多的知识。我笑着说，都是给我们主任逼出来的。"

"我们是大医院，就应该有大医院的样子。"

"陈主任，朱明君有事要找你，非要我陪着她来。"杨丽华说道。

"一个人来或者两个人一起来找我，都可以。"

"明君，你有什么事就直接和陈主任说，我走了。"杨丽华怕她在场，有些话朱明君不便说。

"护士长，你陪我一下。"朱明君不愿护士长离开。

"丽华，就不走吧。朱明君有什么事？"陈爱娟和蔼地对朱明君说道。

"陈主任，我和我爱人结婚 8 年了，有个 6 岁的儿子。"朱明君开始说她家中的情况。

"你爱人在内科，消化科？"

"是的，在消化科。"

"好像有一年被评为先进。"

"是的。他工作一贯很认真，最近他在家庭方面出了问题。"

"家庭出了问题？你的家，还是他的家？"

"是我们自己的小家。"

"怎么啦？"陈爱娟关切地问道。

"他最近和他们科一个护士好上了。"

"和消化科的一个护士好了？说具体一点。"

"最近两个月，我发现他在家心神不定，回家就是看手机发短信。起初，我没有注意，以为他科里有事。"

"嗯。"陈爱娟想知道下文。

"平时在家，他管儿子的作业，我做家务。一天我发现他连儿子的作业都不认真看，就随便签个名字，我就觉得不对了。后来，我就注意他的手机，发现他经常给何小娴发短信，对她很关心，有一次居然说想她。这么多年来，我为了这个家，每天起早贪黑，虽然累一点儿，但还是很幸福。怎么也想不到他会做出这种事。"说着说着朱明君的眼泪就出来了。

"朱明君太老实，只是在家里和他丈夫吵了一架。换成我，我一定到消化科把那个狐狸精大骂一顿。"杨丽华说道。

"和你爱人吵架了？"

"是的。他不承认，说只是聊聊好玩。"

"哦，是这样……"陈爱娟明白了，这两口子的婚姻还有救。

"我说要离婚，到他科室把何小娴骂一顿。"

"他反应怎样？"陈爱娟追问道。

"他吓得要命，保证以后不再和她发短信。"

"你相信他了？"杨丽华问道。

"我半信半疑。他们俩在一个科室，天天在一起，万一哪天又勾搭上了……"

陈爱娟知道了朱明君找她的目的，即把何小娴调出消化科，不让他们俩在一起。把何小娴调出消化科，是件容易的事，但要在不露声色中完成，不能闹得满城风雨。

"把何小娴调离消化科，这样最好。"杨丽华替朱明君说道。

"朱明君，我听下来你们没有到离婚那一步。中国有句话'宁拆十座庙，不拆一桩婚'，能挽回尽量挽回。你在家里多做做教育工作，也管严一点。关于何小娴调离消化科一事，由我来做。记住，千万不要到消化科吵，有什么事可以对我说，或找护士长说。"

"谢谢陈主任，谢谢陈主任。"见目的已经达到，朱明君满心欢喜离开。

2005 年秋天，医院科主任会议有两个主题：第一个主题是抗生素使用；第二个是改善服务，提高病人满意度。会议在医院行政楼的小会议室举行，刘院长主持会议。

"我再次强调会议纪律，把手机调到静音或振动模式。这次会议很重要，希望大家好好听讲。首先由医务处董处长向大家传达省卫生厅'关于合理使用抗生素的通知'。"

"各位领导、科主任，大家下午好。我前天到省卫生厅参加了一个紧急会议，这是省卫生厅第一次为抗生素召开紧急会议，传达国家卫生部严格控制抗生素使用的通知。近几年，我国出现严重的抗生素滥用情况，我们国家被戴上'抗生素大国'的帽子。这次卫生部把抗生素的规范化使用，当作一项工程来抓，足以看出国家对抗生素使用的重视。会议上，省卫生厅赵厅长话说得很清楚，不需要用的抗生素坚决不能用；可用可不用的也不用；只有必须要使用的，才能使用，严格控制抗生素使用的适应证。卫生部制定了严格的细则和抗生素管理方案，近期将发到全院每个医生的手中。从今以后，大家就要按新的规则使用抗生素。上级机关会定期来我们医院检查，对违规的使用者要进行严肃的处理……"董处长一口气讲了 20 分钟。

"刚刚董处长介绍了省卫生厅的会议精神，我听了收获很大，增长了不少知识。我敢说我们医院有很多医生，甚至有些主任、大医生都在乱用药。抗生素使用不当，一是造成浪费，另外还会产生副作用。所以，作为医生要不断地学习，跟上时代发展。滥用抗生素不仅医学上有问题，而且道德上也存在问题……"刘院长对医务处董处长的讲话进行总结，并对全院提出要求。

就在刘院长讲话时，陈爱娟听到轻微的呼噜声。循着声音找过去，陈爱娟惊讶地发现是黄书记在打瞌睡。陈爱娟就像发现新大陆似的，用胳膊触碰坐在自己右边的张亚英，紧贴耳朵小声对张亚英说："黄书记睡着了。"

张亚英低声对陈爱娟说："黄书记开会时，经常会打瞌睡，但什么都听进去了。"

"一边睡觉，一边听别人讲话。"陈爱娟对黄书记这个现象或能力非常感兴趣，认为太神奇了。果然，过去了20分钟后，见证奇迹的时刻就到来了。

"最后，我们请黄书记对今后工作做指示。"会议最后一项是书记讲话。

陈爱娟的眼光立即移到黄书记的身上，为黄书记捏把汗。

"嗯，啊！"黄书记清清嗓子，用手抹了一把脸，立即来了精神。

"今天我们开了一个重要的会议，非常重要的会议。我希望在坐的各位首先自己要领会上级机关的文件精神，要认真学习，研究吃透文件的每句话。会后，要把会议的精神完完整整地传达下去，传达到每一个人。使科室所有的人都要掌握上级的指示和精神。决不能流于形式，要层层落实，责任到人，一定要百折不扣地完成上级指示。对落实好的，给予表扬，对做得差的要批评教育。"

陈爱娟感叹黄书记的讲话能力，对黄书记的水平佩服得五体投地。因为陈爱娟她自己从头到尾认真听讲，也讲不出黄书记的水平。

2006年夏天，长江流域连续十几日暴雨，造成长江中下游部分地区洪涝灾害，有些地方房屋被淹，人员被洪水围困。陈爱娟每天晚上在家中看到中央电视台《新闻联播》和省电视台的新闻，关注洪涝灾害情况。

在山区，洪水以及随洪水裹挟下来的泥石流，冲垮公路和桥梁，冲倒电线杆，给老百姓生活造成很大的困难。国家领导人在地方官员的陪同下，冒着雨，深一脚浅一脚来到灾区，看望奋战在抗洪救灾一线的解放军指战员和慰问灾区人民群众。灾区老百姓感动得掉下了眼泪，泣不成声地感谢党、感谢政府。

上午刚上班，市一院的护理部主任打电话给陈爱娟，说她公公因脑溢血住在内科 ICU 12 床，请陈爱娟关照一下。上午十点半左右，陈爱娟来到内科 ICU。

医生们在办公室处理医嘱、开化验单、记病程录。大家一边写字，一边聊天，话题当然是洪灾。

"王省长也到灾区慰问去了。"主治医师赵荣华说道。

"我怎么没有看到？"陈爱娟问道。

"陈主任，您是大忙人，哪有时间看这些电视。"

"我平时很少看电视。但这几天，我天天看电视新闻。"陈爱娟说道。

"爱娟同志，你一般都看中央电视台。你昨天没有看省台是不是？"

"我的确没有看省台。"

"省长去，能干什么？说不定还给抗洪救灾添乱。"顾荣耀去年刚升上副主任医师。

"不管添乱或不添乱，领导一定是要到场。"刘玉龙虽然是副主任，仍然和大家在大办公室办公。

"你们注意到没有，不管是中央领导还是省领导，去任何一个受灾地区视察，新闻报道都有相似之处。某年几月几日，某某领导在当地某某领导的陪同下，前往灾区视察，看望灾区人民群众和奋斗在抗洪一线的广大官兵。某某领导深入灾区，深入灾民家庭嘘寒问暖，关心他们的日常生活情况，给广大灾民送去了党和政府的亲切问候和关怀。某某领导高度赞扬解放军指战员，不怕牺牲，同自然灾害英勇斗争的精神。在党和政府的领导下，在全国人民大力支持下，我们团结一致，万众一心，一定能战胜自然灾害，重建家园。最后某某领导还对灾后重建工作做了具体安排和指示，灾区人民十分感谢党和政府的关心和支持，表示一定在党和政府的领导下，一定能战胜灾情，绝不辜负党和人民的希望。你们听听怎么样，八九不离十。"

"罗德平，这些你从哪里学来的？"陈爱娟笑着说道。

"陈主任，你说我说得对不对？"

"对，对，完全对。"陈爱娟连忙肯定。

"其实，这些都有固定的思路。"

"小罗，当医生必须踏踏实实。看病一定要认真仔细。否则，要出人命。"

"看病那肯定是小心、小心又小心。"

2006年7月底，陈爱娟18岁的儿子梁明哲接到上海医科大学临床医学系录取通知书。儿子考上大学后，陈爱娟带着儿子回到老家陈旺乡看望她的父母。

此时，陈根宝已经是67岁的人了，额头和眼角已布满了皱纹。长年的体力劳动和风吹雨打，使陈根宝的皮肤粗糙且黝黑。陈爱娟的妈妈是个典型的农村妇女，为家庭辛劳一辈子，头发早已花白，腰也弯了。

吃中饭时，陈爱娟特意让梁明哲坐在外公外婆的中间，那是两位老人一生最幸福最满足的时刻。28年前，他们含辛茹苦送陈爱娟上护校，今天他们的外孙，在女儿的基础上考上了上海的大学。

"明哲，你考上上海大学，我和你外婆为你感到高兴。在学校要好好读书，放假的时候，来看看外公外婆，给我们讲讲上海的事，大学的事。"

"好的，放假我一定来看看你们。"

"我和你外婆在小的时候想读书却没有地方，也没有钱读书。我们对读书人最崇拜……"

中国是个历史悠久的国家，在悠久的历史中，形成和发展了很多好的或优秀的传统。其中一个就是竭尽自己所有，培养孩子。陈旺乡老百姓，从小就受到孔孟之道影响，孔孟之道浸润到他们的骨子深处，整合到基因里。虽然在过往的岁月中，老天没有给陈根宝那代人提供读书的物质条件，但从来没有泯灭他们心中的理想。

儿子考上上海医科大学，将来做一个医生，陈爱娟的喜悦只有少部分人能懂。像张亚英、罗玲珏、黄萍……她们都是想学习、能学习的人，只是因为家庭经济原因，没有读大学，过早地走上了工作岗位。她们在护士岗位上兢兢业业，甘做绿叶，配合医生做好治疗工作。谁不愿意成为主角，站在医学舞台的中央呢？！

2006 年 10 月，天高色蓝，丹桂飘香。就在这么一个美好的季节，彭春霞和顾志平从美国回来探亲。

彭春霞从 1991 年秋去美国，到 2006 年秋回国，整整 15 年。陈爱娟把陈巧云、罗玲珏叫到一起，请彭春霞在医院小餐厅吃一顿饭。

"医院小餐厅不错啊，像个饭店似的。"彭春霞说道。

"这个新食堂是去年建好的，在设计的时候就留了这么一个小房间，作为招待客人的小餐厅。"

"我是第一次来这个餐厅。爱娟是领导，她常来。"陈巧云说道。

"我也很少来，中午出去不方便，就在医院里吃个便餐。晚上请你和顾志平。"陈爱娟说道。

"食堂的菜比以前要强多了。红烧鳜鱼，我有 15 年没有吃过了。"

"美国不吃鱼？"罗玲珏问道。

"吃。基本是海鱼，如三文鱼。"

"春霞，你过得不错，皮肤很好。"

"你们过得都比我好，我老了。"

"春霞，你不老。"罗玲珏说道。

"我比你们辛苦得多。"

"为什么？"陈爱娟认为彭春霞在美国享福去了。

"我要带三个孩子。"

"三个孩子？！"陈爱娟、陈巧云、罗玲珏惊讶地张大了嘴。

"是的，老大是在国内生的。到美国后，又生了两个，一个儿子一个女儿。"

"老小是儿子？"

"小的是女儿。"

"生了一个儿子就行了，你还想要两个儿子？"陈爱娟以为彭春霞是想要儿子，第二个是女儿后又生了一个。

"国内是计划生育，家家户户都是一个孩子，大家都习惯了。我到美国后，看到左邻右舍都是三个、五个孩子就非常羡慕。特别是我们上教会后，教会经常讲孩子是上帝送给父母的礼物，我们就又生了两个。这是三个孩子的照片。"彭春霞就把照片递给陈爱娟。

"这是你家的房子，别墅？"陈巧云问道。

"是的，这个房子造好有三年了。"

"这么大，我们想都不敢想。"罗玲珏说道。

"大房子在美国很普遍。我家后面是一个小山坡，山坡上本来就有很多树，后来我们自己又种了几棵玉兰树。现在这些树都长大了，到春天玉兰花开满枝头。起风的时候，花瓣从高大的树上飘落下来，地面铺满了花瓣，非常壮观。"

"真漂亮。"陈爱娟羡慕地说道。

"房子大，住起来舒服一点儿。"罗玲珏正准备换个大房子。

"是的。但打扫起来也很麻烦。室内打扫，我一个人可以。室外，特别是春夏季，我和顾志平一起清理院子，修剪草坪。这些是我家外面的照片。"

"彭春霞，你什么时候学会园艺师这些活儿？"

"都是逼出来的。弄个大房子，满足一下虚荣心，但在清理打扫的时候，就想还是中国的小房子省事。"

"彭春霞，你是得了便宜还卖乖。"

"我们买大房子主要是为了孩子。首先是每个孩子都有自己的房间。孩子可以邀请同学来家，开 Party。"

"关键是要有钱。"陈巧云说到关键所在。

"美国房子便宜。这辆车是我的，每天接送孩子用的。去年我们买了一辆福特汽车，顾志平上班开。他现在做小老板，实验室主任，让他开好一点儿的车。"

"那你们家有两辆车了？"

"是的。我那辆是二手车，七八成新，质量很好，价格只有4000美元。在美国，二手车很便宜，有时就像是白送给你。刚去的中国人，大多买二手车。新手开车，总会有些磕磕碰碰，二手车不心疼。待开熟练后，再换辆新车。"

"那旧车怎么处理？"

"卖掉或自己继续用。"

"春霞，你尝尝糖醋小排。"陈爱娟知道彭春霞喜欢吃糖醋小排。

"真好吃。"彭春霞由衷称叹道，"这味道只有在国内才有。美国虽然也有中餐馆，但感觉总是差了那么一点儿。"

"春霞，油炸带鱼，也是你喜欢吃的。"

"还有这个臭豆腐。"

"臭豆腐绝对是中国特色。"彭春霞对中国菜赞不绝口。

"你们点的这些菜都非常好，在美国吃不到的，由于生活习惯不一样，美国人做菜很少用油炸，以蒸、煮、烤为主。调味品也很简单，就是：盐和胡椒粉。等到小的上大学后，我想在美国开个中餐馆。"

"春霞，你需要帮手，叫上我。"陈爱娟笑着说道。

"我哪敢让陈大主任做粗活儿。"

"春霞，你平时既要上班，又要带三个孩子，真够忙的了。"

"我不上班，是全职家庭主妇。"

"为什么？"

"不为什么，就是为了照顾孩子。美国人，特别是医生家庭都是这样，丈夫上班，妻子在家照顾孩子和做家务。美国医生很忙，早去晚归，披星戴月地工作。"

"少一个人上班，收入就少了不少。"

"美国医生工资高，一个人的收入养活全家绰绰有余。"

"春霞，你现在英语怎样？"

"一般的交流没有问题。比如到超市、百货商店买东西，没有任何问题。"

"春霞聪明，学得会。"

"十几年了，春霞肯定掌握了。"

"你孩子在学校讲英语吗？"

"在学校，当然说英语。我们在家都是讲中文。只是3个孩子在讲中文时，经常会夹杂着一些英文单词。"

"是呀，他们从小在美国长大，能讲中文就不错了。"

"他们3个讲中文没有问题，就是不愿意写中文。在家里，我逼他们看中文、写中文。现在，3个人都能写自己的中文名字，看一些简单的中文文章。"

"一定要能认识或写中文名字。在美国能看到中国电视或报纸吗？"

"自从我们的房子建成后，我们就安装闭路电视，除了4个公共频道外，其他频道比如娱乐、体育就要收费。我家申请了CCTV9，中国中央国际频道。和在中国一样，能看到中央9台。我住的城市是个中等城市，没有中文报纸。美国是市场经济，办报纸，也要估计销量。纽约华人多，就有中文报纸。"

"能看到中央台就行了，平时经常看吗？"

"主要是我看。顾志平晚上要看书，孩子不太愿意看。我有时把他们硬拉过来看，让他们知道中国现在的情况。现在上海、北京等地，一点儿也不比美国差。中国近几年发展真的快，越来越好了。"

"你的3个孩子和美国人一起上学习惯吗？"

"习惯。美国是个移民国家，老师和学生对新同学很热情。3个孩子在学校成绩都很好，经常代表学校参加数学竞赛和物理竞赛。"

"据说美国人离婚率高，男女关系乱。"陈巧云不想错过这个机会，想到什么问题就问什么问题。

"的确，美国的离婚率比较高，个别地方离婚率将近50%。"

"最近几年，中国的离婚率正节节攀升。"陈爱娟说道。

"离婚、男女关系是否乱，还是要看个人和家庭。医务人员离婚率是低的，工作太忙，没时间想那些乱七八糟的事。很多美国人周末全家去教堂，一个星期的中间还要去一次查经班。教堂特别强调家庭的重要性，要人们忠于自己的丈夫和妻子，爱自己的家庭。"

"你们也经常去教堂，查经班？"

"只要有空我就去，我们去华人教堂。"

"什么是华人教堂？"

"教堂里的人都是华人，讲中国话。平时大家都在不同公司上班，只有在周末，华人才有机会聚在一起聊聊天，交流各种信息。"

"这么说，这个教堂是华人的一个社交场所。"

"是这样。星期天上午讲道结束后，下午教堂有中文课，包括教吹笛子、下象棋等。"

"你这些天有什么安排？"

"我本想多和几个朋友及家人见面，哪知顾志平的时间安排得很满。"

"他为什么安排得那么满？"

"明天，免疫学教研室要为他办特聘教授的仪式，学校搞了个顾志平实验室，希望顾志平在科研方面给学校提供帮助。还有下个星期一，我们要去上海，上海医科大学也要和他搞合作，开展科研项目，合作培养研究生等。"

"你们家志平出名了，大家都请他了。对了，爱娟的儿子考上了上海医科大学，九月刚去上海读书。"

"儿子像妈妈，所以爱娟的儿子一定是很聪明。如果爱娟儿子想去美国，我让顾志平帮忙。最近几年，顾志平帮了不少中国人去美国学习、做研究。"

第 20 章　医闹

　　在 2009 年年初的院长办公会议上，新上任的陈院长雄心勃勃，要干一番事业，给每个科室下达开展新技术的任务。

　　"现在医学正进入一个飞速发展阶段，每天都有新的技术、新的治疗方法出现，一天不学习就要落后。第一人民医院，他们派消化科医生到日本进修，回来后开展了内镜下黏膜切除术。去年，东华医院开展冠状动脉支架置入治疗，放一个小小的支架就能治疗冠状动脉狭窄，治疗心肌梗塞。过去我们引以为豪的心脏搭桥手术，在这场技术革新中就落伍了。毕竟我们有雄厚的实力，有一百多年的技术和文化沉淀。只要我们认识到了，我们就能迎头赶上，我们一定能走在新技术的前列。各位科主任，你们回去后好好思考自己的科室发展。下次科主任会议，或者我们到各科室，听取你们的汇报。"陈院长是东南医学院毕业的学生，后到上海医科大学读研究生，是个有想法、想干事的人。

　　肝胆外科提出开展肝移植。肝移植手术不仅是手术技术问题，肝移植术前、术后的管理，ICU 管理，免疫药物的使用，涉及面太广，代表一家医院综合性实力。医院给肝胆外科拨款 10 万，开展肝移植动物实验。肝胆外科利用 10 万元，在猪的身上，练习全肝切除，肝静脉和下腔静脉吻合，以及消化道重建。在开展动物实验的同时，肝胆外科黄主任自己还带人到广州参观学习。一切准备就绪后，到 2009 年年底，医院准备开展了第一例肝脏移植。

一天下午，陈爱娟在外科 ICU，听肝胆外科医生讲肝移植病人的术后处理。这是陈爱娟第二次请肝胆外科医生给 ICU 护士介绍肝移植手术，上次讲课的题目是肝移植的手术，主要是讲手术步骤。在这次讲课进行 20 分钟的时候，陈爱娟接到张亚英的电话，说黄雅贞病重，住在心内科，半小时后，院领导要组织一个讨论。

黄雅贞今年 91 岁，要说有病吧，一点儿病也没有；如果说没有病吧，全身都是病，就是人老了，器官老化、功能衰退。

"黄雅贞老师今天上午起，血压开始出现下降，尿量也开始减少。"医务处董处长介绍黄雅贞的病情。大家一听就明白了，生命体征的不稳定对 91 岁的黄雅贞意味着什么。小会议室一片寂静，没有人说话。

"刚才董处长介绍了黄老师的病情。黄雅贞老师是我们医院，也是我们国家现代护理学的创始人之一。她把自己的一生全部奉献给了我们医院，奉献给了护理事业。我们一定要做好黄老师的治疗和护理工作，不能有任何的差错。这些天会有人来看望她，希望心内科要保持病房清洁和安静，做好病区的管理工作。"

"陈院长，我们心内科做好了所有的准备，一定做好黄老师的护理，给江滨市人民展示我们江滨医院护理水平。"心内科护士长积极表态。

会议结束后，陈爱娟去心内科病房看望黄雅贞老师。心内科给黄雅贞单独安排了一间病房，房间布置得简洁干净。

"黄老师怎样？"陈爱娟问特护护士。

"刚刚睡着了。"

"哦，知道了。"陈爱娟轻声说道。

陈爱娟拿了一把椅子坐在黄雅贞的床边。黄雅贞头发完全花白，额头和眼角有许多细小的皱纹，面容清瘦苍白，看上去仍是那么慈祥。陈爱娟出神地看着这位出生富裕家庭，从小受过良好教育，非常有教养的一个优秀中华女性。她做护理工作，不是为了完成领导布置的任务，不是为了养家糊口，而是出于对护理事业的爱，对护理事业的追求。在陈爱娟眼里，黄雅贞就是心中的女神，中国的南丁格尔。

黄雅贞的身体动了一下，随后眼睛缓慢睁开。陈爱娟见状兴奋地说道：

"黄老师。"

看到陈爱娟坐在身旁，黄雅贞脸上露出笑容。

"小陈，陈爱娟。"

"黄老师，是我。"陈爱娟没有想到黄雅贞此时此刻还能记得她的名字。

"小陈，你这么忙还来看我，谢谢你了。"黄雅贞吃力地说道。

"黄老师，您生病了，我来看您，是完全应该的。"

"小陈，麻烦你告诉大家，我在这里一切都好，不要来看我。"

正在这时，黄雅贞的保姆，何阿姨来了。陈爱娟见过她一面，是一个十分善良的 70 出头的人。

"黄老师醒了。"保姆也称黄雅贞为黄老师。"陈主任，我昨晚陪在这里，早晨回去睡了一会儿。"

"辛苦了。"陈爱娟客气地说着。

何阿姨把毛巾放入脸盆，拧干后准备给黄雅贞擦脸。陈爱娟轻声对何阿姨说："我来。"

擦完脸后，陈爱娟用梳子缓慢地、轻轻地给黄老师梳头发，就像母亲抚摸孩子的头一样，不一会儿黄雅贞睡着了。

"黄老师最注意自己头发，平时总是把头发梳理得整整齐齐。这次你帮她梳头发，黄老师心里肯定高兴极了。"何阿姨说道。

看到黄雅贞安静睡了，陈爱娟对特护护士交代一番，离开心内科病房。

两天后一个黄昏，夕阳染红西边的天空，橘红色的阳光如火一样，铺在缓缓流动的江面上，把多情的长江水变为深红色。太阳缓慢西沉，晚霞的颜色越来越深。位于长江旁的江滨医院里，一颗跳动了 91 年的心脏，跳动的速率正在缓慢下降，从 70 降到 50、30、10、最终为 0，心电图呈现一条直线。一颗善良充满爱的心脏停止了跳动。

2010 年 5 月 12 日上午，蓝天白云、阳光明媚。医院借五一二国际护士节之际，隆重纪念黄雅贞。在医院的小花园，竖起一座黄雅贞的白色大理石半身雕像。陈院长代表医院揭开覆盖在黄雅贞雕像上的天蓝色的幕布，雕像栩栩如生，好像黄雅贞又回到他们中间。

"同志们，我们今天在这里，为我们敬爱的黄雅贞老师雕像举行揭幕仪式，以纪念黄雅贞老师。黄老师是我们医院乃至我们国家护理事业的奠基人之一，黄老师创办了江南省的第一所护理学校，为我省卫生事业培养了大批的护理人才。黄雅贞老师把她的一生全部奉献给了我们医院，奉献给了伟大的护理事业。她以医院为家，视病人为亲人，在工作中处处践行南丁格尔精神，成为全国护士学习的榜样。

我们医院从诞生的那一天起，到今天有 150 年的历史了。在这 150 年期间，出现过许许多多著名的医生，在我省甚至全国享有极高的声望。但是我们把我们医院的第一座雕像给了我们的护士姐妹，给了我们敬爱的黄雅贞老师。"陈院长说到这里，情不自禁地流下了眼泪。

"凡认识黄雅贞老师的人，没有一个不为她伟大的人格所折服。虽然她做的都是细微琐碎之事，但处处闪耀着人性的光辉。黄雅贞老师一生品行端正，光明磊落，时刻想着、时刻准备着去帮助别人。我们今天不仅给黄雅贞老师立这座雕像，还把这块地方称为黄雅贞公园……"陈院长的讲话充满对黄雅贞的热爱和尊重。

接着，张亚英代表全院护士发言。

"……从今天起，我们就要像黄老师那样热爱护理事业，关心病人、钻研业务，做一个优秀的护士。"

下午 2 点钟，在医院大礼堂颁发"黄雅贞优秀论文奖"和"黄雅贞优秀护士奖"。在主席台的后面，投影仪在巨大白色幕布上打出"永远怀念黄雅贞老师"。

"护士姐妹们，下午好。今天我们欢聚在这里，隆重庆祝五一二国际护士节。首先，请允许我代表医院党政机关、代表医院全体医护人员向长年奋战在护理一线，辛勤工作的护士姐妹们，表示最亲切的问候，你们辛苦了，谢谢你们。

"医生和护士是医院的两个主体，在治病救人过程中，起着极其重要的作用。正是由于医护人员忘我的工作和奉献，我们救治了一批又一批病人。

"护士的付出不仅是帮助病人的康复，也为我们医生成长做出了巨大的贡献。在长年的临床工作中，护士做了大量的细致琐碎的工作，这些工作是医疗过程中不可或缺的一部分。正是由于你们做了这些细微的小事，病人才能康复，把温暖和爱送到病人的心中。由于护士姐妹做了大量细微、琐碎的工作，医生们才有可能专心钻研医疗技术，医生才能成为一个有经验的医生，一个主任。在这里，我作为一个医生，向护士们真心地献上感谢。"陈院长离开讲台向前迈一步，向台下的护士深深鞠一躬。接着又是一次热烈的掌声。

"黄雅贞老师是我们国家护理学的奠基人之一，她创办了江南省第一所护士学校，为江南省的护理事业做出了不可磨灭的贡献。黄雅贞老师以医院为家，视病人为亲人，把全部的精力投入护理事业上。她关心病人，对病人富有同情心，她走到哪里就把爱带到哪里。所以黄雅贞老师不但我们医院人喜欢她，也受到全市人民群众的爱戴，是当代的南丁格尔。

"今天上午我们举行黄雅贞老师雕像的揭幕式，并且把医院小公园命名为黄雅贞公园。黄雅贞老师雕像竖在我们医院小公园，它表达了我们江滨医院全体职工对黄雅贞老师的尊重和怀念。我们要把黄雅贞公园作为一个教育基地，不但是教育护士，也教育我们的医生。最后，祝护士节快乐，祝全院护士身体健康，生活幸福。"

会议最后是颁奖活动。内科 ICU 舒晓芹拿到黄雅贞优秀论文奖，还在台上做了获奖感言。由于过度紧张，舒晓芹的讲话引得全场护士捧腹大笑。

"舒老师，17 床呼吸又急了，是不是快不行了？"刚参加工作两个月的刘利珍见病人呼吸急促，就叫舒晓芹过来帮忙。

舒晓芹立即来到 17 床，只见病人眼睑浮肿，眼光黯淡呆滞，吃力地喘着每一口气。

"病人 87 岁，自从 40 岁起就有慢性支气管炎。最近两年病情加重。每次住院，医院都给他的家人发过病危通知书。"刘利珍向舒晓芹汇报病史。

"不错。对病情了解得很好。现在的治疗情况。"

"就是用氨茶碱、多巴胺，还有头孢这些。"

"效果怎样？"

"不太好。"

"医生有没有说要插管？"

"没有。"

"这个病人全身情况非常差，心脏和肺可能随时停止工作。如果病人家属来问，能活多少天。你就回答，就这几天的事。"舒晓芹刚说完，年轻医生张卫超走过来，说道："舒晓芹，你认识这个病人？"

"我认识你。"舒晓芹没好气地回答张卫超。

"那我太荣幸了。"张卫超油腔滑调地说道。

"不要贫嘴。"

"你这个人怎么猪八戒倒打一耙。是你先贫嘴，说认识我。"

"不和你多啰唆了，刘利珍是新来的。"

"知道，是今年 8 月份刚参加工作的。"

"知道就好，你要帮助她。"

"那当然。"

"这个态度不错。我看这个病人病情严重。刘利珍刚来，如果病人家属来询问病情，你要给她帮忙。"

"我和这个病人的女儿谈过话，说疾病到了终末期了。病人女儿表示不做任何创伤性抢救，而且已经签字了。"

没几日，这个病人就过世了，倒也很安静，不痛苦。不像有些病人带着一身的管子离开人世。

几天后的一个下午，一个自称是 17 床病人儿子的男子，来到 ICU 病房，要找给 17 床治疗的医生和护士。

"我是负责 17 床的护士，请问你有什么事？"刘利珍客气地问道。

"我想知道 17 床病人是怎么死的。"来者不善。

"怎么死的？"刘利珍心里一咯噔，"是病死的，全身器官都不行了啊！"

"这次住院花这么多钱，你们还把人给弄死了。你们医生，是怎么当的？"

"你怎么这么说话！"刘利珍第一次被人责问，十分气愤。

站在一旁的闻华虹见情况不对，立即过来帮助刘利珍，对病人儿子说道。

"你有什么事？"

"我想知道17床是怎么死的。"病人儿子不耐烦地说道。

"你和病人是什么关系？"

"你管我和病人是什么关系。我就是想知道病人是怎么死的，你们怎么治疗的！"男子提高了嗓门。

"我们是ICU，是抢救病人的地方。随便来一个问病人情况，我没有那么多时间回答，只有病人直系亲属我们才接待。另外，病人的病情，我们也不能随便告诉别人。"闻华虹不愧是有经验的老护士。

"我是病人的儿子。"

"你是病人的儿子？我怎么从来没有见过你。"闻华虹表示怀疑。

"病人住了两个星期了，你怎么一天没有来过。"刘利珍说道。

"我姐姐每天都来，就这个没有用的姐姐，让你们害死了我父亲。"

"什么我们害死你父亲？你这个人怎么乱说话。"闻华虹厉声说道。

"我乱说话？！和你们说话是对你们客气，我要找你们领导。"他的说话声音大起来，似乎想通过提高音量为自己壮胆。

"喂，喂，嚷什么？！这里是医院，是ICU病房，要保持安静。"张卫超训斥病人儿子。

刘利珍小心拉了拉张卫超的衣角小声说道："这个人是17床病人的儿子，来问他父亲的治疗情况。"

"我是你父亲的床位医生，你有什么事来问我就可以了。这里是病房不能吵闹，到医生办公室去说。"张卫超把病人儿子带到医生办公室。

病人儿子板着脸，坐在椅子上，好像医院欠他一屁股债似的。

"你父亲是老毛病，这次到了生命的最后阶段，全身多处器官都不行了。具体点说是肺炎诱发心脏病、肾功能不全而死的。"

"你不要给我讲医学术语。我认为是你们治疗不当，导致我父亲的死亡，是医疗事故。"

"医疗事故？先生，你说这话太没有良心了。我们医生和护士为抢救你父亲付出那么多，你姐姐看得清清楚楚，而且你姐姐每次来，都对我们十分感谢。"

"难道病人住在病房，你们不管？！哼，什么玩意儿。"

"你父亲病重，我们对他十分关心，而且还经常向你姐姐通报他的病情。"

"为什么不给我说。在我们家，我说了算。"

"你从来都不来医院，我们怎么和你说话。"张卫超觉得这个人胡搅蛮缠、蛮横不讲道理，不由得嗓音也大了起来。

"你们为什么不给我父亲做气管插管，用呼吸机？用了呼吸机就能把我父亲救活。你别以为我不是学医的，我就不懂。"

"呼吸机是治疗抢救病人的一个重要手段。但是你父亲是全身器官衰竭，就像一个油灯，油燃尽了，做任何治疗都是没有意义了，只能增加病人痛苦。"

"你不要给我说这些，反正有医生给我说了。你们不抢救，就是你们的责任，就是医疗事故，就是要赔钱。"病人儿子说出了他来医院的目的。

这个家伙想钱想疯了，张卫超尽量克制不发火，不和这个无赖吵起来。

"如果你父亲有一线值得抢救的可能，我们一定会尽十倍的努力去抢救。关键是用呼吸机治疗没有什么效果，反而增加病人的痛苦。我们是为了减少你父亲痛苦，这也是你姐姐的意愿。"

"我的朋友说用呼吸机能救命，至少能多活几天。只要我父亲多活几天，就能发一个月的工资了。"此人的本质暴露无遗。

"你怎么是这样一个人？"张卫超不再想和这个人多话，就说："所有的治疗方案，我们都征求了你姐姐的意见。"

"谁知道你征求我姐姐的意见没有。"

"都有她的签字。"

"我姐姐又不是学医的，她不懂这些。"

"我已经告诉你了，我们对你的父亲尽责了。他全身器官严重老损，这次发病加速了死亡。"

"你们没有救活我父亲，就是医疗事故，就要赔钱。"

"你父亲住院，你一天不来看，死后还好意思来医院要钱。你就是个无赖。"

"你他妈的算老几，还敢骂老子。告诉你，我父亲就是你们弄死的，一定要赔钱，不赔钱我把你们科室给砸了。"

正在这时，刘玉龙回到科室。刘玉龙打量了一下病人儿子，近60岁，满脸的横肉，稀疏的头发凌乱堆在头顶上。

"先生，有什么事，请好好说。"刘玉龙想把紧张的气氛缓和下来。

"你们把我父亲治死了，你们要赔偿。"病人儿子又叽叽咕咕地把前面话重复一遍。

"先生，在你父亲的治疗上，我们医生已经尽了最大的努力，没有功劳也有苦劳吧。如果你有意见，对我们的治疗不满意，你可以向医院反映。我们医院有个专门的机构处理这些事。你可以找他们。医疗纠纷处理办公室在我们行政楼的一楼，要不要我陪您过去？"

"你这个人讲话还可以，但该赔的钱一定要赔的。你们不赔钱，我就到你们家去吃饭。"

"你现在去医疗纠纷处理办公室，正好工作人员都在。你向他们反映你的情况。"刘玉龙就把病人的儿子打发走了。

三天后，在医疗纠纷接待办公室，接待办唐主任在处理病人家属投诉ICU一事。

"投诉人，龚成仁，男，1951年出生，东南省江滨市人，身份证号码是……投诉人认为其父亲在ICU期间没有得到正确治疗而死亡，要求医院赔偿医疗费、误工费、精神损失费，总共100万。今天把双方召集在一起，首先请龚成仁发言。"

"我父亲2010年10月13日住在内科ICU病房，刚住院时身体很好，由于ICU医生治疗不当，导致我父亲死亡。"

"刘主任，刚才病人家属提出是由于ICU治疗不当，导致病人死亡，你认为是否这样？"唐主任问刘玉龙。

"完全不是这么一回事。病人87岁，有多年的肺病和心脏病。这次是因为严重的肺部感染和心衰住到ICU。住院的当天，病情就很危重，我们就把病情告诉了病人的女儿，还发了病危通知书。而不是病人家属所说刚入ICU时身体很好。"

"刚才，刘主任说了，你父亲来到ICU时，病就很重。"唐主任对龚成仁说道。

"谁身体好好的往医院跑，又不是精神病。我提出的问题是我父亲在医院没有得到正确治疗而死亡，正是由于这些庸医导致我父亲死亡，是一个严重的医疗事故，是要被判刑坐牢的。"

张卫超牙齿咬得咯咯响，刘玉龙轻蔑地看着龚成仁，病人的女儿则毫无表情坐在一旁。

"龚成仁，坐牢可不是你随便说说的。即使医生有错，也是要经过专家鉴定后才能确定，不是你说怎样就怎样。我们今天坐在这里是来调解、谈判的，家属如有不理解的地方，医生会给你们解释。张医生，你把治疗情况和家属说一遍。"

接着，张卫超就把病人的病情和治疗经过陈述了一遍。刘玉龙补充说道："我们诊断正确，采取的治疗措施及时、合理。所有的用药和抢救措施，符合医院的规章制度，符合医疗流程，没有任何错误。"

"我父亲呼吸不好，你们为什么不用呼吸机。"病人儿子又提出呼吸机问题。

"我已经和你说过为什么不用呼吸机。在你父亲住院期间，我和你姐姐说过呼吸机的问题。你姐姐表示不用呼吸机，而且是签了字。"

病人女儿坐在一旁，一句话不说。

"我问了人，他们说用了气管插管，我父亲就能被救活。"病人儿子又胡搅蛮缠。

"哪个医生说的？！说这话的医生，一定是不了解你父亲具体病情。"刘玉龙把对方的话挡回去。

"这个我不和你辩。我只是说我父亲的死，是个严重的医疗事故。"

"龚成仁，不能这样讲话。如果是医生的责任，我们绝不迁就。该赔一定会赔，不该赔的，一分钱也不会给。还有医疗事故不是你随便说的，必须要经过专家委员会鉴定，才能确定。今天就谈到这里。"

张卫超心想，该说的话全说了，该做的事都做了，这件事就算过去了。谁知一个星期后，医疗纠纷处理办公室来电话，说病人家属又来闹。刘玉龙心想碰上无赖，需要主任出马了。没有办法了，孙洪武只得亲自出面和病人家属谈。

孙洪武和张卫超到的时候，病人家属已经到了。和上次不同的是，这次多了两个年轻的男子。一个嘴里叼着烟，故意把袖子往上撸，显露出文身；另一个同样叼着烟，斜靠着墙，脚在不停地抖动。张卫超心里咯噔噔跳起来，心想这个家伙把社会上流氓带来了。

"孙主任，要小心一点。"

"不用担心，今天还没有到那一步。"孙主任说的没有到那一步，指病人家属动手打人的那一步。

"今天是我们第二次调解会议，当事人双方进行调解。和调解无关的人，请离开。"唐主任对两个年轻男子下逐客令。两位年轻男子离开后，唐主任开始了第二次的调解，"在上次调解中，龚成仁认为 ICU 医生处理不当，导致他父的死亡。ICU 医生认为龚成仁父亲死亡，是疾病本身引起，与治疗无关。他们所采取的一切治疗措施符合 ICU 病房的流程和疾病治疗规范。龚成仁回去一个星期后，不接受医院的解释，又来到投诉办要求赔偿。"

"该说的我上次都说了，我父亲死是医院的医疗事故，必须赔钱。"龚成仁单刀直入，直奔主题。

"我们为了抢救你父亲付出那么多，你一句感谢没有，还叫人赔钱。真叫人寒心。"孙洪武摇头说道。

"你们没有给我父亲用呼吸机，导致我父亲死亡。"

"我给你说过了，病人是终末期肺心病，气管插管或气管切开，对改善预后没有帮助，只能增加病人痛苦。当时你的姐姐也是希望他少一点儿痛苦，平静地走。你姐姐今天也在这里，你问她是不是这样。"

"你说是不是这样？"龚成仁恶狠狠的看着自己的姐姐。

"我不懂。"病人女儿说话声音很小，低着头不敢看张卫超。

"你怎么能这样。你父亲在住院期间，每次你都说我辛苦了，谢谢我。和你谈话，你说全听明白了。现在你居然完全否认。唉。"张卫超长叹一声，一颗一心为病人，一切为病人着想的心凉了。

"医疗纠纷处理的流程是这样的，一般情况下是由病人或病人家属提出，在医院由双方协商解决，我们现在就是协商解决。如果协商解决不了，病人或病人家属可以到第三方或者医疗事故鉴定中心投诉，也可以去法院起诉。"唐主任做总结性发言。

唐主任讲完后，龚成仁嘴巴蠕动了一下，但没有发出声。双方沉默了一会儿，这次调解就结束了。

第 21 章　护理学习班

　　自从蔡兆兰退休以后，拥有七百多名护士的江滨医院，竟然没有一个主任护师，副主任护师也是寥寥无几。前年，即 2008 年，陈爱娟就到了晋升主任护师的年限，但陈爱娟没有往心里去，主要是副主任护师的职称对她的工作没有任何的影响。

　　2012 年东南省护理学会要换届，蔡兆兰要从主任委员这个位子退下来。省护理协会主任委员，必须是主任护师。另外，护理部张亚英主任明年要退休，够条件做护理部主任的人有好几个。如果有主任护师的职称，在和别人 PK 时就占据很大的优势。在这两个因素的驱使下，陈爱娟决定申报主任护师。

　　参照晋升主任护师的条件，陈爱娟发现自己就差一个课题。在晋升条件中有一条，申请和举办国家级继续医学教育学习班，算一个课题。继续医学教育学习班，最大的优点是当年申请，当年出结果。打定好主意后，陈爱娟来到医院科研处，询问如何申请继续医学教育学习班。

　　"陈主任，你要申请继续医学教育学习班太好了。"科教处申处长对陈爱娟申请继续医学教育学习班一事非常欢迎，"每年护士都需要学分，如果我们自己开展继续护理教育学习班，那就大大方便我院护士拿学分。"

　　"我就是这样想的。"陈爱娟顺着申处长的话往下说。

"通过办学习班，能提高我院护理水平，能提高我院护理的知名度，还能促进和同行之间的交流。"

"申处长，我从来没有申请过，想请你帮忙。"

"这是我们应该做的。王玉娥，这是我院护理部的陈主任。"

"申处长，我早就认识陈主任了。"

"认识就好。陈主任要申请继续医学教育学习班，你要全力帮助陈主任做好申请工作。"申处长又补充道，"陈主任的事就是我们自己的事。"

"申处长放心，我一定完成任务。"

就这样，陈爱娟在科教处的帮助下，前后花了8天的时间完成了继续医学教育学习班的申请工作。

就在陈爱娟提交继续护理教育学习班申请的那天，医院发生了一起医闹事件。就是那个要求天价赔偿的龚成仁，带着他老婆和社会上的流氓，在院办闹事。原来龚成仁在医院索赔无果后，他老婆在家里和他大吵。

"你呀，屁用都没有。你父亲活着的时候，我们每个月从他工资卡里多少能拿到一些钱，现在人死了一分钱也没有了。"他老婆说道，"我们一定要找医院要钱，那么大的医院赔这点钱算什么。"

"医院的钱我一定去要，一定能要到。"龚成仁恶狠狠地说道。

"李小红在医院莫名其妙地死了，开始医院说一分钱也不会给。她老公天天到医院大吵、大闹，最后，医院给了9万。如果他不吵、不闹，他就拿不到一分钱。"

"好了，不要啰唆，烦死人了。"龚成仁说道。

"我是腿不好，要不然我自己去医院要钱。"

"他们是医生，我讲不过他们。我要问问人，怎么到医院闹。"

第二天，龚成仁咬牙从家里拿出1000块钱，给5个流氓，每人200。龚先生用轮椅推着他老婆，直接到院长办公室，提出要50万赔偿。

在院长办公室，医务处董处长苦口婆心地给他们解释，他们一点儿也听不进去。董处长最后说："如果你们实在不听医院的解释，可以到法院去告。"

"你们这些人没有一个好人。我找过你们4次了，每次都是互相推诿。今天一定要有个说法，50万一分不能少，不然谁都不好过。"龚成仁用拳头狠狠地砸在办公桌上，把办公桌上的玻璃给震碎了。

"我们是医院，容不得你们胡来。"董处长严厉地说道。

"谁胡来，你们把人弄死了，反倒打一耙，我和你们拼了。"龚成仁老婆从轮椅上站起来，抓医务处董处长的工作服。

院办小刘从来没有见过这阵势，吓得立即拨打派出所电话。

接到报警后，两名警察很快来到现场。龚先生老婆躺在地上，说医生打人了。

"刚才谁报的警？"警察问道。

"是我。"小刘说道。

"请你把情况给我说说。"

小刘就把整个事情的来龙去脉说了一遍。警察一听就明白了，社会上的小混混是来帮腔的，真正动手的只有龚成仁和他老婆。在了解整个事件后，警察就对龚成仁说："把你老婆扶到轮椅上。"

龚成仁很不情愿地把老婆扶到轮椅上，嘴里咕囔："他们害死人，一定要赔钱。"

"医院是公共场所，你们不能在公共场所滋事闹事。打人、砸东西是要被拘留的。你们回家去，不许到医院闹。"警察勒令他们离开医院。

龚成仁离开了医院，并没有就此罢休，仍不断地上访。在不胜其扰的情况下，江滨市卫生局组织了一次事故鉴定会。最后，确定为三级次等医疗事故。三级次等医疗事故是医疗事故中等级最低、最轻的一种，对当事医生，几乎没有什么影响。既使这个处罚，在医院还是引起轩然大波。

"虽然定的最轻的责任，虽然不影响医生晋升，还是让人想不通。"顾荣耀发表自己的观点。

"我们辛辛苦苦给病人看病，到头来，被病人告一顿，还要给病人赔钱。这还让人做医生吗？！"张卫超愤愤不平地说道。

"吵就给钱，一点原则也不讲。"刘玉龙说道。

"这个病人的生命到了最后阶段，没有任何的生还的可能，任何创伤性的治疗措施只会增加病人的痛苦，同时也增加病人的经济负担。张卫超告知了病人女儿，还让病人家属签字，我们做得没有任何缺点。上面这样处理，真是叫人无语。"平时不太爱说话的蔡兴龙主任也气愤起来。

此判罚在护士中也引起一片哗然。

"我们那么辛苦，为他父亲做了那么多，到头来反而告我们一状。"刘利珍说道。

"社会太复杂，什么样的人都有。"舒晓芹说道。

"以后谁还敢掏心掏肺地为病人服务。"杨庆华气愤地说道。

"庆华，该怎样治疗还得怎样治疗。把自己的工作做好，就是对自己的最好的保护。"护士长李宝莲心想下面人不好好工作怎么行。

"对，把自己的工作做好，不给病人或病人家属任何告的机会。"张卫超说道。

"没有你讲得那么可怕。"李宝莲说道。

"护士长，我是被逼出来的。严格按照医疗规章制度做，把所有的字都签好。"张卫超吃一堑长一智。

"不管怎么说，我们一定要严格按护理常规去做事，工作一定要全身心投入。因为我们面对的危重病人，稍微的疏忽就是一条人命，如果我们时刻保持警惕，发现问题及时处理，就能救活一条命。"李宝莲依然坚持自己的观点。

"护士长，请放心，我们一定会做好自己的本职工作，绝不给科室添麻烦。"宋敏慧调皮地说道。

这次医闹事件，对陈爱娟的思想产生了很大的冲击。为了平息心中的波澜，陈爱娟打开一本日记本，上面整整齐齐地抄录了《提灯女神》。这是陈爱娟多年来养成的一个习惯，在遇到困难的时候，她就把这首诗歌看一遍。

> 你手提一盏油灯，
> 脚步轻轻地，

穿过一个病房，

另一个病房。

巡视的目光，

……

读完后，陈爱娟的心情平复许多，重新坚定了自己的思想，那就是一切以病人利益为中心。

第二天早晨，陈爱娟来到内科 ICU，参加早交班。

"陈主任是我们医院 ICU 创始人，对我们科室一直都很关心。今天陈主任在百忙之中抽空来到我们科室，现在请陈主任给我们讲话。"李宝莲的讲话很有护士长的范儿。

"我每次来，病房总是住满了病人。说明兄弟科室对我们信任，说明病人放在我们这里，能得到最好的治疗和护理。

"前不久，在我们医院发生一起病人家属无理取闹的事件。我想大家在网上或电视上看到过不少医闹、伤医事件的报道。医闹、伤医事件，给医院造成极坏的影响，极大挫伤了医护人员工作积极性。大家上班第一件事不是想着怎样救治病人，而是想着怎样保护自己。

"我们辛勤地工作，但我们需要得到尊重、生命能得到保障。我想这些要求一点儿都不高。"

"是的，陈主任的话说到我们心坎上了。"杨庆华激动地说道。

"我们要学会保护自己。怎样才能保护自己？我们不接触病人、不给病人护理打针？那肯定是不行的。因为我们是医院，我们是护士，我们的责任就是治病救人。最好的保护方法就是严格按照规章制度来办，按护理常规去做。

"我们做治疗和护理，可以冷冰冰地去做，也可以带着热情和爱心去做。我今天来参加你们的晨会，就是希望你们带着热情、带着爱心，护理病人。因为我们的言语能影响病人、能帮助病人树立战胜疾病的信心。

"ICU 病人的生命力都很脆弱，这个时候他们需要得到最好的治疗和护理。我们要在治疗和护理过程中，通过一声亲切的问候、一个亲切的微笑，让病人感到生之美好，燃起对生的强烈希望。我们是护士，我们的职责就是要关心帮助病人。虽然我们在工作中，会遇到不理解和委屈，但帮助病人的信念不能改变。"陈爱娟把这些天积压在心里的话全部说出来。

2011年6月11日，江滨医院首个国家级继续护理教育学习班开班了。学习班的题目是"ICU护理新技术学习班"。由于是第一次由护理部举办国家级继续医学教育学习班，医院上上下下都很重视。

"各位领导、各位嘉宾、各位护士姐妹们，大家好！欢迎大家来到江滨医院，参加'ICU护理新技术学习班'，这是我们医院护理部第一次举行国家级继续护理教育学习班，也是我们东南省第一次举办国家级继续护理教育学习班。

"在学习班的申请过程中，得到医院领导，特别是科教处领导和同事们的帮助和指导。在这里，向给予我们帮助的领导和同事表示深深的感谢，下面请我们医院陈院长讲话。"陈爱娟主持学习班。

"首先，祝贺我院护理部和陈爱娟主任。对来我院参加'ICU护理新技术学习班'的学员表示热烈欢迎。

"我院ICU是在1994年成立的。从成立之日起，就承担了抢救危重病人的重任。目前，我们医院的ICU已成为东南省危重病临床教学以及科研工作的示范基地。

"我们医院ICU护士队伍是一支出色、模范的护理队伍，多次受到医院、省市领导的表扬。ICU对护理的要求特别高，它要求护士具有扎实理论知识、丰富的临床经验，有很强的学习创新能力。我们医院ICU护理团队是一支特别能战斗、能学习的团队，他们在ICU护理方面积累了丰富的经验。

"最后，祝大家学习有收获，在我们医院过得愉快。"陈院长的讲话，赢得参会人员的热烈掌声。

"谢谢陈院长在百忙之中，抽空参加ICU护理新技术学习班。我们会更加努力工作，使我们的护理水平再上一个新台阶。再次感谢陈院长。"说完陈爱娟带头鼓掌。"下面有请我院护理部张亚英主任给我们讲话，大家欢迎。"

张亚英主任平时出现在人们的视野里，总是身着白色工作服，然而今天，张亚英主任穿着一套看上去很讲究的时装。里面是雪白的衬衫，脖子围着一条 LV 丝巾，脸上抹了些淡淡的化妆品，嘴唇也涂上了红色的唇膏，活脱脱的一个时尚中年女性。所以当张亚英主任一上台时，来自江滨医院的护士爆发出最热烈的掌声，张亚英主任自己的脸也红了。张亚英担任护理部主任 11 年来，第一次在面对护士讲话时，出现紧张。她向台下的护士挥挥手，并努力使自己从容下来。

"大家好，护士姐妹们好。今天是我们医院的一个重要日子，是一个可以载入我们医院史册的日子。今天早晨，我在离开家来上班时，我女儿非要我穿上这套衣服，说这套衣服适合参加会议。我拗不过女儿，就穿上了这身衣服。当我来到医院看到身穿白色工作服、头戴白色燕尾帽的护士姐妹们时，就觉得特别的别扭。我工作 40 年了，穿了一辈子护士服，习惯了，有感情了。"张亚英眼睛红了，声音也有些哽咽，全场的人为之动容。

"我们身穿白色的工作服，代表纯洁，就像天使来到人间。穿上洁白的工作服，我们立即就有了责任和神圣感。所以我说护士服是这世界上最美好的时装，永不过时的时装……"张亚英一张口就停不住。

陈爱娟十分了解张亚英主任。张亚英是一个热爱护理事业、工作认真、追求完美的人。她今年 60 岁了，马上要退休了，这是她对护理事业的不舍。

整个学习班按计划紧张而有序地开展，除杨庆华和刘利珍两位年轻护士的讲课有些紧张之外，整个活动非常圆满。

2011 年年底，陈爱娟顺利通过了主任护师的评审，职称由副主任护师晋升为主任护师。2012 年，张亚英退休，陈爱娟顺理成章地成为江滨医院护理部主任，刘若英、肖红霞为护理部副主任，罗玲珏担任外科总护士长，杨丽华担任综合科总护士长，黄萍担任内科总护士长。

2013 年 5 月 1 日，一幢 9 层楼高的现代化急诊大楼投入使用。急诊大楼有急性胸痛病人的快速通道。心肌梗塞诊断一成立，就在急诊室开展抢救，为急性心肌梗塞病人的抢救赢得了时间。新的急诊大楼不仅有输液室、清创室、留观室、DSA 室、急诊病房，还有一层楼面的 ICU。护理部从外科 ICU 和内科 ICU 各抽 6 名护士作为急诊 ICU 的骨干，同时，还从其他科室抽调 10 名护士，周玲玲担任急诊 ICU 的护士长。

急诊 ICU 的组建，缓解了外科和内科 ICU 的压力，提高了江滨医院危重病院前抢救水平。此后，江滨医院正式成立了危重病医学科，开展危重病医学的临床、教学和科研工作。

有人说，外科 ICU、内科 ICU 还有急诊科 ICU 是陈爱娟的 3 个儿子。因为 ICU 的建立和发展，特别是 ICU 护理队伍的建立和发展，倾注了陈爱娟大量的心血。

由于 6 名护士支援急诊 ICU，当月护理部就从其他科室，调入 5 名护士到内科 ICU，到 8 月份又给内科 ICU 补充 1 名今年刚毕业的护士。

"我昨天去了一趟急诊 ICU。没想到，刚开张床位就住满了。病情稍微好转一点儿，就要赶出院，或往病房赶。"李宝莲在科室早交班感慨地说道。"想当初，外科 ICU 成立时，第一个星期竟然没有病人来。"

"为什么啊？现在不是重病人都抢着要往 ICU 送吗？"去年参加工作的谢芳感到奇怪。

"当时，ICU 是新生事物，大家习惯了传统的治疗方法和模式，对 ICU 能否救治危重病人，持怀疑和观望态度。当第一个病人来到 ICU 时，全科医生和护士高度重视，陈主任几乎每天晚上都到病房看病人。这个病人在 ICU 经历了气管插管、气管切开。经过近 20 天的救治，最后这个病人居然转危为安，活过来了。我们用抢救重病人成功的实例，打消了医院部分医生和护士对我们的怀疑。后来送来的病人就越来越多。再后来，其他医院也把重病人往我们这里送，还派人到我们这里学习。"李宝莲回忆起创业的历程充满自豪。

"原来是这样啊，我还以为我们科室一成立，别的科室就把病人送来。"谢芳感慨地说道。

"没有那么容易，我们今天能取得这样的成就，都是我们 ICU 护士一点一滴辛苦做出来的。虽然近几年医疗形势有些变化，但我们作为一名护士，就要像陈主任那样，处处为病人着想，做好自己的护理工作。"李宝莲每天都要给科室的护士"训话"，因为 ICU 面对的都是危重病人，容不得半点马虎。

"丽雅，干活儿吧！"杨庆华带着今年 7 月从护理系本科毕业的宋丽雅，开始一天的护理工作。

"唐老师好。"每次来到 11 床杨庆华总是先问好。

"杨护士好。"病人吃力地挤出了几个字，"还有……好"，很显然，唐老师记不住宋丽雅的名字。

"唐老师，我叫宋丽雅。你今天看上去比昨天好多了。"宋丽雅给唐老师竖起大拇指。

"谢谢你们。"老人声音虽然嘶哑，但能听得出，是发自肺腑的感谢。

唐老师，今年 82 岁，平时有慢性肾功能不全，靠血透维持生命。近一年又出现了便秘。便秘是老年人常见的症状之一，是胃肠道功能衰退的表现。两个星期前，因为感冒诱发了急性肺炎，很快出现发热、呼吸急促，住进了 ICU。使用呼吸机和在床边进行的血透，总算把唐老师的命给拉回来了。经过一个多星期的消炎治疗，肺部感染得到控制，三天前终于停用呼吸机，唐老师又能自己呼吸。但这次发病还是给老人的心脏、肾脏造成了巨大的打击，使原本破损器官，更加岌岌可危。由于受气管插管的影响，唐老师讲话时声音有些嘶哑，但今天比昨天有明显的好转。

"唐老师，大便解了吗？"

"还没有。昨天晚上，用了 1 支开塞露，不管用。"

"唐老师，过会儿我们给你灌肠。"

"真是麻烦你们了。"唐老师内心充满感激。

"没事。唐老师，灌肠后你就舒服了。"就在三天前，这个特别爱美的宋丽雅戴上手套，把堵塞在唐老师肛门口的大便抠出来。由于大便积得太多，流出来速度又快，弄得满床都是，臭气熏天。但宋丽雅一点儿没有退缩、躲避，把病人的会阴部擦洗得干干净净，并给病人换上干净的病号服和床单。

一天下午接近下班时间，陈爱娟来到内科 ICU，护士们正在更衣室内换衣服。宋丽雅脱掉帽子和口罩，乌黑发亮的头发如瀑布般披在肩上，一双明亮的眼睛如同清泉一般清澈，白皙微微透红的脸颊上，有两个若隐若现的酒窝。紧贴身的米色的内衣把身体包裹得十分紧致，衬托高耸的乳房和细细的腰身。宋丽雅是陈爱娟工作 30 多年来在医院里看到的最漂亮的护士，没有之一。

3 天后，11 床唐老师的病情出现了反复。床位医生刘学成说，唐老师凶多吉少。一天唐老师儿子难得来到 ICU，刘学成立即抓住唐老师的儿子，简单扼要地向他介绍病情。

"我知道了。生老病死是自然界的规律。你们该怎么治就怎么治，尽力就行了。"说完，唐老师儿子看也不看签了个字就走了。

第 2 天下午，唐老师老伴儿带着 20 岁的孙女来看他。看到宝贝孙女来看他，唐老师紧紧握住孙女的手，流下激动的泪水。然而唐老师的孙女，在 ICU 病房，没有待几分钟，就不耐烦了，要离开。

"孩子，你爷爷最喜欢你，你来他最高兴。"

"奶奶，我想离开这里。"孙女使劲捂住鼻子，示意味道太难闻。

"小玉，你就来这一次，要多陪陪爷爷。"

"奶奶，我要吐了。你不走，我先走了。"

"杨护士、宋护士，谢谢你们照顾老头子，你们辛苦了。"病人老伴儿离开之前，总是礼貌客气地和杨庆华、宋丽雅打招呼。

尽管医护人员做了最大的努力，但唐老师的生命指标一天不如一天，向着不可逆的方向发展，最后心脏停止了跳动。那天，病人的儿子和老伴儿来到病房。在完成了各项手续后，病人老伴儿给杨庆华和宋丽雅感激的拥抱。

一个星期后，病人老伴儿给医院送来一封感谢信。感谢信中有这样一段话：老伴儿在住院期间得到了你们无微不至的关心和照顾。杨庆华和宋丽雅护士，不怕脏、不怕累，做了许许多多连病人亲人都嫌脏、嫌累的活。你们是我见到的最好的护士，你们不是亲人，却胜似亲人。

在早交班时，护士长把这封信读了一遍，说道：

"我们做的任何事情，病人家属都会记在心上。宋丽雅，我们科室大美女，平时最爱美，但对脏活儿、累活儿从不回避，认真做好每一项护理工作……"

2014年五一长假，5月2日陈爱娟总值班。在办公室处理一些事务后，陈爱娟来到急诊室看看。急诊室完全可以用人山人海，熙熙攘攘来形容。

"陈主任，你来看……"急诊室汤庆娅护士长看到陈爱娟，以为陈爱娟来看哪个病人。

"我今天总值班，顺便过来看看。"

"谢谢，谢谢陈主任关心。假期的病人比平时要多20%以上，大家都是超负荷工作。"

"若有符合住院条件的病人，要及时收住院。"

"吴主任已和消化科、呼吸科联系过了。消化科和呼吸科马上派医生过来看病人。"

"我记得你不是今天值班。"陈爱娟不肯定地说道。

"今天本应该是刘晓兰值班。刘晓兰病了，所以，今天只有我来上班了。"

"你可以让别人上啊。"

"实在是找不到人了。今年有两名护士调走了，还有1名护士工作不安心，想离开急诊室。"

"今年毕业的护士就要上班了。我首先保证你们科室用人。"

"谢谢主任。以后不能让人调离我们科室。"

"嗯，我知道了。"陈爱娟心情比较沉重，因为调走的两个护士都是经过她批准的。一个是年龄40岁，有阵发性的心动过速，劳累、休息不好就容易发作。从身体条件上来说，的确不适合在急诊室工作。另外一个护士身体状况没有任何问题，只是在一次上晚班时，被一个病人家属打了。后来这个护士家人，就通过各种关系找到院长和书记，说护士有心理障碍，不敢在急诊室上班。在急诊室那么辛苦的地方工作，还无缘无故的被人打骂，谁还愿意到急诊室上班啊。

　　夜晚，来急诊室就医的人，最为复杂。急诊室医护人员不怕危重病人，就怕酗酒、打架斗殴的人来到急诊室。可以说急诊室是医院工作最辛苦、风险最高的地方，也是最需要人的地方。陈爱娟心想，医院是否能在奖金分配政策上向急诊室护士倾斜一点儿，就打算在五一长假后，给医院打个报告。

第 22 章　护理技能比赛

　　作为医院护理部主任，陈爱娟主要职责是制定医院护理发展方向，护理质量的管理，协调护理部和其他职能部门的关系，同时也要关心和爱护护士，特别是在临床一线三班倒的护士。五一长假过后，在院长办公会议上，陈爱娟提出提高急诊室护士待遇的建议。参会的人员没有一个反对，全票通过。会议结束后，陈院长指示人事处和财务处尽快落实。故从 2014 年 6 月起，江滨医院急诊室的医生和护士，每个月的收入增加 500 元钱。

　　原外科护士许秀华，在 2010 年退休。2014 年 11 月因为胆囊结石并发胆囊炎，住入肝胆外科，接受手术治疗。

　　听说许秀华住院，陈爱娟就到肝胆外科病房看望自己在外科工作时候的老同事。

　　"陈主任，你怎么来了？"许秀华看到陈爱娟很高兴。

　　"许老师，你还是叫我爱娟吧。"

　　"你现在是护理部主任，是个大忙人，还亲自过来看我。"

　　"你住院，我无论如何，也要抽出时间来看看你。你现在感觉怎样？"

　　"昨天晚上，我就下床了。"

　　"腹腔镜手术恢复真快。"

"今天只是在咳嗽时，这里有点痛。"许秀华用手指着剑突下切口的位置，"但今天比昨天好多了，我打算明天出院。"

"这么急？"

"明天输液结束后，就没有治疗了，我想回家休息。"

"既然没有治疗了，当然是家里休息方便。你这次住院感觉怎样？护理方面，哪些做得不好，或是需要改进的地方。"

"因为有了 ICU，病房里的重病人少了，但护士工作还是很忙的。现在住院病人周转快，一个病人没有住两天就出院了。每天换床单、铺床、整理医嘱、办理出入院方面的工作量，要比我们以前大。需要改进的地方嘛，我觉得护士交班时间太长，有时超过半个小时，可以缩短。"

"是的。虽然重病人比以前少，但护理工作量一点儿也不少。现在的液体由原来的 500ml 包装，换成 250ml 或 100ml 的包装，一会儿输液就结束了，护士换液体的工作量就加大了。每天上午 10 点钟以后，病房的铃声此起彼伏，护士在治疗室与病房之间不停地奔跑。"

"这样高强度的工作，像我这样年龄的人肯定受不了。爱娟，医院推广的加速康复外科非常好。"

"加速康复外科是医院在管理上的一个改革措施，主要是减少病人的应激反应，促进术后早日康复。"

"以前，手术前一天的晚上 6 点以后，就不吃不喝。第 2 天上午病人就特别饥饿，人很不舒服。我是昨天早晨 6 点钟喝了一瓶 200ml 的营养液，10 点进手术室，没有一点饥饿、心慌的感觉。"

"加速康复外科主要是管理和理念方面的改变。它涉及手术科室、护理、麻醉科。开始推广的时候，阻力很大，现在大家都接受了。"

许秀华住的病房是 3 个人的房间，许秀华的床位靠近窗户。就在陈爱娟和许秀华聊天时，靠近门口的病人儿子来到病房。

"妈，今天好点了吗？"病人儿子的声音很大，完全不顾及病房还有其他两个病人。由于陈爱娟背对着房门，虽然没有看到这个病人的儿子，就凭这么大的声音，就对他没有什么好感。

"差不多。"

"咳嗽好点了吗？"

"差不多。"病人很虚弱，勉强回答儿子的问题。

"今天翻身拍背了吗？"儿子对母亲很关心。

"没有。"病人无力地摇摇头。

"真烦人。"病人儿子嘴里嘟囔着，用力按着呼叫铃。很快，一位护士就拿着一袋液体，连走带跑地来到病人的床边。

"这袋液体还有一半，你按什么铃。"护士看到还有一半的液体没有输完，没好气地对病人儿子说，"等液体快输完的时候叫护士，不要随便按铃。"

"谁随便按铃。曹主任说了要多翻身拍背，你们拍了吗？"

"该翻身拍背的时候，我们会给病人翻身拍背的。"

"曹主任说了，只有多翻身拍背，我母亲的肺部感染才能好。如果我母亲的肺部感染没有好，老子把你家给砸了。"病人儿子说话很冲。

就在这时，曹主任进来了。曹主任听说陈爱娟来看许秀华，正好有件事要找陈爱娟。

"曹主任好。"病人儿子满脸堆笑地说道。

"你来看你母亲。"

"是的。曹主任，我妈怎样了？"

"今天是术后第6天了，吻合口已经长好了，应该没什么大问题了。"

"谢谢曹主任。现在我妈妈就是有点咳嗽，其他都好。"

"待输液结束后，把导尿管和引流管拔掉，你母亲就可以下床活动了。"

"那太好了。"

"陈主任，你大驾光临，怎么也不通知一声。"曹主任开始和陈爱娟说话。

"许老师住在这里，我一定要来看看。"陈爱娟说道，"许老师手术做得很好，谢谢你了。我正有件事，到你的办公室谈谈。"

"好的。"

"曹主任，你要把30床家属好好地教育教育，就在你进病房的前1

秒钟，病人儿子就像流氓一样，对护士一点也不尊重，还威胁护士。不过，我看他对你还是毕恭毕敬的。"

"他现在是有求于我，和我说话态度还可以。一旦手术出了并发症，这种人说翻脸就翻脸。"

"护士工作累，还受气，工作越来越难做。"陈爱娟倒出自己心中的苦水。

"大家都差不多。爱娟，我有个亲戚在外地做护士，年龄30来岁，想调到我们医院，请您帮个忙。"

"我这里没问题，关键是医院领导。"

"只要你同意就行了。医院领导我会找他们的。爱娟，能否安排个工作轻松一点的科室。"

一听曹主任对工作岗位挑三拣四，陈爱娟立即不高兴，脸色沉下来。"曹主任，你这个亲戚只有30岁，就想到轻松的科室，让别人怎么想。而且这些轻松的地方都是人满为患，根本不缺人。"

"爱娟，你说得对。先进来再说。"曹主任是个聪明人，反应极快。

在肝胆外科住院医生办公室，护士正对医生发脾气。

"宋小平，你还嫌我们不忙吗？"

"大美女，怎么啦？"

"你倒挺会装糊涂。1小时测量1次血压，想累死我啊。"

"大美女，宋小平心疼你都来不及，哪敢累着你啊？"坐在宋小平旁边的李龙油嘴滑舌地说道。

"李龙，你少贫嘴，你也不是个好东西。昨天开那么多的液体，而且都是100ml一袋。"

"美女同志，用100ml是治疗上的需要，我也没有办法。"

"什么没有办法，我们心里都清楚。"

就在这时，护士张小花喘着粗气对李龙说道："李医生，液体太多了。我干不动了。"

"没有办法，治疗需要。"

"你们现在用100毫升的小袋子，一会儿就输完了。我要不停地往病房里跑。"满头大汗的张小花一边说，一边挥着手散热。

"就你话最多，别的护士都不说。"

"什么我话最多。你为了拿回扣，不顾护士死活。"张小花火了，说出不愿意说出的话。

"张小花，你这话说得太不够朋友了。你上次值班，不是我给你们买的晚饭，还给你们一人一杯咖啡。"

"就买了一次，天天挂在嘴上。把这些液体停掉。"说着，就把病历重重地甩在办公桌上。

"你他妈的是什么态度？！"李龙气愤地站起来。

"我一天忙得要死，还要什么态度。"

"你要是怕累，就不要做护士。"

"你每天给病人用那么多的药，就是为了拿回扣。"张小花也不是好惹的。

"喂喂，止住。你们这么吵，让病人听见多不好。张小花很辛苦了，医生也不容易，大家互相理解。张小花，晚上我请客，请所有的护士。地点你们挑。"宋小平赶紧过来劝架。

"哼，你还可以。不像某些人。"说完，张小花气鼓鼓地离开了医生办公室。

2015年春节刚过，省护理协会发通知：2015年5月12日，举办一次全省护理技能比赛，要求各市以及大学附属医院推荐一名或一组人员代表所在城市或学校，参加护理技能比赛。陈爱娟为此专门召开了一次护理部的会议，会议上决定：（1）医院在4月17日，举行全院护理技能比赛；（2）比赛第一名将代表医院参加省护理技能比赛。

3月5日，在接到护理部发出的护理技能比赛通知后，护士长李宝莲在和"老护士"商量后，决定派宋丽雅代表内科ICU到医院参加护理技能比赛。

4月17日下午2时，在医院大礼堂举行2015年江滨医院护理技能比赛。首先是医院护理部主任陈爱娟讲话："为夯实基础护理，进一步规范临床护理技术操作，为患者提供满意的护理服务，发掘医院护理队伍中的优秀人才，激发全院护理人员刻苦钻研业务，苦练技能的热情，今天我们在这里举行 2015 年护理技能比赛。比赛冠军将代表我院护理部参加全省的护理技能比赛。"

宋丽雅 170cm 的身高，挺胸收腹，像个模特似的，走到舞台的中央。强大的气场征服了所有的到会人员。

"这个人是谁啊？"宋丽雅一上台，马上就有人打听她的消息。

"内科 ICU 的宋丽雅。"

"怎么从来没有听说过。"

"她和我科室顾雪莲是同学，前年参加工作的。"

"各位老师、各位领导下午好。"宋丽雅向前跨一步，礼貌地向各位评委以及台下的护士鞠躬。"我是宋丽雅，来自内科 ICU。我的参赛项目是'吸痰护理操作'。"

坐在考官座位上的陈爱娟喜爱地看着宋丽雅，说道："开始吧。"

"大妈，您好！您能告诉我您的名字吗？好的，我来看看您的腕带。32 床，李爱华，住院号 83637，女，73 岁，诊断：肺部感染。病人身份核对无误，现在就开始给病人吸痰了。"接着宋丽雅就在模拟人身上开始吸痰操作。整个过程非常娴熟，每个步骤都做得很到位。在操作过程中，宋丽雅耐心给病人解释，语言特别亲切，带着温暖。

"宋丽雅，你刚才的吸痰操作做得很好。我现在问你几个问题。吸痰时，负压一般多少？吸痰一次是多少时间？"陈爱娟提问宋丽雅。

"吸痰的负压大小非常重要，一般选用 0.04—0.05mPa。压力小，吸不出痰，压力大会对气管黏膜造成损伤。每次吸痰的时间不超过 15 秒。如果需要再吸，过 3—5 分钟再吸，还有吸痰时需要观察心脏和氧饱和度情况。"

"回答得很好，请回吧。"

比赛结束后，通过规范化操作，人文关怀以及回答问题综合评分，宋丽雅荣获 2015 年江滨医院护理技能比赛第一名，并代表江滨医院参加省护理协会组织的护理技能比赛。在省里的比赛中，宋丽雅不辱使命，凭着过硬的技术、扎实的基本功，以及丰富的理论知识，在省护理技能比赛中也拿到了第一名，为医院争了光。

2015 年 6 月 17 日，骨科有个骨折术后病人，突然出现肺动脉栓塞，被送到内科 ICU。骨科年轻医生董克文是该病人的床位医生，三天两头来内科 ICU。

"董医生，现在这个病人好多了，过几天就可以转回你们科室了。"宋敏慧说道。

"这个病人活过来真不容易，全靠你们 ICU 全力抢救。"

"董医生，你是不是希望这个病人在我的科室住院时间长一点儿，你就可以常来我们科室啊！"站在一旁的谢芳调侃地笑着说。

"哪里，哪里。当然希望病人早点好。"董克文努力使自己镇定，但脸还是红了。

"谢芳，董医生忙得要命，哪有时间天天往我们这里跑。"宋敏慧说道。

"慧姐，董医生主要是来看宋丽雅的。这叫作'醉翁之意不在酒，在乎山水之间也'。"谢芳冲着宋敏慧做了一个鬼脸。

"哦，我明白了。"宋敏慧知道了董医生往 ICU 跑，是另有图谋。于是，宋敏慧对董克文说道："董医生，你今天来得不是时候，她今天休息。"

"病人情况不错，我回科室向洪主任汇报。"说完董克文装糊涂离开 ICU。

翌日，宋慧敏对宋丽雅说："骨科董医生好像对你有意思。"

"嗯，是吗？"宋丽雅应付道。

"丽雅，昨天董医生来过我们科室。他是借着看 15 床病人为幌子，来看你的。"好心的唐晓丽提醒宋丽雅。

"丽雅，这个董医生人还不错，家里好像挺有钱，每天开着一辆帕萨特汽车来医院上班。"谢芳提醒宋丽雅，不要错过这个机会。

正好这时 16 床的机器发出嘟嘟的叫声，宋丽雅乘机离开，处理 16 床报警。

七月时值盛夏，江滨市可以用火炉来形容。爱美的宋丽雅，穿了一条牛仔裤，上身着一件浅蓝色的 T 恤，右肩斜挎一个 LV 包，一个青春时尚美女。

"丽雅，你这么漂亮，整天泡在病房里实在太可惜了。"一天，舒晓芹开玩笑说道。

"舒老师拿我开玩笑了。我们做护士的，主要精力就是应该在病房里。"

"陈主任要是听到你这么说，一定开心死了。陈主任整天要求我们全心扑在工作上。"

"舒老师，我挺喜欢 ICU，只是收入少了点。"

"工资少得可怜。大家天天盼望着过年过节，发过节费。"舒晓芹说道。

"我们医院过节费，发得还可以。"宋丽雅肯定医院过节费的数目。

"如果过节费再少，就没有人上班了。"

"不至于吧？"

"怎么不至于？现在辞职的人比过去多得多。辞职的原因就是钱少。"舒晓芹肯定地说道。

"丽雅，听说香奈儿出了一个新护肤品。"胡雯雯说道。

"我好长时间没有用香奈儿的产品了，太贵了。我这段时间主要用欧莱雅，欧莱雅比香奈儿要便宜多了，效果差不多。"

"我最近用香奈儿的化妆品，感觉雀斑的颜色浅多了。另外，脸上的细小皱纹也没有了。"

"雯雯姐，你好奢侈哦。我也想用，但一想一套要 3000 多元，就没有舍得买。"唐晓丽说道。

"我这套化妆品是一个亲戚从国外带回来的，价格只有国内的一半。"

"这么便宜，下回也帮我带一些。"

"好的啊。我比你大 10 岁，必须要保养皮肤，否则就要变成黄脸婆了。"

"雯雯姐，你的皮肤多好啊，又白又光滑，我要羡慕死了。"

"不行，不行，老了。"

"什么老了。如果你老公嫌你老，我要。"罗德平过来凑热闹。

"滚到一边去，你就是狗嘴里吐不出象牙。小心我先告诉你老婆。"胡雯雯和罗德平老婆是同学。

"千万不要告诉我老婆，否则我回家就没有好日子过了。"

"我前天看到你老婆穿了一件浅蓝的 Burberry 风衣，很贵吧？"

"很贵。1 万 6 千元。就那么一件破衣服，我自己买布，请个裁缝做一件，六七百就能搞定。"

"罗先生，Burberry 是世界名牌，穿在身上多有面子，感觉完全两样。"

"我怎么也看不出。"

"这就是男的和女的区别，无法和你讲明白。"

"各位女同胞，我来了。你们准备回吧。"刘利珍来上晚班了。

白班护士下班后，刘利珍坐在护士站看交班本，和观看护士站中心监护仪，了解病人的心率、呼吸和血压情况。

"刘小姐，病人情况怎样？有需要处理的病人吗？"值班医生刘学成问刘利珍。

"怎么今晚又碰到你？"

"我怎么啦？"刘学成觉得莫名其妙。

"没有什么。我只是想说你今晚要请客，不要小气。"

"我从来就没有小气过。"

"不小气最好。今天晚上我们护士 3 个人的饭，你包了。可不许到食堂买 3 份饭应付我们，打发叫花子。"

"刘小姐，外面的饭很贵的，一份要 20 元钱。"

"20 块钱都舍不得出。你每天开那么多的药物，把我们护士累得要死要活。"

"喂喂，声音小点。不就是 20 块的盒饭，我买了就是了。"

"这个态度还差不多。"

年轻医生和护士的工资，每个月拿到手的工资只有 1 千左右，另外一部分收入是月尾发的奖金。

骨科董克文和药剂科陈向明是中学同学，高中毕业后，两人同时考上东南医学院，董克文读的是临床医学，而陈向明学的是药学。董克文近1米8的身高，浓密的黑发，端正的五官，宽阔的肩膀，给人以阳光、帅气的感觉，而每天开着小汽车来上班，自然吸引众多年轻未婚女性的目光。陈向明外形不如董克文，但也是个五官端正，帅气小伙儿。

在骨科和手术室，董克文都是受护士喜欢的人，偏偏宋丽雅对他不冷不热。董克文找不到原因，感到困惑。

"宋丽雅，我是董克文。"董克文给宋丽雅打电话。

"你好。"

"你最近哪天晚上有空，我想请你吃个饭。"

"吃饭？"宋丽雅为难道。

"我带上一个朋友，你也带朋友一起过来。"

"嗯，可以吧。"

"你看哪一天？"董克文立即追问道。

"那就明天。"

"好，就明天晚上6点，在小北国饭店。"

10月中旬，江南的天气十分宜人。董克文和陈向明提前10分钟来到小北国饭店。董克文穿着一件米黄色的夹克衫和一条蓝色的裤子，显得时尚精神；陈向明穿着一套藏青色的西装，还打着领带。

"你穿西装挺精神的，很有派头。"董克文夸陈向明的衣着。

"我平时很少穿西装。今天为了陪你，特地穿得像样子一点。"陈向明又说道，"什么样一个人，使你这么着迷。"

"人长得漂亮，气质又好，就像女神一样。"董克文无限崇拜地说道。

"像女神？看来这个人真不简单。"

"见到她，你就知道了。"

6点钟，宋丽雅带着一位年龄和她相仿的女子准时赴约。

"宋丽雅你好，请坐。"一见到宋丽雅到来，董克文马上站起来，殷勤地请两位姑娘坐下，"请问这位小姐怎么称呼？"

"我中学同学，叫张燕，张燕老师。"宋丽雅把她的好朋友向他们俩介绍。

"我叫董克文，这是我的好朋友陈向明。"

"你们好。"陈向明礼貌地向两位美女打招呼。

"陈向明在我们医院药剂科工作。你们应该认识吧。"董克文说道。

"不认识。"陈向明一脸狐疑。

"好像没有见过。"宋丽雅摇头说道。

"这没有关系，现在你们认识了。这个饭店，虽然叫'小北国'，但实际上是个广东餐馆。广东菜的特点是精致，这是菜单。"董克文十分绅士地把菜单递给两位女士。

"我们很少在外吃饭，对这些菜不熟悉。还是你和你的朋友点吧。"宋丽雅很得体地说道。

"那就恭敬不如从命了。请问两位有什么忌口的吗？"

"不要太辣就行了。"

"广东菜充其量是微辣。那我就点几个广东特色菜，怎样？"

"很好啊。"宋丽雅回答道。

董克文点了叉烧、清蒸东星斑、豉汁蒸排骨、菠萝咕噜肉、虾饺、流沙包、萝卜牛腩煲……

"你们看这些菜，怎样？"

"太多了，浪费。"

"难得请你们吃一次饭，总不能让你们俩吃不饱。"

"张燕这段时间在减肥，每天只吃一顿饭。"

"减肥，你？"陈向明对接近皮包骨头的张燕在减肥，表示不理解。

"张老师，你是属于消瘦型的人了，不需要再减肥。"董克文说道。

"这是我严格控制饮食的结果。稍一放松，体重就会蹭蹭地往上窜。"张燕说道。

"减肥是女人一生的事业。这个，你们男的就不懂了。"宋丽雅说道。

"减肥很重要，但饭还是要吃的。菜来了，请吃吧。"董克文招呼大家吃饭。

陈向明注意到张燕用筷子夹东星斑，又停下来。从眼神上来看，张燕是准备吃的，而且是喜欢吃的。

"张老师，你怎么不动筷子。要不，再点个你喜欢的菜？"董克文客气地说道。

"董医生，你太客气了。不是不喜欢，而是太喜欢。我怕一旦我吃起来，就停不下来。"

"少吃一点，没有关系。"宋丽雅也劝张燕。

"好，今天我就豁出去了。"张燕尝一口，说道，"这鱼真好吃。"

"你就应该多吃点，增加营养。"陈向明说道。

"最近几年，我们这里开了不少餐馆，如四川餐馆、徽餐馆、湘菜馆，还有东北菜。我觉得还是广东菜最好吃。"宋丽雅说道。

"我也认为广东菜最好吃。其他菜也不错，各有特色。"董克文说道。

"下次，可以吃四川菜，我请客。"宋丽雅说道。

"正好我问两位医生，为什么我一吃就长胖。"张燕问道。

"吃得多，消耗得少，能量就积聚在人体内，人会长胖。还有每个人的吸收能力也不一样。有的人吃下去的东西全部吸收，有的只吸收 80% 或 60%，吸收多的人，就容易胖。"董克文解释人为什么会长胖。

"我要是只吃不吸收，多好呀。"张燕似乎听懂了。

"胖或瘦，与每个人的体质有关系，这个体质就是代谢。代谢分为分解代谢和合成代谢。如果一个人的分解代谢大于他的合成代谢，这个人就会瘦。反之，合成代谢大于分解代谢，人就会胖。"陈向明从代谢角度，回答张燕提出的胖瘦问题。

"陈向明是学药学的，他的研究就是药物代谢动力学。所以，他张口闭口就是代谢，不过也的确是这样。人年龄大了，代谢慢了，就容易胖。"

"哦，很厉害。听宋丽雅说，你是骨科医生，经常给病人做手术。做手术你害怕吗？"

"还好吧。开刀的时候，全神贯注，一心想尽快完成手术。"

"开刀的科室肯定要比宋丽雅的科室带劲得多。"

"外科医生多牛啊，什么手到病除，当代华佗。"宋丽雅说道。

"骨科医生是很了不起，但 ICU 医生和护士更伟大。骨科医生通过手术方法给病人治疗，而 ICU 医生能把病人从死亡边缘给拉回来。"陈向明的讲话像个 ICU 主任或 ICU 护士长。

"陈向明，你到我们 ICU 轮转过？"宋丽雅疑惑地问他。

"没有。"

"在我们医院，几乎没有人能像你这样对 ICU 有正确认识和评价。"宋丽雅夸奖陈向明。

"陈向明是个有思想的人。你不要以为他在药房工作只是给病人发发药。"

"药剂师不就是给病人发药吗？"张燕想当然地说道。

"发药只是他们工作的一部分，他们还要研究药物的作用，怎样用药最合理，怎样用药效果最好。"董克文说道。

"人们常以为药剂师只是按处方给病人发药。其实，药剂师还有很多其他的事要做。比如：检查医生开药是否合理，并给予指导。"陈向明补充道。

"不仅社会上人这么说，甚至连我也认为药剂师的工作就是按处方把药发给病人。"宋丽雅说道。

"现在医院对药剂师要求比以往高多了，药剂师也要看书学习，还要做科学研究。"董克文很是维护自己朋友的形象。

"平时工作很忙，下班了还要看书学习。今天如果不是董克文让我来，我一定是在看书。"陈向明说后，又补充道，"当然见到你们，我很高兴。"

"今天陈向明完全是给我面子，牺牲了一个晚上的时间。"

虽然是在同一家医院上班，但宋丽雅并不认识陈向明，而且宋丽雅对药剂师的认识和社会上的人基本一样：发药的。直到今晚她才知道，药剂师需要研究药物的特征、对医生开出的处方进行把关。

2015 年 11 月，宋丽雅两次去病区药房领药都看到陈向明。第二次遇到陈向明时，宋丽雅对陈向明说道："过去两年一次没有见过你，这个星期两次来药房，每次都碰见你。"

"以前肯定见过，只是没有注意而已。"

"也许吧。"宋丽雅不置可否地点点头。

"你穿工作服真漂亮。"

"你……"宋丽雅没有想到陈向明说她漂亮。因为陈向明给她的印象是个老实、讲话有分寸的人。

"我，我只是随便说说。"陈向明的脸红到脖子。

看到陈向明紧张的脸都红了，宋丽雅就轻声地说道："我回病房了。"

"再见。"

"再见。"

宋丽雅刚走开，比陈向明早一年进药剂科的张凯说道："陈向明，刚才和你讲话的护士，可是我们医院的院花。"

"我怎么不知道？"陈向明问道。

"你们不是很熟吗？"

"刚认识。她是董克文的女朋友。"

"她有男朋友了？！"张凯先是惊讶，然后又开玩笑地说道，"我们医院肯定有不少人要哭、要伤心了。"

"不知他们俩人最近怎么样了。"陈向明在心里对自己说道。

第 23 章　　招聘新护士

　　虽然参加工作才两年，宋丽雅已经成为内科 ICU 的护理骨干，护士长的得力帮手。2015 年 12 月初，护士长李宝莲让宋丽雅在科室的业务学习上讲"气道湿化管理"。接到护士长布置的任务后，宋丽雅利用下班后的时间，在家里准备讲课内容。苦思冥想 3 天后，宋丽雅觉得应该去图书馆查阅一些资料，拓展思路。于是，在一次下夜班的上午，宋丽雅来到医院图书馆。

　　宋丽雅推开图书馆大门，空荡荡的图书馆只有一人。虽然那个人侧身对着大门，宋丽雅觉得十分眼熟，就蹑手蹑脚来到那个人的旁边。

　　"陈向明。"

　　"吓我一跳。你怎么进来，一点儿声音也没有。"

　　"你太专注了。"

　　"我正在查资料，准备省科委的课题。你今天不上班？"

　　"我昨天上夜班，今天休息。下个星期的业务学习，我们护士长让我讲课。我想要讲就讲得好一点儿，让大家能学到一些新的知识。于是乎，我就跑到图书馆来了。"

　　"哟，你这个小姑娘，很有想法，超过我的想象。"陈向明称赞宋丽雅。

　　"你以为我们护士就是给病人打针、吃药？"

"不是，不是。"

"你申请什么课题？"

"最近，我们在追踪药物使用的效果时，发现有两个老年人，在用了甲硝唑后，出现精神症状。这两个病人在用甲硝唑的同时，还用了其他药物。我想知道其他药物和甲硝唑合用时，对老年人产生精神症状，有没有协同作用。"

"听上去很好。我以前一直认为药剂科就是按医生开的处方发药，工作挺简单。现在看来，药剂科的学问挺深的。你以前做过科研吗？"

"做过。我是药学院毕业的研究生。"

"你是研究生毕业？怎么没有看出来？"宋丽雅表示怀疑。

"你以为只有临床医生有研究生。我可是个正儿八经全日制研究生。"

"太好了。我以后要做课题，请你帮忙。"

"当然可以。我只能在形式上给你帮助，因为我不知道护理的具体内容。"

"具体内容，我可以告诉你。"

"我会尽最大努力。"

"谢谢。上个星期四，董克文请客，我和我的同学去了。你怎么没有去？"

"上个星期四我值班。"

"哦，你还要值班？你不是研究生吗？"

"按处方给病人发药，并对医生开出的处方进行把关，是药剂科最基本，也是最重要的工作。药剂科每个人都要参加值班，但值班的次数不多，一个月只有两三天。因为我们是大学附属医院，需要做些研究工作。"

"我们科室也经常有其他医院的护士来参观学习。"宋丽雅不甘示弱地说道。

"你们护士长让你讲课，或让你申请课题，她应该给你时间。"

"我们每天的工作排得满满的，一个萝卜一个坑。做任何事情，要想做出成绩，就必须比别人多付出一份汗水和努力。"

"的确是这样。你年纪轻轻的，讲话像个老师或领导。"

"我可不是什么老师或领导，只是想到什么就说出来了。"

"你今天怎么没有穿工作服？"

"下班总可以穿自己的衣服吧。"

"你穿上工作服，再戴上燕尾帽，看上去特别圣洁，就像女神一样。"

"穿工作服有这么神奇？好，我以后下班也穿工作服。"

"你穿工作服有一种说不出的魅力，仿佛你从天上某个地方来到人间。"

"你真会说话。"

"如果你今天穿工作服来图书馆，我都不敢坐在你旁边，我只能在远处仰视。"

"你说得太夸张了。我就是一个护士，和女神八竿子打不着。"

"嘎吱"有人推开图书馆的门。两个人却意犹未尽，却又不得不停止说话。两人对视，尴尬地笑了，似乎在说抓紧时间看书吧。

12 月下旬的一天，董克文和陈向明在医院食堂吃中饭。突然间董克文看到了宋丽雅，就站起来，向宋丽雅挥手。陈向明顺着董克文挥手的方向，看到了宋丽雅，也向宋丽雅挥手。

"宋丽雅，很难得在食堂见到你。"董克文说道。

"这是我第一次在食堂见到宋丽雅。或许，以前在食堂见过面，没有注意。"陈向明说道。

"说实在的，我中午来食堂吃饭总共不超过 3 次。"宋丽雅补充道："我们中午基本在病房吃饭。中午上班的人少，万一病人有事，我们中午休息的人，马上过去帮忙。"

"看来，我的运气是很好的。你偶尔来食堂一次，就被我碰上了。"董克文说道。

"你们常在食堂吃饭吗？"宋丽雅问道。

"中午，我基本上在食堂吃饭。"陈向明立即回答道。

"如果没有手术，我也是在食堂吃中饭。"

"食堂的饭，偶然吃吃还可以，天天吃有些吃不消。"宋丽雅说道。

"怎么吃不消？"陈向明不解地问道。

"每天都是这个口味，也没有个变化。"

"每年医院的职代会，大家提意见最多的就是食堂。叫作'虚心接受，就是不改'。"

"'虚心接受，就是不改'，太形象生动了，太有意思了。"宋丽雅觉得这句话特好笑。

"在医院食堂吃饭，最起码卫生是有保障的。"陈向明说道。

"我们定期到外面饭店吃饭，尝不同的饭菜，怎样？"董克文建议道。

"到外面吃饭可以，但要 AA 制。"宋丽雅说道。

"这也行。"董克文说道。

"这个主意不错。这样被请客的人就不会有压力。大家就会随便一点儿。"陈向明赞同宋丽雅的提议。

"哎呀，朋友在一起吃一顿饭，有什么压力。"

"你们男的可能经常在外面吃饭，觉得无所谓。我们女的就不一样了，怪不好意思的。"

"吃饭有什么？要不是三天两头要值班，我还打算到外国旅游呢。"董克文继续说道，"说起旅游，我就觉得在医院上班太不好。国庆节、五一节假期，我总有一天在值班。今年的国庆 7 天假期，我竟有两天在医院值班，即使不值班，还要来查房。"董克文说道。

"药房也一样。药房 24 小时，必须要有人。大家轮流值班，无节假日。"

"明年，我打算和同学去日本，我都做好攻略了。"宋丽雅说出她明年出国旅游的计划。

"什么攻略？"董克文眉头略皱了皱。

"就是买什么化妆品，还有买什么衣服。"

"去的时候，能否带上我和陈向明？"

"买化妆品，你们不会有兴趣的。"

"我没有去过日本，就是想去玩玩。"董克文说道。

"董克文去，可以给你们做保镖。"陈向明笑着说道。

"骨科大医生给我们做保镖，我可雇不起。"

"不但不要钱，还要倒贴。"老实的陈向明也说起了俏皮话。

"是的，免费。"董克文也跟着笑起来了。

"你们有微信吗？"宋丽雅想换个话题。

"有。"

"我是前几天刚装的，还不太会用。"陈向明说道。

"微信很好用，用一两天就熟悉了。"

"这个主意好，用微信比发短信更方便。"董克文说道。

"我一定要好好研究微信。"陈向明说道。

"宋丽雅，我来扫一下你的微信号。"董克文说道。

"我也来扫一下。"陈向明跟风说道。

"我添加好了。"宋丽雅提醒董克文和陈向明。

"好的，我们以后就可以用微信联系了。"

"我该回科室了，再见。"宋丽雅客气地和董克文、陈向明道别。

2016年1月下了一场雨夹雪，气温骤降到零下5摄氏度，地面结冰。张燕爷爷就是因为路面滑，摔了一跤，造成右手臂骨折。董克文看过X片后，对张燕说道："右手臂有骨折，但没有错位，打个石膏就可以了。"

"董医生，怎么跌一下就骨折了。"张燕问董克文。

"这两天，因骨折来骨科看病的人特别多。像你祖父这么大年纪摔跤只是手臂骨折，大腿没有骨折，算是很幸运的了。"董克文说道。

"董克文，石膏要用多少天？"站在一旁的宋丽雅问道。

"一般要一个月。但病人年龄偏大，骨头长得慢，石膏固定的时间要长一些。"

"哦，知道了。"宋丽雅说道。

"董医生，有没有什么方法，比如喝骨头汤，使骨头长得快一点儿。"

"骨折愈合急不得，只能熬时间，慢慢等。"董克文实事求是对张燕说道。

"张燕，如果有好的办法，董克文一定会告诉你的。"

"那是必须的。"董克文回答道。

"在家里，需要注意什么吗？"张燕又问道。

"没有什么特别的。"

"董医生，这次多亏你帮忙，帮我节省很多时间和麻烦。"

"朋友帮个忙，是完全应该的。"

"医生都愿意给病人帮忙。更何况，我们是好朋友。"宋丽雅说道。

"是的，关心病人、帮助病人是对医生的基本要求。"董克文也顺着宋丽雅的话往下说。

"董医生真是个好医生。"

"我没有做什么。你这么说，我倒不好意思了。"

"不管怎么说，我真的很感谢你。哪天有空我请你吃饭，我和宋丽雅请你吃饭。"张燕说道。

"是你请董克文，为什么说是我们俩啊。不过吃饭那天，我一定到场。"

"后天晚上 5:30 分，小北国饭店，怎样？"

"好的。"

"OK。"

下班后，董克文开车从医院来到小北国饭店。董克文到的时候，宋丽雅和张燕已经坐在餐桌旁了。

"对不起，我来晚了。"董克文抱歉地说道。

"你没有来晚，还提前了 5 分钟。"

"丽雅只是比你早到 1 分钟。"张燕说道。

"我下班就直接到这里了。"宋丽雅说道。

"董医生，你喜欢吃什么，你来点。"张燕说道。

"你俩点，我随便。"

"我觉得上次我们在这里吃的菜不错，还是点上次一样的菜吧。"宋丽雅一边说着，一边眼睛向外张望。

"我们上次吃的都是经典的粤菜。我们这次点其中几个，然后再点几个上次没有点的菜。"

"可以啊。丽雅，你说呢？"张燕说道。

"我没有问题。"

"丽雅，你怎么眼睛老是朝外看，心不在焉的。"张燕说道。

"董克文，陈向明怎么迟到了？"宋丽雅认为陈向明是最守时间的人。

"陈向明，他……"董克文尴尬地说道，"我没有通知他。"

"没有通知？"宋丽雅以为他俩会一起过来。

"前天，张燕老师说要请客，我以为你们会通知他。"董克文为自己辩护。

"董医生，既然你的朋友没有来，你就要把他的一份吃了。"张燕为董克文解围。

"好，今天我就大吃一顿。"

"董克文你应该多吃一点儿，增加营养。"宋丽雅说道。

"医生工作很辛苦的。"张燕说道。

"骨科医生是个体力活儿，开刀要用榔头、螺丝、钢板，有时就像个木匠。"宋丽雅在手术室实习过，见过骨科医生做手术的场景。

"有人曾开玩笑说，如果骨科医生去做木匠，一定是个好木匠。"董克文笑着说道。

"外科医生很了不起。"张燕说道。

"在外面听起来很风光，但也辛苦。"宋丽雅说道。

"风光没什么，但辛苦确是实实在在的。"

"你也不是天天开刀啊。"宋丽雅说道。

"如果仅仅是开刀，那就谢天谢地了。病房里的事多得不得了，病人的管理很烦的。"

"是的。病房的事，现在越来越多。"宋丽雅同意董克文的说法。

"病人住院就要写病历，每天要写病程录，手术记录，出院小结。还要和病人以及病人家属谈话。和病人家属谈话，要特别小心，简直就是斗智斗勇。"

"护士就更惨了，除了工作累人，还要应付没完没了的考试。我们过去是怕上夜班，现在是怕考试。听说内科有一个护士通过关系调到地段医院，因为地段医院没有考试。"

"护理部这帮大妈、阿姨，就是喜欢折腾些事出来。"董克文说道。

"医院组织你们考试，可能就是为了强迫你们看书。"张燕说道。

"我可不愿意参加考试。但我会把班上好。"宋丽雅说道。

"医生的日子也不好过。像我这样的小医生，在正常的工作之外，还要应付没完没了的各种检查。只要上面来检查，就肯定会有问题，就要扣分，扣钱。"

"为什么每次检查总会有缺点？"张燕问道。

"为什么每次检查总有缺点？检查的人都是身经百战的老同志，他们知道病历在什么地方容易出错，不管怎样准备，检查组的人总是能发现缺点。我们4天要值1次班，星期六和星期天一定要来病房查房、处理病人。"

"听你这么一说，无论是做护士，还是做医生都不容易。我们做老师的钱虽然少一点儿，但工作比你们要轻松得多。"

"张燕，你不知道，我是多么羡慕你每年有两个假期。"

"但老师的收入比你们少多了。"张燕说道。

"老师的收入肯定比护士多。我每个月的收入，包括奖金和夜班费只有5千元。"

"是不多，比我想象中的要少不少。为什么，外面人常说，江滨医院医生收入挺高的。"张燕不解地说道。

"外面的人不了解医院情况，瞎说的。"董克文立即纠正道。

"医院发的钱，不多。"宋丽雅说道。

"我想说的就是这个意思。"

"乱七八糟的钱比工资多得多。"宋丽雅说道。

"有些事情是以讹传讹，变形了。"董克文试图解释。

"董医生，这是公开的秘密。就像赵本山小品上所说的'地球人都知道'。我想医生拿这些钱也是应得的，否则太对不起你每天的付出。"

"医院每个月给我们发的钱实在是太少。每天都累死累活，只挣那点钱，还要承担巨大风险。"董克文无可奈何地说道。

"我爷爷说董医生人很好，哪天他要亲自来感谢你。"

"千万不要，你爷爷是病人，我是医生。我所做的，都是应该的。"

"我爷爷说病房的病人都说你好。有个病人还说要给你介绍女朋友。"

"病人家属给你介绍女朋友？"宋丽雅来了兴趣。

"病人只是说说而已，出院后就忘记了。"

吃饭结束时，张燕和董克文抢着要付钱，后来因为宋丽雅加入张燕这方，最后才由张燕付钱。到家后，宋丽雅总觉得有些美中不足，但不知道在哪里出了问题。

2016年3月，陈爱娟的办公桌上堆满了应届毕业护士简历。以前护士招聘，是护理部组织几个人面试，就定下来了。从去年起，医院的党政领导、医务处、人事处一起参加护士招聘。陈爱娟从录用护士的决定者，变成院领导指示的执行者。

"叮叮叮"，陈爱娟办公桌上的电话响了。

"喂，陈院长好。"

"陈主任，我有个朋友的女儿，今年从护校毕业，想到我们医院工作。名字叫作郭红玉。"

"郭红玉，好的。我记下来了。"打完电话，陈爱娟继续看简历。

"叮叮叮"，电话又响了。

"陈主任，我是后勤的王坚。我本应该亲自来你办公室，只是我在外地出差，只能给你打电话了。"

"王处长，你太客气了，电话说也一样。"

"我外甥女今年护校毕业，想留在我们医院。说明天就要面试了，求我今天一定要给你打电话。"后勤王坚处长诚恳地说道。

"嗯，知道了。你外甥女叫什么名字？"

"叫什么名字，叫……"

"咚咚"，有人轻轻地敲门。

"请进。"

"陈主任好，"院办小刘带一个人到陈爱娟办公室，"这是我的一个邻居，她女儿今年从我们护校毕业。"

陈爱娟立即明白了她们的来意，说道："请坐，她叫什么名字？"

"叫林静。"来人立即答道。

"嗯，林静。"陈爱娟从众多的简历中把林静找出来，迅速过目一遍。"除了我们医院，还联系过别的医院吗？"

"我女儿非常喜欢江滨医院，别的医院我们也不认识人。"

"神经内科护士长说林静实习的时候，表现很好。"小刘替林静说话。

"刚刚我看了林静的简历，她在学校以及实习时表现都不错。明天参加招聘会，不要紧张。"

"陈主任，我女儿不怎么紧张，我倒是十分紧张。陈主任，这是我们全家的一点心意。"随即就送上一个红包。

"千万不要这样，这样不好。"

"陈主任，没事的。是我们全家的一点心意。"

"我从不拿别人钱的。"陈爱娟严肃地说道。

"何阿姨，我们陈主任是个大好人，从来不拿别人的钱。"

"陈主任，现在社会上都这样。你不收下，我们全家不踏实。"林静母亲恳求道，但陈爱娟坚决不收。

"何阿姨，这样吧，等你女儿到医院工作以后再说，来日方长。"

"这……"林静母亲不置可否地说道。

"你女儿的事我会尽最大的努力帮忙，你放心回家吧。"陈爱娟想把这个学生家长快点打发走。

"谢谢陈主任，日后我们全家一定会好好地谢谢你。"

"你的心意我领了，你回家让你女儿好好准备明天的面试。"

第 24 章　我 和 你

2016年4月17日晚上，陈向明突然接到宋丽雅的微信，说：明天下午3点，她要去病区药房找他。虽然加微信已经有半年了，但两个人还是第一次用微信联系。陈向明立即回复"可以"。

第二天下午3点，宋丽雅准时来到病区药房医生办公室。办公室其他人，见一位年轻漂亮的护士来找陈向明，就借故离开。

"宋丽雅，你真漂亮，就像天使一样。"陈向明赞叹宋丽雅的美丽。

"你又说天使、女神之类的话了。我就是一个普通护士。"

"如果医院要拍宣传画，你最合适做医院的形象大使。"陈向明继续按自己的思路说话。

"你把我捧得太高了。我的目标就是做好自己的工作，完成护士长交给我的任务。"

"做好自己的工作，对你来说就是小菜一碟。"

"任何一件护理上的事，都要认认真真地去做。"

"真是个好护士。病人有你这样一个护士是他的福分。"

"前天护士长给我布置了一个任务，我想请你帮忙。"宋丽雅转入正题。

"什么任务，居然难住了宋丽雅。"陈向明调皮地说道。

"对我来说，是件难事。但对你来说可能就是件容易的事。"

"哦？有这种事。"

接着宋丽雅就把护士长李宝莲要她完成 1 篇护理论文和申请 1 个课题的事，告诉了陈向明。

"这两件事对我来说难度不大。文章写好后，争取发表。"

"太谢谢你了，我代表我们护士长谢谢你。"

"不用谢。这种事对我来说很容易。再者，我也愿意给你帮忙。虽然写一篇论文不是件难事，但我也得需要看些文章，了解这个领域的现状。今天是星期四，下个星期一的下午，我们在图书馆见，怎样？"

"下个星期一下午，可以。"

"你先写个初稿，能写多少算多少。"

"好的，我知道了，十分感谢。"宋丽雅高兴地说道。

在医院图书馆，陈向明仔细地看宋丽雅写的论文，宋丽雅屏着气，坐在旁边。几分钟后，陈向明抬起头，目光移向宋丽雅。

"写得不错，比我想象得要好。"

"谢天谢地，没有说写得一塌糊涂。"宋丽雅在心里对自己说道。

"有些地方需要修改。"

"怎样修改？"宋丽雅问道。

"我们从头来看你文章。"

宋丽雅刚放松的心又紧张起来。

"文章的题目要简洁明了，要让读者看到题目就知道文章讲什么内容。"

"嗯。"

"我们先看前言。在前言中，首先要写研究的现状和存在的问题，最后点明写这篇文章的目的。具体到你的文章，就是怎样做气道护理。这样的前言，看上去就一目了然。"

"嗯，你讲慢一点儿，我来不及记。"

"没什么好记的。写文章基本上就是这个格式。"

"你怎么知道的这么多？！"宋丽雅崇拜地看着陈向明。

"我们往下面看。"陈向明没有正面回答宋丽雅的话。"序言之后，就是材料和方法。如果是临床总结文章，也可以叫作临床资料。材料和方法是一篇文章最重要的部分。很多人刚开始写文章时，认为讨论最难写。"

"是的。我就认为讨论最难写，半天也写不出一个字。"

"这是你写得少或文章看得不够多。讨论只是对方法或结果的说明和补充。讨论可多写或少写，只要把问题讲清楚就可以。"

"嗯，知道了，谢谢。"

"材料和方法是一篇文章的核心所在。首先是写时间，这个临床试验是从什么时候开始的，到什么时间结束。研究的方法要详细写，就是气道护理要详细写，还要有观察指标，即经过气道护理后，肺部感染下降，氧饱和度升高等。"陈向明像是一位老师，教授学生如何写医学论文。

"陈向明，你太厉害了。你这个脑子，装的全是学问。"

"哪里，哪里。我只是想帮助你。"

2016 年的 5 月 1 日，是江滨医院大喜的日子。在这一天，陈开福院长，陈爱娟主任双双被评为全国劳动模范，并获得五一劳动奖章。高兴亚副院长被授予全国模范医生称号。东南省电视台和江滨市电视台，都做了报道。《东南日报》《江滨晚报》大篇幅地介绍了 3 个人的先进事迹。

5 月中旬的一天下午，神经内科护士张晓曼，为了不上晚夜班，找到了陈爱娟。

"张晓曼，你虽然参加工作有 15 年了，但你的身体很好，我没有理由给你换工作岗位。"

"陈主任，我儿子今年上初三，需要我照顾。还有，我婆婆身体不好，也需要我照顾。"

"你这个理由拿不出去，别人会不服的。"

"我丈夫经常晚上出去喝酒、打麻将。他希望我不要上晚夜班，在家里，照顾儿子和他妈妈。"张晓曼露出为难之色。

"护士工作的特点就是上晚夜班。如果护士不上晚夜班，医院就要关门了。"

"陈主任，这个道理我知道。我是被我丈夫逼得没办法。"张晓曼无奈地说道。

"你不能太由着你丈夫，太惯着他。他应该尽丈夫的责任，替你分担家务。"

"他平时一点儿也不顾家，脾气还坏。我拿他一点儿办法也没有。"

"张晓曼，你太懦弱了。"陈爱娟恨铁不成钢。

"陈主任，我走了。"

看着张晓曼的背影，陈爱娟心中泛起一阵同情。

第二天，陈爱娟坐在办公室，看外科总护士长罗玲珏送来的"开展快速康复外科护理的总结"，门外传来一阵嘈杂声。

陈爱娟办公室的门被推开，张晓曼被一个男的连推带拽地，来到陈爱娟的办公室。那个男子粗鲁地说着："怕什么怕，怕她把你吃了。"

"你们……你们……"对方的无礼使陈爱娟很生气。

"陈主任，他是我的丈夫。"张晓曼低着头小声说道。

"请坐。"陈爱娟出于礼貌，请对方坐下。

男的不客气，一屁股坐下，跷着二郎腿。

"张晓曼，你也坐啊。"陈爱娟请张晓曼坐下。

"坐啊，这里也不是公安局。"男的说完，就拿出一支香烟。

"喂，这里是医院，不准吸烟。"陈爱娟厉声说道。

"搞得像真的似的。"男的不屑一顾。

陈爱娟不想理这个男的，就对张晓曼说道，"张晓曼，你有什么事吗？"

"陈主任，就是……"张晓曼欲言又止。

"看你这么窝囊，说句话都不敢。"男的极端没有教养，对妻子一点不尊重。

"陈主任，就是昨天我和你说过，不想上晚夜班。"

"昨天，我已经和你说得很清楚，你目前还不具备不上晚夜班的条件。在临床上，有很多年龄比你大 5 岁、大 10 岁的护士，还在上晚夜班。"

"什么年龄大5岁的、大10岁的人，还在上晚夜班。我知道有个人年龄比张晓曼小5岁就没有上晚夜班了。你们不就是……"男子没有把话继续说完。

"医院的确有年龄比张晓曼小的护士，不上晚夜班，但她们有特殊情况。"

"你不要用特殊情况糊弄我。我们也不是小朋友，从乡下来的。"

"普外科的李玉兰，年龄比张晓曼小，但她有慢性肾功能不全。不用她自己提出来，我们护理部也会给她换工作岗位。李玉兰的情况，张晓曼是知道的。"

"是的。"张晓曼小声说道。

"我们家有事，张晓曼身体也不好。"男的狡辩道。

陈爱娟真想打电话给保卫处，把这个胡搅蛮缠，不讲理的人赶出去。陈爱娟强忍着怒火，给张晓曼丈夫解释。"身体不好不是你随便说的，要有医院开具的证明，我们会根据疾病的性质和轻重，对身体不好的护士，在工作上作出调整。"

"你少跟老子讲大话，老子要是个当官的，你们早就给张晓曼调科室了。"

"我已经说得很清楚了。如果没有其他的事，你们可以走了。"

"你赶我走？！告诉你，不把张晓曼的事安排好，下次见面，别怪老子不客气。"用拳头重重地砸在陈爱娟的办公桌上，桌子上的喝水杯直摇晃。

"你，你……"陈爱娟被气得说不出话。张晓曼和她的丈夫走后，陈爱娟给张晓曼的护士长打电话。

"陈主任，张晓曼的丈夫就是个垃圾。两个星期前，到科室找我，让我不给张晓曼排夜班。"

"后来怎样？"

"我当然不能答应他们无理要求。"

"你做得对。"陈爱娟肯定护士长的做法。

"张晓曼和那个男的结婚，倒了八辈子的霉。张晓曼每个月的工资都被她丈夫拿出去胡花，到月底，家里连买菜的钱都没有。"

"张晓曼怎么找这样一个人。"陈爱娟直摇头。

　　5月下旬的一天，宋丽雅在朋友圈发了6张在日本旅游的照片：4张是化妆品照片，另外2张是日本风景照。陈向明不认识这些化妆品，只见外包装上写着SK-II和Shiseido、Kanebo、Sodina。风景照中的天很蓝、云很白。董克文给宋丽雅的朋友圈点了个赞，并留言"祝快乐"。陈向明也随手点赞。1个小时后，陈向明突然收到宋丽雅发来的微信，"你怎么这么吝啬，一个字也不给我写。"

　　"我点了赞。如果写评论，和其他人写得也一样，就没有写了。"陈向明为自己辩护。

　　"可以写的东西太多了。比如：表扬一下我买的东西，或说照片漂亮，再么可以关心我一下，问我累不累。"

　　"住的地方怎样？"陈向明赶紧说一句关心的话。

　　"宾馆的位置很好，10分钟就能走到银座。不少人在白天旅游结束后，自己再出去，到银座买东西。"

　　"晚上最好不要出去，注意安全。"

　　"日本的治安好。日本小学生放学，没有大人接，小家伙们自己背着书包回家。"

　　"我看你买了不少化妆品。"

　　"都是我喜欢的。另外，我还买了几件衣服。"

　　"好像日本没有什么大品牌。我知道的BOSS、阿玛尼，都是欧洲牌子。"

　　"那是男士服装。欧洲服装不适合中国人。日本人的身材和中国人差不多，要不要我发几张照片给你看看。"

　　"要，当然要。"

　　"我马上发给你。"宋丽雅从众多的照片中挑选一张自己喜欢的照片，用手指轻轻点了一下，就到了陈向明的手机上。

　　宋丽雅穿了一身套装，上身是一件非常时尚的长袖短上衣，上衣刚过腰部。下装则是一条过膝带有暗红色格子的蓝色长裙子，布料看上去很厚重。宋丽雅穿上这套衣服，十分清纯。

"看到了吗？"

"看到了，看到了。非常好看，非常漂亮，你多买几套。"

"买一套就够了。衣服体积很大，多了箱子装不下。"

"我要是去了就好了，可以帮你把衣服拿回家。"

"以后，有机会。"宋丽雅秒回。

陈向明愣了一会儿，还没有回话，宋丽雅又发了一条消息。

"我给你看一张特别的照片，你不要给别人看。"

"什么特别照片？"宋丽雅说特别的照片，激发了陈向明的兴趣。

"我穿日本和服的照片。"

"你买了和服吗？"

"没有。在旅游景点拍照时，穿了一下。"

"你发给我看看。"

"马上发。"

在陈向明的手机上，出现了一个文静、端庄的日本美女。

"看到了吗？"

"看到了。"陈向明回答道。

"怎么样？怎么老是我问一句，你回答一句。"

"我在欣赏你穿和服的照片，在脑子里搜索形容你美丽的词汇。"

"我一逼，你不是写了一串字了吗？"

"我觉得你穿和服很别致。"

"旅游团的人都说我穿和服很漂亮，有一个人还劝我买一套。"

"可以买一套做个纪念。"

"不买。和服是日本传统服装，而且价格很贵。即使买了，也没有机会穿。"

"是的。你买回来，没有机会穿。"

"所以啊，我只穿着玩玩。装模作样，照个相就行了。"

"在日本吃得怎样？"

"很好。我觉得日本的饭菜比较科学。"

"此话怎讲？"陈向明想知道为什么。

"日本吃饭叫作定食，即每人一份，荤素搭配，量适中。我吃得饱饱的，胃口大的，也能吃个七八成饱。其实这样最好，不容易产生高血压、糖尿病。日本大胖子较少。"

"看来日本人很注意科学饮食。"

"过去，日本人的胃癌发病率特别高。自从改变生活习惯后，比如不吃烟熏的鱼以及腌制的食品，胃癌发病率有大幅度下降。"

"是的。胃癌与饮食密切相关。"

"日本比泰国好，比东南亚要先进多了。"

"看来，你对这次旅游很满意。"

"很满意。我发给你的照片，你不要给别人看，切记。"

"我只一个人看。你哪天回来，东西拿不动，我可以出些力气。"

"还有两天，我不买东西了，行李一个人能应付。时间不早了，我忘了日本和中国有两个小时的时差，你抓紧时间休息吧。"

"好的。和你聊天我特别开心。"

"你睡觉吧。待我回国后，我们再好好聊聊。"

"好的，注意安全。祝玩得开心、愉快。"

"谢谢，再见。"

"刘医生，11 床家属又送来了两瓶白蛋白，还有一瓶神经生长因子，近两千块钱了。"宋丽雅对刘学成说道。

"那就快给病人用上吧。"

"我是说老太太挺可怜的。有一天中午我在走廊上，看到老太太手里拿一个馒头，就着一包榨菜，算是一顿中饭。旁边的人说她省钱给儿子治病。"

"她儿子是脑干出血，出血量比较大，大脑基本被毁损。一开始住院时，我们还有信心，过了 1 个月一点起色也没有，现在就是个植物人。自费药花了至少 20 万。据说，老太太把自己住的房子卖了，现在和女儿住在一起。"

"都这样了，你还每天让她买两千元的自费药。"

"我和孙主任都和老太太讲了，她儿子没有活过来的可能，除非奇迹。老太太坚信她儿子能活过来，只要她儿子活一天，就要尽最大的努力治疗，不考虑钱的问题。"

"明明治不好，可还要把钱往水里扔，老太太以后怎么活啊！"

"我们和她讲得清清楚楚，而且都写在病历里，白纸黑字，老太太还签了字。"

"唉。"宋丽雅重重地叹了一口气，心里十分同情老太太。

"如果老太太问你病情，你就说我们每天都在尽最大的努力。"

"知道。你说过十几遍了。"

"小心一点总是好。"

下午3点钟，老太太准时来探视。和往常一样，老太太进来后，首先用毛巾给儿子擦脸，再用梳子把头发梳整齐，再把盖在身上的被子拉平整。最后老太太坐在儿子的床旁，轻轻握着儿子的一只手，双手不停触摸，眼睛充满母爱。

"儿子啊，妈妈又来看你来了。虽然你这次住院时间长了点，但医生说你肯定能好的，再坚持几天，妈妈就带你回家。回家妈给你做炒腰花，煨老母鸡汤。到11月份，妈给你买你最喜欢吃的螃蟹，挑最大的买。"她坚信儿子能听到她的话，她的话能给儿子增加战胜疾病的力量。

3床是个86岁的老太太，全身器官没有一个是好的，全靠强心药物和升压药，勉强活着。老太太不能平卧，只半坐着喘着气，每吸一口气就要用尽全身的力气，甚至连眼泪都出来了，到了该用呼吸机的时候了。于是，张卫超给病人儿子打电话。

下午3点钟，3床病人的儿子和女儿一起来了。一见面，病人女儿就焦急地问道："张医生，我妈妈的病怎样了？"

"你先坐下。"在接待室，张卫超就把病人情况向病人的儿子和女儿详详细细地说了一遍。

"那就抓紧时间用呼吸机吧。"张卫超的话刚说完，病人女儿就立即说道。

"呼吸机可以暂时改善呼吸，但解决不了根本性问题。而且，用上呼吸机后，病人不能讲话，长时间使用呼吸机需要做气管切开。"张卫超用手在脖子上比划一下，作个切开的动作。

"还要做气管切开，那不就像喉咙这里被人砍了一刀。"

"是的。"

"那……"病人的女儿犹豫了，"用呼吸机能治好我妈妈吗？"

"只是多拖几天。"

"那怎么办？"

"作为医生，我有责任把病人的病情以及可能有的治疗方法告诉你们，但最终拿主意的是你们。"

"张医生，我妈妈住在你这里已经6天了，辛苦你了。我妈妈身体状况，我们心里都很清楚。就像一台破损的机器，起初还能修修补补，现在连修补的机会都没有了。所以，我的想法是不做任何创伤性抢救，比如气管切开，不增加老人的痛苦。"老太太的儿子似乎早就心里有数，讲话也通情达理。

于是张卫超对病人女儿说："如果你也同意的话，我们就只给药物治疗，任何增加病人痛苦的治疗就不做了。"

"那好吧。"病人女儿点点头。

"你们的意见我知道了。请你们俩人都在这里签个名字。"

"我哥哥签了就行了。"

"不行，你也要签字。这是医院的制度。"

"签吧，医生已经讲得很清楚了，不要增加妈妈的无谓痛苦。"哥哥催促妹妹把字签了。

病人女儿颤抖地写上自己的名字，"哇"的一声伏在桌子上哭了起来。在一旁的哥哥也控制不住地流出眼泪。过了一会儿，哥哥对妹妹说道："这儿是医院，我们不能影响医生的工作，回家吧。"

"我要给医生说句话。"病人女儿好像突然想起什么事。

"说吧。"张卫超说道。

"张医生，我妹妹对我妈太有感情了，她还要和你说一句话。"

"可以，10句都行。"

"张医生，我妈妈的病我都知道了。我妈在痛苦的时候，能否用止痛药。"

"这个你们尽管放心。医生会尽量减轻病人的痛苦。"

"谢谢张医生，我不想看到我妈妈太难受。"

"我知道了，你们放心吧。"

"我们回家吧。"哥哥再次劝妹妹离开。但他们走到门口时，兄妹俩停止了脚步，回头看躺在病床上奄奄一息的母亲。

兄妹俩出来时，正好遇到 11 床病人的母亲。双方没有说话，只是点个头。

尽管医生和护士做了最大的努力，老太太每天来 ICU 和儿子讲话，鼓励儿子，老太太还是没能把儿子带回家。

当 11 床病人心跳慢慢减弱，最后变成一条直线时，宋丽雅担心老太太会大哭或晕倒。然而，病人心跳真的停止了，老太太显得异常冷静。就在 11 床走后的 3 个小时，3 床的老太太也走到生命的尽头。

2016 年 6 月 21 日，宋丽雅收到《临床护理》杂志社的来信，对宋丽雅的论文提出了一些问题和修改建议，并要求在一周内予以回复。宋丽雅知道不能随便回复，于是她给陈向明打电话。

"向明，我是宋丽雅。"

"你好，丽雅。"

"你上次帮我写的论文……"

"你自己写的，我只是帮你修改而已。"陈向明纠正宋丽雅的说法。

"都一样。编辑部给我回信了，提了好多问题，我不知道怎样回答。"

"这家编辑部回话挺快的。你就按照编辑部提出的要求回话。"

"我不知道怎样回话。"

"这样吧，你哪天拿来给我看看，我们俩商量一下。"

"商量什么呀，你说怎么回，就怎么回。"

"你哪天有空？"陈向明问道。

"我明天夜班，下午有空。明天下午 2 点在医院图书馆见面，怎样？"

"好的，明天下午 2 点图书馆见。"

第二天下午 2 点，陈向明和宋丽雅几乎同时来到图书馆。

宋丽雅今天穿着从日本新买的套装，十分清纯靓丽，像日本明星山口百惠。陈向明由衷赞美道："真漂亮。"

"你怎么今天才发现，我是一直都很漂亮。"

"是的，你一直都很漂亮。不过今天的衣服，把你映衬得更加漂亮。"

"你现在也会说恭维话，说女孩子喜欢听的话了。"

"没有，没有，说的都是大实话。"

"这是编辑部给我的信。"宋丽雅把信递给陈向明。

陈向明看后说道："虽然编辑部提出不少问题，但总体来说是比较客气的，提出的问题也是比较容易回答的。只要按照编辑部的要求逐条回答，这篇文章就能发表。"

"太好了。"宋丽雅高兴地说道，"我找你帮忙找对了。向明同志还是很有才的，明晚我请你吃饭。"

"我给你帮忙，是我愿意的，不用请客。"

"虽然你是愿意，但我也得表示感谢。"

"等到文章正式发表，我们庆祝一下。可以叫上护士长，还有董克文。"

"不要叫那么多的人，就我们俩。"

"好的，就我们俩。"陈向明知道拗不过宋丽雅，就换个话题，"说说日本。"

"我觉得日本是最值得女孩子去旅游的地方。日本……"说起日本旅游，宋丽雅的话匣子就打开了，陈向明也听得十分神往。

"听你这么一说，我一定要去趟日本。"

"我陪你去。我知道哪里好玩，哪里值得去玩。"宋丽雅接着说道，"我自己还想去一趟。你看我这套衣服，见到的人都说好看。还有日本的化妆品也特别好，你看我的脸，皮肤是不是比以前细腻了一些。"

陈向明瞪着眼看宋丽雅的脸，没有发现有什么不同。

"不和你说这些，你们男的不懂皮肤保养。"

"丽雅，你刚才说日本是个好地方。中国有个世界上独一无二、值得一去的地方。"

"在哪里？"

"西藏。"

"据说风景很好。但缺氧和高原反应要人命。"

"我的一个朋友，最近去了一趟西藏。他给我讲西藏的风土人情，令人非常向往。"

"哦。"宋丽雅想知道什么原因令陈向明如此向往，就说道："你具体讲讲。"

"西藏不仅有雪域高山，也是个有文化、有故事的地方。"

"西藏的文化不就是跟藏传佛教相关吗？"宋丽雅有些不屑地说道。

"拉萨有仓央嘉措和玛吉阿米的故事，以及仓央嘉措所写的情诗。我听朋友讲起了他们的故事，恨不得立即飞到拉萨，看他们俩人约会的地方，约会的餐馆。"

"为什么他们的故事使你这么着迷？"宋丽雅问道。

"位于西藏八角街玛吉阿米餐馆就是当年他们见面的地方。说有一天仓央嘉措在一个小餐馆吃饭，突然来了一位美若天仙的少女。从此他经常去这家餐馆，期待再次与这位美丽的姑娘相逢，可是这位姑娘再也没出现过。出于思念，仓央嘉措写了一首诗歌：在那东山顶上，升起皎洁的月亮，玛吉阿米醉人的笑脸，浮现在我的心上。"

"陈向明，你怎么知道这么多，你又没有去过西藏。"

"嘿嘿，我在网上看的。"陈向明接着说，"仓央嘉措写了很多优美的诗歌，比如：自恐多情损梵行，入山又怕误倾城，世间安得双全法，不负如来不负卿。还有一首诗歌我特别喜欢，我背给你听：好多年来，你一直在我心口幽居。我放下过天地，却从未放下过你。我生命的千山万水，任你一一告别。"

"的确很感人。你把他的诗歌，微信给我。"

"晚上发给你。"

"看得出，你很喜欢。"

"我只是一时心血来潮，在网上搜索了仓央嘉措的诗歌。我自己还模仿仓央嘉措，也写了一首诗。"

"你也写了一首诗？给我看看。"

"这太难为情了。"

"给我看，有什么难为情的。"

"我是写给你的。"

"那我就更想看了。"

"你看后，不许告诉别人。还有，你现在别看，待你回到家再看，怎样？"

"可以，我回到家看。"

突然，图书馆的门打开，董克文进来。三个人在那一瞬间好像石化了，惊讶得说不出话。

"对不起，我来的不是时候。"缓过神后，董克文迅速离开。

"董克文。"陈向明打算给董克文解释。

"坐下。"宋丽雅轻轻地拉了陈向明的衣角。

"西藏这么好，明年，我一定要去西藏。"宋丽雅说道。

"我也准备去一趟。"

"到时，我们俩一起去。"宋丽雅大大方方地说道。

晚上，陈向明把他写的诗歌"我和你"，通过微信发给宋丽雅。

那一天，我遇见着你。

那一月，我思念着你。

那一年，我寻找着你。

那一世，我在来世等着你。

当天晚上，宋丽雅做了个梦，她和陈向明坐在西藏的八角街的玛吉阿米咖啡馆喝咖啡。

第 25 章　全家福

2016 年 8 月 1 日，应届毕业生来到医院报到。几乎所有的应届毕业生都是大包小包，由家长陪同来到医院。

"陈主任，明天下午医院召开欢迎新护士大会，你参加吗？"护理部助理王小红问陈爱娟。

"我明天要参加省里举办的'护理创新和优秀护理团队'评比。明天大会讲话的人都落实好了吗？"陈爱娟心里还是牵挂明天的欢迎大会。

"都安排好了。杨主任、罗护士长、医务处处长、人事处处长，还有陈院长也答应过来参会。"今年 4 月初，护理部副主任刘若英退休，陈爱娟安排杨丽华接替刘若英担任护理部副主任，李宝莲担任内科总护士长。

"很好。宋丽雅准备的怎样？"

"她啊，当初死活不答应，做了很多工作，最终同意了。我让她按你的要求，写了发言稿。"

"我先去趟急诊室。回头你把她的发言稿给我看看。"在去急诊室的路上，陈爱娟听到两个家长，谈论找工作的事。

"刘大姐，你女儿毕业分到这里，复杂吗？"

"还好吧。"

"你找人了吗？"

"找了。今年初，就找工作的事，我问了很多人。有的人说用不着找人，也有的人说要找人。"

"能找人，最好还是找人，心里踏实。"

"我老公，平时大大咧咧的，但在女儿工作的事上特别认真。他说一定要找人，要铁板钉钉，不能有一点的差错。"

"是啊。"

"我在医院没有亲戚，后来，人托人找到护理部肖主任。"

"肖主任，人怎样？"

"人很好。我把钱给她，她不收。我想我好不容易逮住一个机会，就把钱往她口袋一放，就快速跑走。"

"那后来呢？"

"后来，我女儿今天到医院报到、上班。"

"肖主任有没有主动向你要钱？"

"没有。如果不是我跑得快，她就把钱还给我了。"

两个人的对话，陈爱娟听得清清楚楚，心里是五味杂陈。陈爱娟在脑子里回忆，在招聘新护士，肖红霞曾关心过崔小英的录取状况，说崔小英是她一个远方亲戚。现在回过头来想这件事，陈爱娟明白了，肖红霞拿了人家的钱，要给别人办事。

2016 年 9 月 5 日下午 1 时 50 分，陈爱娟正准备动身去会议室参加院长办公会议，突然接到院办小刘的微信，说院长办公会议取消了。陈爱娟心想怎么不早点通知，就给小刘打电话。

"小刘，怎么突然取消会议？"

"钟市长来了。"

"钟市长来了？"以往省市里领导来，总是会提前几天通知，医院准备几套接待上级领导的方案。

见陈爱娟在电话的一端没有说话，小刘继续说道："钟市长的父亲得了急性心肌梗塞。高院长马上要给钟市长父亲放心脏支架，陈院长还有医务处董处长也去了 DSA 室。"

"知道了，谢谢小刘。"

自从坐上副院长的位置后，高院长去心内科病房，以及给病人做支架的时间比以前少多了。只是一些熟人，或领导的家属，他才亲自去DSA给病人做心脏介入手术。现在，在心内科做心脏介入手术的都是些中青医生，年龄大的人，身体吃不消。

"高院长，我打造影剂了。"在DSA机器旁做操作的金小虎医生征求高院长的意见。

"注射造影剂。"隔着铅玻璃，高院长指挥。

金小虎迅速地将造影剂通过导管，注入到心脏的冠状动脉。在X线下，清晰地见到冠状动脉血流恢复。

"好，血流恢复了。"高院长高兴地说道。

高院长亲自把被子给病人盖好，并和蔼地对病人说道："手术很成功，放心了。"

"谢谢。"病人用微弱的声音回应。

高院长和金小虎，还有DSA的护士，一同把病人送出DSA室，等待在外的钟市长、陈院长以及董处长，马上迎上来。

"钟市长，手术很成功。有根心脏血管堵住了，我们在堵塞的血管中间放了一根支架，现在血流很通畅。"

"谢谢高院长。"

"应该的。"

"病房的床位都准备好了，我们现在去心内科病房。"陈院长说道。

病人在两位院长、医务处长的护送下，来到心内科病房。

这么重要的一个病人住院，医疗和护理一定不能有任何的差错。为了表示护理部对病人的重视，陈爱娟亲自到心内科去看病人术后的情况。

"陈主任。"心内科护士长看到陈爱娟立即打招呼。

"忙吗？"陈爱娟习惯性地问道。

"还好。"

"心梗病人情况怎样？"

"情况还算平稳，偶尔有些早搏和胸痛。"护士长回答道。

"晚夜班的人，安排了吗？"

"安排一个特护。好像医生也安排了一个人，专门负责照看钟市长的父亲。"

"好。今年新来的护士，表现怎样？"

"还好，我让夏晶晶带她。"

"一定要好好带教，从一开始就培养一个好习惯。你要关心一下。"

"一定。"

"陈主任好。"金小虎客气地和陈爱娟打招呼。

"金医生好，今天辛苦了。"

"我没什么辛苦，我就是吃这碗饭的。"

"你正是干事业的好年华，能做就多做一些。"

"陈主任说得完全正确。高院长都亲自上阵了，我们这些人不好好干怎么行。"

"现在心脏病的治疗比过去要强多了，能立竿见影救活一个人。一个即将要死的人，经过你们的治疗，立即转危为安，多么有成就感。"

"是的，如果一根冠状动脉阻塞 90% 以上，靠药物恢复血流几乎是不能的。"

"据说你们科室所有的医生都参与心脏介入治疗。"

"是的。否则，忙不过来。。"

"年轻医生越来越厉害了。高院长还经常做介入手术？"

"高院长有时来，其实没有必要。他已经功成名就，要以保重身体为主了。"

"金医生，今天的病人要看好了。"

"沈主任特地嘱咐我，今天晚上不要回家，守在病房里。"

"沈主任在吗？"陈爱娟问金小虎。

"在，在主任办公室。"

"好，我有件事要找他。"

从心内科出来后，陈爱娟就前往内科 ICU。最近一段时间，陈爱娟常在想，怎样在新的时期，在年轻护士追求名牌，追求物质享受的时代，培养出以帮助病人为快乐，具有南丁格尔精神的护士。左思右想，陈爱娟想到内科 ICU 宋丽雅。宋丽雅人长得漂亮、爱好打扮、喜欢名牌，但工作做得非常好。陈爱娟很想把她作为新时代的护理标兵来培养。

当陈爱娟来到内科 ICU 的时候，病人家属的探视时间已过，离开了 ICU。陈爱娟进门时，正好看到宋丽雅在 7 床的旁边，弯着腰和病人说话。

"陈主任。"担任护士长不久的舒晓芹和陈爱娟打招呼。

"病人不少啊！"

"是的，每天都是满的。"

"我记得你以前是负责科室教学的。"

"是的，陈主任记忆力真好。"

"教学的事，你准备交给谁？"

"这……听领导安排。"舒晓芹显然还没有想好这件事。

"你看宋丽雅怎样？"

"我正想说宋丽雅。宋丽雅是大学本科毕业，工作认真，又爱学习，是带教的最好人选。唯一的不足就是年资低了点。"

"年资低没有关系。开始的时候，你要帮她一把。"

"那是必须的。"

"宋丽雅，最近工作怎样？"看到宋丽雅离开病床回到护士站，陈爱娟主动和宋丽雅打招呼。

"陈主任，我工作挺好的。"

"刚才你在做什么？"

"7 床病人有些悲观，我给他安慰、鼓励。"

"做护士，就应该这样，就是要鼓励、安慰病人。这个病人，年龄多大？"

"87 岁。"

"年龄不小。如果不是在 ICU，这个病人可能早就走了。"

"是的。两个月前，有一个脑溢血病人，来的时候情况很差，家人把他的衣服都准备好了。经过我们的救治，最后坐着轮椅回家了。"

"很好。"陈爱娟又对舒晓芹说道，"宋丽雅是个好苗子，你要好好培养她，先从带教开始让她锻炼。"

一天，宋丽雅给 7 床病人做护理时，发现病人的眼睛一直盯着她，像是有什么话要给她说。

"老爷爷，你是不是有什么事要对我讲？"宋丽雅在老人耳边轻声问道。

老人的眼睛眨了一下，表示对的。

"知道了。"宋丽雅快速把写字板递给老人。

老人用颤抖的手接过笔和本子，眨眼睛以表示感谢。

"老爷爷，你太客气了。我是你的护士，你有任何事都可以告诉我。"

老人又眨了眼，再次感谢。宋丽雅帮助病人拿稳写字板，对老人说道："老爷爷不着急，慢慢写。"

宋丽雅吩咐老人慢慢写，可是老人的手不听使唤，抖个不停，哆哆嗦嗦地写下几个歪歪扭扭的字。这些字，对宋丽雅来说就是天书。

"老爷爷，你写得太潦草了，我不知是什么意思，麻烦你再写一次。"宋丽雅让病人再写一遍。尽管病人努力地去写，写出的字依然无法辨认。然而，老人眼里充满了期待。

"老爷爷，你是不是想问气管插管什么时候能拔掉？"

病人的头略微向一侧动了一下，表示否认。

"老爷爷，你是不是想知道你什么时候能回家？"

病人又否定。

"老爷爷，你有什么不舒服？"

得到的回答依然不是。

"医疗、护理上的事都不是，那就只有家里有什么事情了。"于是，宋丽雅对病人说道，"老爷爷，你有什么话要对你儿子说吗？"

老人先是点头，然后又立即否认。

"那让阿婆来看你？"宋丽雅说完就后悔了，因为老太婆行动不便。

老人的眼睛突然一亮，并流出眼泪。

宋丽雅瞬间明白了，老人想和老太婆见面。

"老爷爷，我知道了，我给你家打电话。让婆婆来看看你。"宋丽雅心想年轻时这两个人一定十分相爱。爱到什么程度？或许可以写成一部动人的爱情小说，或许可以拍成一部感人的爱情电影。

第2天的下午，宋丽雅先用温水给老人洗脸，然后给老人梳头发、刮胡子，最后给老人剪指甲，把老人收拾得干干净净。宋丽雅就像完成一件伟大的艺术品一样，满意地向老人伸着大拇指。就在这时，老人试图用手把被子往上拉。宋丽雅瞬间明白了老人的意图，就用被子盖住气管切开处。老人消瘦、凹陷的眼眶，流出了眼泪。

下午3点，7床病人的老伴儿、儿子、儿媳，还有孙子，一大家人来到ICU病房。

"老头子，我们全家都来看你了。你最喜欢的孙子今天也来了。"老太婆饱含深情对多年的老伴儿说道。

"爸爸，我们都来看你了。"

病人眼睛动了动，流出了泪水。

老太婆用自己的双手，紧紧地握住老伴儿的右手，两双瘦骨嶙峋的手互相抚摸，胜却了人间一切的温暖。

宋丽雅注意到病人的孙子用手机记录这感人的一幕，就对病人家属说，你们以老人为中心，在床头站好，我帮你们拍张全家福照片。

"好的，就这样很好。看我的手机，一、二、三，好了。"其他护士也拿出手机记录下这感人的一幕。

"爷爷，你看这些照片多好啊。爷爷你在中间，你是我们家的主心骨，我们家的太阳。"孙子说得很温暖。

"爸爸，你在这里放心治疗。这里的医生、护士都非常好。"

"老头子，不要急。等你好了之后，我们全家人接你回家。"老太婆说完眼泪唰唰地流出来了，孙子连忙用纸巾擦拭奶奶眼泪。

当天晚上，宋丽雅迫不及待地把病房发生的伟大爱情故事说给陈向明听，陈向明也被人间真挚的爱所感动。

"当时，我虽然没有哭，但眼泪还是流下了不少。"

"谁都会感动的，更何况你又是个善感的人。丽雅，爱情是件非常神奇的事。我们恋爱只有几个月，我现在满脑子都是你。我的人生就像春意盎然的春天，到处都是花香。"

"向明你很有才啊。"

"爱情是人生的第二个太阳，照到哪里，哪里就春意盎然。"陈向明说道。

"这句话说得非常好。两个人相爱，就像是找到了生命的另一半，人生才算完整。"

"现在，让我为你付出生命，我都愿意。"陈向明发自肺腑地说道。

"我们可不能像某些明星那样，今天和谁谈恋爱，明天和谁结婚，后天又和谁要离婚了，我可不喜欢。"说到婚姻，漂亮时尚的宋丽雅变成了老古董。

"要么不结婚，要结婚就要好好地过一辈子。"陈向明坚定地说道。

4 天后，7 床病人心脏停止了跳动，很安详地离开了这个世界。这时宋丽雅突然明白 7 床病人一定是意识到自己不行了，才提出要看老太婆一眼。幸好那天自己明白了老人的意思，并把老人打扮得干净整洁，和多年的老爱人见上最后一面。

一天下午，原先 7 床病人儿子给内科 ICU 病房送来两大袋水果和一封毛笔写的感谢信。

感谢信

内科 ICU 全体医生和护士：

我父亲张家才，因为心脏病、肺病，还有胃病住入贵科。住院时，我父亲就已经是病入膏肓，按医学术语叫作多器官功能不全。

你们用高超的医学技术，细致入微的护理，以及对病人亲人般的关爱，一次又一次把他从死亡边缘拉回来。你们在我父亲生命最脆弱、最痛苦的时候，给了他最大的帮助和无限的温暖，减轻了我父亲的痛苦，维护了我父亲最后的尊严。最终，我父亲安详地离开了这个世界。我们全家要感谢你们，我父亲的在天之灵也会深深感谢你们。

你们每个人都身怀绝技，更有一颗善良爱人的心。在你们身上我看到了白衣天使的形象，你们就是当代的白衣天使。

俗话说：好人有好报。你们是世界上最好的人。我坚信上天一定会保佑你们以及你们的家人，愿 ICU 医生和护士身体健康、工作顺利、家庭幸福。

这封表扬信是对 ICU 医生和护士工作的肯定，也是对 ICU 医生和护士的最高奖赏。宋丽雅逐字、逐句读了一遍，并用手机拍了下来。

2016 年 10 月中旬的一个中午，陈向明在食堂打饭时，不小心撞到一位女同事，导致对方盘子里的饭菜滑落到地上，汤洒到女同事裤子上。

"对不起，实在是对不起。"陈向明连忙向对方道歉。

"你这个人怎么这么毛糙，看把我的衣服全弄脏了，不知能否洗得干净。"

"实在对不起，应该能洗得干净。"

"你怎么知道就能洗得干净？"一个男的怒气冲冲地冲过来。

"实在对不起。"陈向明仍然真诚地向他们道歉，赔不是。

"算我今天倒霉，撞到鬼了。"女的说道。

"你以后要小心点。"男的说话很不客气。

"唉，你这个人怎么这么说话，什么叫作小心一点。"董克文见男的说话太过，就来帮陈向明。

"关你什么事！我叫他小心一点有错吗？"

"陈向明已说了对不起就行了，得饶人处且饶人。"

"你不就是个骨科医生吗？有什么了不起，轮不到你来教训我。"对方知道董克文是骨科医生。

"对不起，全是我的不对。"陈向明劝架道。

"先生啊，我怎么是教训人？！不说了，不说了。"董克文向那个男的挥挥手表示就此结束了。

陈向明对董克文说道："克文，我们坐到那边，那边正好有两个空位置。"

"我看那个女的还好，就是那个男的有点过分了。"董克文坐下后说道。

"算了，不提了，今天算是倒霉。你最近工作忙吗？"

"一直就这样。一有病人出院，马上就有新病人住进来。对了前几天我碰到宋丽雅，她说见过你父母了。"

"是的。这个星期天，我要见她父母，我正在想带什么东西。"

"带东西只是个礼节而已。她父母最关心的是，你对他们的女儿好不好。这点，你肯定没有问题。"董克文给陈向明打气。

"听说你们骨科有出国学习的机会。"

"短期出国，两三个月的时间。"

"为什么你们科室有出国学习进修的机会？"

"出国的费用全部是经销商出的。"

"不管时间长短，最起码是免费出国一趟。"

"我们科室是轮流去的，由科主任安排。我妈最近给我介绍了一个女朋友，你看哪天我们四个人见个面。"

"好哇。张燕前段时间到医院找宋丽雅时，还提到你。我还想你们俩会不会走到一起。"

"张燕人不错，我和她只是一般的朋友。我妈给我介绍的女朋友也是个老师，在大学任教。"

"看不上小学老师？"

"不是。我每次见到张燕都是客客气气，太客气，以至没有感觉。按老话来说是没有缘分。"对于缘分，董克文是感受最为深刻。最初，他爱宋丽雅，但和宋丽雅始终擦不出火花。在他得知宋丽雅喜欢上自己的好朋友陈向明时，董克文迅速从单恋中走出来，给陈向明和宋丽雅送上祝福。

10月底的一天，陈向明坐宋丽雅的车，来到小北国餐馆。董克文预定了一个靠窗户的桌子，在餐厅的一隅，是个闹中取静的地方。

"怎么就你一个人？"宋丽雅问董克文。

"她马上就到。"董克文答道。

"你们俩没有一起来？"陈向明惊讶道。

"我和她认识不久，还没有到出对入对的程度。"

"你女朋友一定很优秀吧？"宋丽雅说道。

"很一般。"

"不可能。"陈向明不假思索地说道。

"真的很一般。"董克文认真地说道。

"大学老师，怎么会很一般。"宋丽雅笑着说道。

"她来了。"董克文立即起身，迎接他的女朋友。

董克文的女朋友身着一件浅蓝色风衣，风衣的腰带束紧，结打在一侧，脖子上系了一条咖啡色的 LV 丝巾，手拎了一个 LV 小包。虽然戴了眼镜，仍然能透过镜片看出严厉多于温柔，还有些高傲。

"这是曹老师。"董克文把他的女朋友向陈向明和宋丽雅介绍。

"曹老师好。"

"你们好。"

"请坐，大家请坐下。"董克文招呼大家坐下。

"请问你们要喝什么茶？"服务员问道。

"向明，你需要喝什么？"董克文问陈向明。

"董医生，你应该先问女士、小姐喜欢什么？"宋丽雅笑嘻嘻调侃道。

"对不起，对不起。"在病房，十面威风的董克文在女朋友面前乱了方寸。

"曹老师，你喜欢喝什么茶？这里有 4 种。"

"嗯……"曹老师正要开口说，突然她停了下，转而对陈向明和宋丽雅说道："你们喜欢喝什么茶？"

"我们随便，你定吧。"宋丽雅客气地说道。

"那就绿茶，怎样？"

"可以，绿茶挺好的。"宋丽雅附和道。

"董克文说你们俩都在医院工作。"

"是的。我在药剂科。"

"我在 ICU，做护士。"

"两个人在医院工作多好呀。"

"老师好，不用上晚夜班。"

"上晚夜班，不是有休息吗？"

"曹老师，你不上晚夜班的人，可能体会不到上夜班的人的痛苦。"宋丽雅说道。

"什么痛苦？"

"一个晚夜下来，人的内分泌全乱套了。人十分疲倦、憔悴。上夜班，对皮肤伤害极大，用什么高级化妆品也补偿不过来。"

"那就不上夜班。"曹老师想当然地说道。

"那病人谁管？"董克文说道。

"那倒也是。"

"老师每年两个假期也是令人十分羡慕的。我们想出去玩，可惜没有时间。特别是像董克文骨科医生，整天泡在病房，有钱也不能享受。"陈向明说道。

"我听董克文讲过他的工作，整个人都奉献给了医院。国家不是有8小时的工作制吗？"

"进了医院大门，就要把劳动法放在医院大门外。"董克文说道。

"不过医生，还是受人尊敬的。在社会上认识人多，挺吃香的。"

"那是临床医生，特别是外科医生，像董克文这样，到处吃香的喝辣的。我是辅助科室，没有人求。"陈向明说道。

"我们护士，不但累，责任还特别大。"

"钱多吧？"

"一点儿也不多。"

"其实，在医院上班，钱都不多。每天工作至少10个小时以上，没有节假日和双休日，收入和付出比，有些不符。还有，就是压力特别大，生怕手术有并发症。"董克文说道。

"做个医生还是不错的，很多人羡慕。"宋丽雅想把话题转个方向。

"是的，我爸妈就觉得医生好。是不是医生找护士特别多？"

"老一辈的医生和护士常说，医生和护士是绝配，并把医生和护士的关系比喻成：红花和绿叶。"陈向明说道。

"从工作和角色分工来说，用红花和绿叶来比喻医生和护士的关系，非常恰当。但在医院，医生最好不要找护士。"宋丽雅说道。

"为什么？"曹老师表示不理解。

"工作忙，顾不了家。很有可能，哪一天两个人同时在医院值班。"

"有那么巧吗？"曹老师问道。

"完全有可能。"

"现在，仍有一些医生和护士谈恋爱，结婚。但比以前少多了。"宋丽雅说道。

"做医生还是不错的，当了主任就熬出头了。"陈向明说道。

"等当了主任，已是 40 多岁了。"

"总的来说，医生找个老师是最合适的，是天仙配。"宋丽雅说道。

吃饭结束后，陈向明坐宋丽雅的车离开，而曹老师婉拒董克文送她回去的建议，自己坐出租车回家了。

第26章 关心老护士

2017年1月7日，骨科护士长刘红华到护理部，向陈爱娟打小报告。

"我们科室李晓晴，平时就爱和医生打打闹闹、什么话都能说出口，一点也不注意分寸。"

"这样不好，要好好管教。"

"李晓晴仗着孙主任喜欢，在交班时，公开和我顶撞。"

"如果李晓晴工作做得不好，不管她和谁关系好，一定要批评。"

"是的……孙主任也是，科室那么多的护士，偏偏和这个二百五好。"

"有家的人了，和任何人好都不对。"陈爱娟纠正刘红华的说法。

"是的，是的，陈主任说得对。李晓晴不好好做工作，整天动歪脑筋。"

"作为一个护士，一定要把精力放工作上。如果她不服你的管理，你可以告诉罗玲珏，也可告诉我。我们一定要刹住这股歪风。"

"陈主任说得太好了。有了你这把尚方宝剑，我在科室一定会严格管理，好好整整这个家伙。"

刘红华走后，陈爱娟心想李晓晴是怎么样一个人，弄得护士长容不了她。陈爱娟就去骨科看看，正好外科总护士长罗玲珏的办公室也在骨科。

走廊的加床，使本来就不宽敞的骨科内走廊，变得更加狭窄、凌乱。一位住在走廊加床病人的家属，来到护士站。"护士，盐水吊完了。"

"哪一床？"护士问道。

"就是那张。"病人家属用手指着走廊的加床。

坐在护士站的护士，不得不起身，伸头向走廊的一个尽头望去。

"是不是从那边数，第二张床位。"

"赶快去换药水。"病人家属不耐烦地说着。

"走廊上病人这么多，一定要问清楚。换错药，怎么办？"

"花这么多的钱，还住在走廊上，什么医院。"病人家属对住在走廊一肚子的不满意。

"你这个人，怎么这么说话。就是你们住在走廊上，才使我们又忙又乱。"

"什么态度？！我从来没有见过像你们这样的护士，像你们这样的医院。到你们这里来，倒了八辈子的霉。"

"不喜欢我们这里，你可以去别的医院。谁也没有请你来。正好，我可以休息休息。"

"我今天从上班到现在，忙得连喝口水的时间都没有。"另一个护士发牢骚。

"算了。"有一位病人家属说道，"大家都不容易。护士小姐，从上班忙到现在，一刻也没有停过。但病人到医院是来求医治病的，不是来受罪的，需要得到医生和护士的关心和照顾。大家换位思考一下，互相理解。"

"互相理解？！谁理解我们工作的辛苦。"

这一幕在江滨医院其他科室也时有发生。医务人员超负荷工作，以及病人得不到优质服务，或住院体验差，是目前医疗行业的一个突出矛盾。

陈爱娟也时常想过这个问题：现在医院十分注重医疗技术的提高和创收，而缺少一种对人的关爱。

陈爱娟来到罗玲珏的办公室时，罗玲珏不在房间。

"陈主任，你找总护士长？"一位高年资，叫钱红的护士说道。

"好长时间没有见到你了。你现在怎样？"

"还好。"

"坐，坐。"陈爱娟示意钱红坐下来。

"谢谢陈主任。"

"我今天来就是随便转转。"

"陈主任，你来病房了解情况，实在是太好了。现在的护士，特别是年轻护士，和过去可不一样。"

"怎么不一样？"陈爱娟问道。

"对老师不尊重。"

"这不好。尊重老师，是对护士的一个基本要求。人都是老师带出来的。"

"现在的年轻人可不是这么想的。她们依仗着年轻、体力好，看不起老护士，对老护士不尊重。"

陈爱娟想到刘红华告状李晓晴，就问道："李晓晴表现怎样？"

"她经常把几个小的聚集在一起。任何事情都想发表个看法。"

"工作怎样？"

"安排她做的事，都能完成，工作也仔细，就是爱斤斤计较。给护士长的工作带来很大的压力、麻烦。"

"护士长对她怎样？"

"肯定不喜欢她。"

"医生对她的反映怎样？"

"李晓晴在医生面前，说话故意嗲声嗲气，装出一副小鸟依人的样子。男的嘛，都吃这一套。孙主任竟然还表扬她，说她工作积极，聪明灵活。"

"你现在是责任制护士？"

"我负责后半个病区。每个月值两次夜班。一次是前夜，另一次是后夜。"

"年资这么老了，还在值晚夜班，辛苦了。你家里还好吗？"

"儿子明年就要参加高考了。学习成绩挺好的。"

"陈主任。"罗玲珏从外面回来了。

"陈主任、总护士长，你们聊，我走了。"

"好的。再见。"

"你来怎么不打个电话？"罗玲珏对陈爱娟说道。

"临时决定的，到病房随便走走。骨科病人很多。"

"过去是一床难求，现在是一张加床难求。科室人员的编制，是按正式床位设定的。现在，加床8张。护士人手没有增加，工作量却增加了不少。"

"护士有抱怨吗？"

"有些抱怨，但不影响日常工作。"

"现在的年轻人和我们那时候的人不一样。我们那时候只知道工作，现在年轻人讲究享受。"

"是的。小的在一起就是议论包包、化妆品。"

"都是哪些人爱议论？"

"好像是王燕、李晓晴。"

"刘红华在我面前说过李晓晴。李晓晴工作怎样？"

"李晓晴是年轻护士的典型代表。经常和几个年轻的在一起，谈论化妆品和名牌包，老的看不惯。"

"工作怎样？"

"工作还可以。在年轻人的中间，有一定的号召力。"

"和医生关系呢？"

"和医生关系倒不错。李晓晴长得漂亮，嘴很甜，很讨医生喜欢。有一次孙主任对我说：李晓晴可以好好培养。"

"哦。"陈爱娟知道李晓晴的情况后，就换个话题，"病人睡在加床上，肯定不满意。这种情况只有靠服务来弥补。"

"只有这样了。我们班上的高爱花和林小巧，还有两个月就要退休了。"

"她们今年要退休？"

"我们俩是初中毕业应届考上护校的，在班上年龄是最小的。"

"日子过得真快。我觉得上护校就像是昨天的事。"

"哪天你有空，请几个要退休的同学吃顿饭。你看怎样？"

"可以。我后天有空。"

"那我就通知她们了。"

3月底的江滨市，春暖花开、草长莺飞，空气弥漫着淡淡的青草味。在3月最后一个院长办公会议上，高院长来到陈爱娟座位旁，低声和陈爱娟说了几句话，陈爱娟立即不悦。会议结束后，陈爱娟径直地回自己的办公室，呆呆地坐着。

高院长要陈爱娟把呼吸内科的谢丽荣，调到放射科或供应室。谢丽荣才30出头。把30出头的护士调到这样一个工作轻松、养老的岗位，其他护士会怎样想。所以，陈爱娟觉得很为难。

怎样处理高院长交代的事情？不做，要得罪领导；做吧又破坏了自己定下的规则。于是，陈爱娟让王小红通知护理部副主任和总护士长，到她的办公室开会。

"在下班前，临时把大家召集一下讨论一件事。"

大家面面相觑，不知道有什么紧急的事情。

"今天下午，开院周会时，高院长给我说，把呼吸科的谢丽荣调个科室，就是从呼吸科调到放射科或供应室。"

"护士工作，我们护理部自有统一安排的。高院长凑什么热闹。"

"以往，院领导从不插手护士安排。这次高院长打招呼，肯定有人找他了。"

"也许是高院长自己主动要给谢丽荣换科室。"

"是别人托他或他自己主动给谢丽荣帮忙，这个我们不管。现在的问题是谢丽荣只有30岁；这个年龄的护士，都在临床一线工作。我怎么能，或以怎样的理由，把谢丽荣调到工作轻松的岗位。"

"这么多年来，护理部对年龄大的、身体不好的护士，安排得非常好。比如把年龄大的护士从临床一线科室，调到心电图室、放射科或供应室。另外，对怀孕后期的护士，我们临时安排在门诊负责喊号。"肖红霞说道。

"多年来，我们一直这样做的。全院上下七百多名护士，对我们这样的安排，没有提出任何意见。现在，高院长让我们调动一个护士，或许，他认为是件小事。但对我们护理部来说，就是件大事。我这里就有不少要求换科室的申请，我处理这类事情，是慎之又慎。"陈爱娟说出她的难处。

罗玲珏对陈爱娟最熟悉、最了解，她知道陈爱娟处于两难之中。罗玲珏想劝陈爱娟不要太认真，按领导的话去做。罗玲珏想了想，说句不痛不痒、模棱两可的话："护士在科室之间，调来调去，是常有的事。"

"护士调换工作，完全是护理部职责范围内的事，别人怎么说可以完全不理睬。就算是照顾，也是个别现象，也无可厚非。"杨丽华说道。

"这件事，就是有人比拼，也没有什么大不了的。我们不是给自己家人安排，是院长要求我们做的，我们只是执行而已。如果有人不服，让她们自己也去找院长。"李宝莲说道。

"陈主任，我们这代人比较传统、保守，做任何事都是一板一眼的。现在时代变了，就不要太认真，就把谢丽荣换到放射科或供应室。"肖红霞劝陈爱娟。

"谢丽荣这件事，是个特例。如果有人问，我们就说：临时借调。"说毕，陈爱娟长叹一口气。

晚上在家，陈爱娟把这件事讲给梁荣刚听。梁荣刚和陈爱娟结婚30多年了，对陈爱娟十分的了解，故意不屑一顾地说道："我以为是什么大事。就这么一件换科室的小事，换就换一个科室吧。在医院调换科室是常有的事。"

"你怎么这么说。"

"我不就是想劝劝你，让你想开一点儿吗。"

"我还是不能完全说服自己。"

"不要和自己过不去。"梁荣刚劝陈爱娟。

"不管了。这件事就算过去了。"

"是啊。本来就不用烦心。你又没有拿她的钱，担心什么。"

"还有一件事，我最近想了两个月了。你帮我出出主意。"

"什么事？"梁荣刚问道。

"和我一起上护校的同学，陆续有人退休了。"

"知道，护士是 55 岁退休。"

"不是护士 55 岁退休。国家有规定，在事业单位，女性退休的年龄是 55 岁，如果有高级职称，退休年龄是 60 岁。"陈爱娟纠正梁荣刚的说法。

"拿到高级职称，男女退休年龄都是 60 岁。"

"有些护士到退休时，还没有聘到中级职称。"

"这有点惨。"

"辛苦在医院干了一辈子，退休时，主管护师都不是，实在让人寒心。"陈爱娟同情地说道。

"聘任副主任护师，要求高，要求有论文，这个可以理解。但主管护师，一定要给人家。"梁振荣说道。

"护士有几个人能写文章啊。平时，能把班上好，不请假就不错了。"

"是的。医院领导应该想到这些。"

"我想给医院提个建议。对长期在临床一线，工龄超过 30 年，年龄超过 50 岁的护士，网开一面。如果没有聘上主管护师，一律聘主管护师。"

"是啊。初级和中级的退休工资相差不少。"

"这件事我一定要做成。否则，我这个护理部主任就白当了。我现在在想，怎样说服医院领导，我明天先去找人事处马处长。"

"对，先找人事部门。他们是内行，知道该怎样做。"

"这些条件，聘任的条件，是我们医院自己制定的。修改一下不会太难。"陈爱娟坚定地说道。陈爱娟想帮助这些为医院、为病人贡献一生的老护士，为她们争取最后一点福利。

2017 年 5 月 12 日医院大礼堂，布置得庄严漂亮。巨大的横幅：热烈庆祝五一二国际护士节，悬挂在大会主席台的正上方。所有的灯光，全都打开，红色、绿色、黄色的光，在不停地旋转、变换。大屏幕，不停地播放着护士照片。下午 2 时，站在主持人讲台的护理部助理王小红，宣布大会开始。

"各位领导，各位护士姐妹们。五一二国际护士节大会开始了。首先请院领导入场。"

陈院长、高院长等院领导，在欢快的进行曲中，步入主席台。

"我们医院护理工作，每一个进步，都是在院领导的大力支持下取得的。现在，我们请陈院长给大家讲话。大家欢迎。"王小红熟练地主持大会。

陈院长离开座位，来到讲台。首先，向台下的护士，深深地鞠一躬，一个接近 90 度的大鞠躬。

"护士姐妹们，下午好，你们辛苦了。首先，我代表江滨医院两千多名员工，以及在我们医院就医过的病人和病人家属，向你们表示最崇高的敬意。

"今天是五一二国际护士节，是我们护士自己的节日。多少年来，你们以实际行动践行奉献精神，展现了新时期护士的风采。在陈爱娟主任的领导下，我们医院的护理水平有了长足的进步，先后开展了责任制护理、专科护理，加速康复外科护理，我们医院有 5 个护理示范单位，办了多起护理学习班。我们不断地学习，紧跟护理新潮流，始终站在护理行业的最前列。为全市、全省培养了无数的护理骨干，使现代化护理技术，从我院走向全市、省。陈爱娟主任是我省护理行业的三八红旗手，劳动模范。

"作为一个医院领导，我一定会更加重视护理工作，关心护士的生活，为护士们安心工作创造条件。最后，祝全院护士工作顺利、家庭幸福、身体健康，谢谢大家。"

"感谢陈院长热情洋溢的讲话，感谢陈院长这么多年来，对我院护理事业的关心和支持。正是由于医院领导的关心和指导，我院护理事业才有今天的成绩，再次感谢陈院长。今天是护士节，是我们护士自己的节日。在这个特殊的日子里，我们没有忘记为我院护理事业奉献一生的老护士。今天我们将为工龄超过 30 年的老护士，颁发特别贡献奖，以表彰她们为我院护理事业做出的巨大贡献。请工龄超过 30 年的护士上台领奖。"

当这批老护士，走上领奖台，会场上，响起经久不息的掌声。坐在台下的护士们一边流泪，一边拼命地鼓掌。她们把掌声献给，她们的老师，她们的姐妹。如今，她们老了，要告别为之奋斗一生的护理事业，她们是那样的不舍。

"下面请我院工龄超过 30 年的老护士代表，我们护理部陈爱娟主任，讲话。"

在热烈的掌声中，陈爱娟来到讲台，像陈院长一样，她首先向全院的护士姐妹深深地鞠一躬。

"护士姐妹们，大家好。我今天作为一个从事护理工作超过 30 年的老护士，在大会上发言。此时，我的心情特别地激动，又不安。我们在平凡的工作中，在为病人护理的工作中，不知不觉地走过了 30 年。

"当初，我们抱着当一名白衣天使的理想，来到医院。那时我们还是个懵懂的少女，用一双稚嫩的眼睛，好奇地向这个世界张望。现在，我们都成为了大姐、大妈，有些人已经做了奶奶或外婆。如今我们的眼睛不再那么明亮，皮肤不再那么细腻。我们把我们最好的年华，奉献给了伟大的护理事业。

"现在，我们这批人逐渐老了，不久就要退休，离开我们热爱，并为之奋斗一生的护理岗位。"陈爱娟说到这里，控制不住流下了眼泪。王小红立即给陈爱娟送上纸巾，台下有的护士发出呜咽的哭声。

"新陈代谢是世间万物的规律。当我看到台下坐着年轻的护士，我就感到无比的欣慰。你们年轻，像花儿一样，充满了朝气。你们一定会从老一辈手中接过南丁格尔的旗帜，把护理工作做得更好，让病人更加满意。"

"谢谢陈主任，谢谢陈主任。陈主任是我们医院护理，也是我省护理界的一面旗帜。我们在这里对陈主任，表示衷心的感谢。"

台下的护士一边流眼泪、一边热烈鼓掌，手都拍红了、拍痛了。

"年轻人是我们医院的希望和未来。下面，我们请青年护士代表宋丽雅上台讲话。"

宋丽雅迅速离开座位，三步并两步来到主席台。聚光灯下的宋丽雅美丽极了，美白柔嫩的皮肤，高挑婀娜多姿的身材、两个若隐若现的酒窝，就像天使从月亮或天上某个地方，来到人间。

"尊敬的院领导，老师、同事们，护士节快乐。"宋丽雅在万人瞩目中，开始了讲话。

"我是内科ICU的一名护士，2013年参加工作。我非常幸运，在我毕业时，被分在内科ICU，一开始就在生命的风口浪尖上工作。

"ICU病人病情重、变化快。抢救工作总是争分夺秒地进行，生命的机会往往就在那么一瞬间。任何一个疏忽，可能就是一条人命。所以，在ICU工作必须高度紧张，责任心要强。ICU是仪器和设备最多的科室，病人身上往往布满了各种各样的管道。荧光屏在不停地闪烁、机器的蜂鸣音此起彼伏。面对命悬一线的重病人，我一个新人，无所适从、不知所措。我开始紧张、害怕，想逃离。

"内科ICU是一个非常优秀的科室、团结的科室。同事看出了我的困惑，向我伸出援助之手。护士长给我讲解各种仪器、设备的使用方法，怎样护理危重病人和怎样处理突发病情变化。在同事们的帮助下，我很快熟悉了ICU的工作环境，能从容地面对每一位病危病人。

"在内科ICU，护士长不仅教我护理技术，还教我怎么做一个合格的护士。陈主任多次说：护士不仅仅是给病人打针发药，还要通过我们护理工作，把温暖带到病人的心里。为了提高护理水平，我们在护士长的领导下，刻苦钻研每一项护理技术。我们还发挥我们的聪明才智，对护理方法进行改进。为此，我们把我们的经验，总结成为文章，发表在护理杂志上。我在医院的护理技能比赛中拿到了第一名，并在全省的护理技能比赛中也拿到第一名。

"在ICU，我受过委屈和误解，但如果我们所做的能帮助病人，能挽救病人的生命，这些委屈又算得上什么呢？所以，我在病人面前，总是保持着亲切的微笑。我们内科ICU护士不是英雄，但我们是病人需要的人，是他们在生命最脆弱、最无助的时候，唯一的帮助。

"我们ICU病房的护士，都很年轻，正值人生最美好的年华。我们爱美、爱漂亮、爱打扮，但我们更爱我们的护理工作。

"谢谢大家。我讲完了。"宋丽雅连她自己也没有想到，她竟一口气，完整地把她准备的发言稿讲完。

第 27 章　我是一名护士

2017 年 10 月 1 日，在江滨市希尔顿酒店最大的宴会厅，门口放着陈向明和宋丽雅巨幅结婚照。宋丽雅身着洁白的婚纱，头上的纱巾特地做成燕尾帽的式样。陈向明站在旁边，一脸幸福的笑容。

江滨医院护理部所有工作人员、医院所有的护士长、内科 ICU 医生和护士、药剂科的工作人员都来参加宋丽雅和陈向明的婚礼。他们为自己的姐妹、同事，送上最诚挚的祝福。

10 月 3 日晚，陈向明和宋丽雅，从上海浦东国际机场，乘坐法国航空公司的空客 380 巨型客机，飞往巴黎。为了能去希腊，更好地利用时间，他们采用半自由行的方式。去希腊是陈向明的主意，说希腊的圣托里尼岛的风景特别的好，是情人度假的最好地方，而伦敦和巴黎则是人文和购物的好地方。

愉快的时光过得总是很快，两个星期的欧洲旅游，很快就结束了。陈向明和宋丽雅意犹未尽，恋恋不舍地从伦敦坐上了回国的飞机。在伦敦希思罗国际机场的候机大厅，几乎全是拿着大包小包的中国人，有一位中国游客拎着一个印有"买空伦敦"的大包。

10 月 20 日晚上，陈向明和宋丽雅带着从欧洲买的礼品，来到陈爱娟家。

"你们请坐。"梁荣刚客气地请他们俩坐下。

"谢谢。"

"你们要喝点什么吗？"

"不用。我们刚刚在家吃过晚饭。谢谢梁主任。"

"你们出国几天？"

"两个星期了。"

"两个星期了？！时间过得真快，玩得开心吧。"

"挺开心的。法国的巴黎和英国的伦敦，我们都去了。"

"不错、不错。"

宋丽雅见陈爱娟还没有露面，估计是不在家。于是说："梁主任，这是我们在伦敦买的纪念品，给你和陈主任。谢谢你们对陈向明和我的关心和帮助。"

"你们真是太客气。在国外，还惦记我们。"梁荣刚又加了一句，"陈爱娟还在医院开会。"

"这个时间还在开会？陈主任真辛苦。"宋丽雅说道。

"你们俩在国外可能不知道，陈院长出事了。"

"陈院长出事了？"陈向明几乎惊呆了。

"跟钱有关，上级领导正挨个找医院领导谈话。"

"陈院长拼命地工作，为我们医院建设和发展做出了很大的贡献。突然被抓起来，肯定会让人接受不了。"陈向明说道。

"所以，上面来人做思想工作。"梁荣刚说道。

"唉，真可惜。"陈向明叹气道。

"梁主任，我们就不打扰你了。我们回去了。"宋丽雅说道。

"我这里有一盒茶叶，你们带走。"

"梁主任，你太客气了。我们家里有。"

"拿着吧。"

"谢谢，梁主任。再见。"

大约在陈向明和宋丽雅离开20分钟后，陈爱娟回到了家。

"怎么，你这么晚才回家？"

"市纪委的人走后，高院长又把大家召集在一起，又讲了半天。"

"高院长，要做院长了？"

"暂时让他负责。"

"陈院长为医院特别是为骨科的发展做出了巨大的贡献。可能是人在江湖，身不由己。"

"多可惜啊。好好地做个骨科医生、院长多好。偏偏拿人家的钱，把自己给毁了。"陈爱娟为陈院长感到十分的惋惜。

"陈院长，怎么这么倒霉。"梁荣刚也为陈院长可惜。

"做这种事迟早是要倒霉的。我们医院的问题出在科教楼和医技楼的建造上。"

"陈院长是个很节俭的人。平时穿得很普通，拎的包都掉颜色了。"梁荣刚说出对陈院长的看法。

"不管怎样，在护士职称聘任上，我还是要感谢他的。"

"是的。这是他为全院护士做的一件好事。"梁荣刚赞同陈爱娟的话。

10月23日，宋丽雅婚假结束，回到科室上班。和往常一样，宋丽雅和ICU的姐妹们在7点35分就到了更衣室。

"丽雅，你好像脸晒黑了一点。"宋敏慧说道。

"还好吧。"

"丽雅，这包是新买的吧。"谢芳羡慕地触摸宋丽雅新买的包。

"在巴黎买的。这款Gucci包，我特别喜欢，既可拎在手臂上，又可背在肩上。我在巴黎老佛爷商店买的，大约1万1千元。"

"1万1千元，比国内便宜要一半了。不过1万1千元，还是太贵了。"刘利珍说道。

"现在满大街的人，都背一个LV包或Gucci包。只是我们的收入太少了。"谢芳说道。

"我们工资加奖金每个月只有五六千，和别人说，人家都不相信。说我们医院病人多，生意好，每个月至少有1万以上。"杨庆华也发表自己的观点。

"1万元，做梦有。每个月有七八千元就不错了。"闻华虹说道。

"丽雅，巴黎、伦敦怎么样？"刘利珍想知道宋丽雅的欧洲旅游情况。

"非常漂亮。等到下班时，给大家看这次旅游的照片。"

下班时，大家围着宋丽雅，听宋丽雅讲欧洲的故事。

"丽雅，从上海飞到巴黎要多少时间？"

"11个多小时。"

"这么长的时间，受得了吗？"

"11个小时，没有问题。睡觉聊天，不一会儿就过去了。"

"据说有时间差，也挺难受的。"

"巴黎夜里两三点钟是我们这里早晨七八点钟。前两天，我在夜里3点就醒了，睡不着。到了第3天，就习惯了。"

"丽雅，你是跟旅游团去的？"

"半自由行。能自己去，就自己去。有些地方不方便，就在当地参团。现在，自由行很方便。可以在网上，把各种票买好，包括宾馆。"

"听说你们去了希腊？"

"是的。去了希腊首都雅典和旅游胜地圣托里尼岛。圣托里尼岛的风景非常美，沿着海边建造的房子，都是白墙、蓝顶，周边的海水碧蓝、碧蓝的。有的人专门跑到那里拍结婚照。傍晚时分，坐在宾馆的露天阳台，一边吃晚饭，一边欣赏日落，感觉非常好。"

"丽雅真会玩。怎么会跑到希腊的一个岛上？"

"在去之前，我和陈向明做了大量的攻略。"

"丽雅很能干。"

"圣托里尼岛是自然景观，首都雅典到处是历史古迹，是欧洲文明的摇篮。英国和法国博物馆的一些雕塑，也是从雅典弄过去的。法国卢浮宫的最有名的胜利女神像、维纳斯雕像，还有大英博物馆有数不清的古希腊的雕像，都是古希腊的作品。我和陈向明不是搞艺术的，只能是走马观花看看。"

"这种地方，我们也应该去看看。"

"这些是在室外拍的照片，一看就知道是什么地方。"宋丽雅打开手机相册，说道，"这是法国的凯旋门，我在这里照了一张相，算是到此一游。这是埃菲尔铁塔，这是巴黎圣母院，巴黎圣母院位于塞纳河的旁边。"

"巴黎圣母院的照片和电影中的一样。"

"本来就是同一个建筑。"

"英国怎样？"

"英国非常有特色。首先，参观大英博物馆，号称世界第一博物馆。我们只花了半天的时间，就出来了。我在伦敦碰到一个北京来的游客，他在大英博物馆里待了7天。"

"估计这个人是搞研究的。我们是普通百姓，到此一游就足够了。"

"据说马克思在大英博物馆，完成《资本论》的写作。每天一开门，马克思到到大英博物馆，一坐就是一天。由于马克思在思考问题时，常用脚在地下来回摩擦，时间久了，竟然在座位的下方，弄出一个小坑。这也许是八卦故事。"

"有可能是真的。"

"伦敦的风景或主要建筑，有一半位于泰晤士河两侧。比如大笨钟、国会大厦、威斯敏斯特大教堂。电影《魂断蓝桥》的蓝桥就是这座滑铁卢桥。在伦敦还参加了一日游，早晨坐旅游大巴，去牛津大学，中午往回赶，途中参观了温莎城堡。温莎城堡是英国女王夏天居住的地方。"

"有时间买东西吗？"

"到英国和法国一定要买东西。越是牌子大的物品，越是便宜。"宋丽雅开始介绍她在欧洲的购物，"在巴黎，我们去了老佛爷商店，里面的顾客三分之一是中国人。在伦敦，我们坐火车去了位于伦敦郊区的奥特莱斯，路上大约40分钟。东西真便宜，价格只有国内的一半或三分之一。买几件奢侈品，就把旅游的费用给赚回来了。"

"具体一点。"谢芳瞪大眼睛听宋丽雅讲购物的情况。

"我在伦敦的奥特莱斯商店，买了一件Burberry的风衣，只花了6千元，在国内要1万多元。我是从伦敦希思罗国际机场回国的，回国的中国旅客都是大包小包的。买的越多，这趟旅游越划算。"

"丽雅，你出国旅游，太对了。在国内，就是每天喝酒，东西贵得要死。"

"我这次给每人带了 1 盒口红，是倩碧的。每盒里面有 4 支。"说着宋丽雅把口红每人一份。

1 月是江滨市一年中最冷的月份。下半夜，病房的病人，早已经入睡，走廊和护士站，就显得特别的空荡和冷清。黄丽娜在工作服外，又披了一件黄大衣，蜷缩着身体，坐在外科护士站的一角。

倦意一阵阵地袭来，黄丽娜不停地用手搓面部，按压眼眶和上颌窦，和睡意作斗争。然而，两个眼皮依然像大山一样沉重，于是就闭着眼伏在护士站的办公桌上。就在她伏在办公桌上不到 10 分钟，她隐约感到有人在她前面走动，黄丽娜警觉地睁开眼睛，看到一位年龄比她大不了几岁的女性，黄丽娜问道：

"你有事吗？"

"没有，没有。"对方略有慌张地说道。她可能没有想到，黄丽娜没有睡，只是伏在办公桌上。

"哦。没有事。"黄丽娜又伏在办公室桌子上。

两天后，黄丽娜伏在办公室桌子上的照片，出现在网上。标题很醒目：如此值班。作者还煞有介事地说：护士在上班时间睡大觉，住在这样的医院，我们能放心吗？现在医疗事故这么多，就是因为医生和护士没有责任心，不把病人的生命当一回事。文章一出，立即在网上掀起惊涛骇浪。舆论一边倒，对值班护士和医院进行口诛笔伐。

"我刚看到网上的消息，气愤得要命。"黄丽娜对护士长说道。

"不要理睬这种人，把她的话当作放屁。"护士长劝黄丽娜。

"大概在两点钟，我趴在办公桌上，休息一会儿。我知道有个人来，我还问了她有什么事，她说没有事。我想就是我在趴在办公桌上的时候，她拍了这张照片。当时，我根本没有睡觉。"黄丽娜向护士长说明事情的经过。

"夜班有那么多的事要做，怎么可能睡觉。这个拍照片的人，实在是太不懂事了，一点儿也不体谅上夜班护士的辛苦。"护士长太知道夜班护士要做的事情。

"黄丽娜，这件事过去就算了。现在，社会上的人太复杂。如果护理部问这件事，我来说。"

"护士长，我们也不要轻易饶过这个家伙。我们可以在网上搜索她。我们人多，她就一个人。"

"在夜深 2 点钟，只有护士不睡觉，守护着病人的生命。那个人一点儿同情心也没有。"

"如果黄丽娜是她女儿，她不心疼吗？"

"哼。我们晚上不上班，那病人谁来处理。"

大家的愤怒被点燃，火力全开。同时，积压在心里委屈，全部喷发、发泄出来。

三天后，有个记者就照片这件事，煞有介事地到医院采访。陈爱娟怕节外生枝，就亲自来到外科病房。

"有人把你们护士在值班时，睡觉的照片发到网上。"

"我们看到后，非常气愤。"护士长说道。

"你们怎么会非常气愤？"记者感到不解。

"歪曲事实，颠倒黑白。一点儿不体谅护士工作的辛苦。"护士长气愤地说。

"人家可是把护士睡觉拍到了。"

"那不是睡觉，只是伏在办公桌休息一会儿。"护士长纠正记者的说法。

"李记者，我们上夜班的护士，是最辛苦的。真是因为太辛苦，现在很多人都不愿意做护士了。夜班护士每一个小时，要到病房巡视，做治疗工作，我们都有记录。上夜班的护士累的时候，趴在办公桌上，稍微休息一会儿，人是清醒的。任何一点风吹草动，都知道。那个病人家属拍照片的时候，值班护士问过她有什么事。"陈爱娟耐心向记者说明情况。

"在上班时间睡觉，或按你们的说法，只是闭眼休息一会儿，那也是不应该的。"

"李记者，那可是深夜 2 点钟。深更半夜 2 点钟，是人睡觉的时间。

然而我们的护士，还在病房值班。"陈爱娟忍着脾气和记者说话。

"别人在睡觉的时候，我们护士在上晚夜班。"护士长说道。

"你们将怎样处理这件事？"记者对陈爱娟和护士长的话，根本不予理睬。

"处理？！为什么要处理？"护士长来火了。

陈爱娟听了也很不高兴。心想和她解释了半天，全白费。

"我是护理部主任。我平时要求护士认真做好工作，但我也要保护我们的护士。这么一个寒冷的夜晚，我们护士在病房值班，是多么不容易。"

"你们认为护士在上班时间睡觉是正常的吗？"记者胡搅蛮缠。

"我们护士在上班时间没有睡觉。"护士长有点忍不住。

"我和护士长都说过了。我们值班护士，只是伏在办公桌上，没有睡觉。相反，那个人没有经过我们护士的同意，偷拍她的照片，并发到网上，是不对的。"陈爱娟再次说明自己的观点。

"护士长、陈主任，我发现医院和网友的观点截然相反。两者看问题的角度、观点，完全不同。我想医院要和社会多沟通，双方增加理解。"

"病人和家属要理解护士，理解护士工作的辛苦和付出。当然，我们要教育我们的护士，要关心病人，要为病人多着想。"

"谢谢陈主任，还有护士长，接受我的采访。谢谢。"

"不客气。"

记者走后，护士长对陈爱娟说道："陈主任，你脾气真好。要是我一个人在这里，恐怕要吵起来了。"

"我就是怕你和记者吵起来，我才来到这里。不过这个记者像是来找碴儿的，不是站在我们这边，立场有问题。"

3 天后，这位李记者在江滨日报上发表一篇采访稿。陈爱娟看后，差点没有把肺气炸。采访稿的内容大致如下：

2018 年 1 月 21 日，江滨医院外科值班护士在值班时睡觉，被网友拍到。为此，我于 1 月 26 日到江滨医院采访。在采访江滨医院护士长和护理部主任时，她们只是一味地强调护士工作辛苦，要社会多关心和理解护士。对护士在上班时睡觉，没有一点正确的认识。这也许是当下，医患矛盾，病人对医院最大的意见之一。在采访过程中，院方一直袒护护士，为护士辩解，不承认错误。

陈爱娟拿着这个报纸，来到高院长办公室。

"陈主任，不值得为这种人生气。这种记者没有正义感，没有一点职业道德。下次再遇到这种人，理都不要理。"

"谁能想到这个记者是这种人。"陈爱娟直摇头。

"社会上有些人对医院不满、不理解，然而一些报道，往往去迎合这些人，我们没有办法解决，需要政府制定政策。"

"还是我经验不足，根本就不应该理睬那个记者。"

"陈主任，对这种所谓的记者，不能太老实，能不见就不见。"

"高院长，我担心这篇文章，对我们医院产生不利的影响。"

"不要把这种文章，太当成一回事。"

"谢谢高院长，我知道了。"

"喂喂，罗兴国、高祥，快把病历给我。年纪轻轻的，做些事来，像个老太婆，磨磨叽叽的。"谢芳催促医生抓紧时间，把病人的医嘱开好。

"小姑娘，怎么一点不讲究语言美。"罗兴国回应谢芳的话。

"催什么催，现在才 9 点 20 分。"高祥瞟了谢芳一眼。

"我不催，你们 10 点钟，也完成不了。"

"晚就晚一点儿吧。"罗兴国眼睛盯着电脑，手在打字。

"说得轻巧。医嘱出来晚，治疗就跟不上，吃中饭的时间都没有。"

"内科，哪天不是到 10 点钟，医嘱才出来。在 ICU，你们已经是很幸福的了。"高祥说道。

"幸福? 碰到你们这些家伙，还能有什么幸福。"

"遇到我，恰恰是你的幸福来源和保障。"罗兴国开玩笑说道。

"少贫嘴，快把病历交给我。"

"你要常常想在 ICU 上班是多么地幸福。至少，没有人把你的照片放到网上。"

"那个拍照的人，将来不得好死。"谢芳狠狠地说道。

"那个家伙，一定会遭天打雷劈。"高祥也气愤地说道。

"现在，愿意做护士的人越来越少了。我要是有门路，早就不在病房上班了。"

"谢芳，你可不能离开我们这里。你要是走了，我们工作的动力就没有了。"

"罗兴国，你这个老实人，也变得油嘴滑舌。"

"谢芳，我过去老实，现在依然老实。"

"我不和你说这些了。把病历给我。我要整理医嘱。"

"刚才，谢芳说现在做护士的人越来越少，的确是这样。你们发现没有，本市的护士越来越少，新招的护士大多是从外地来的。"罗兴国说道。

"陈主任那代护士，是初中学习最好，可以进省重点中学的学生。时过境迁，不可同日而语。像陈主任那样在班级上学习成绩名列前茅，来上护校的，已经成为历史，成为绝版了。"高祥说道。

"现在的人，越来越讲究享受。"

这时，孙洪武来到医生办公室，对正在开医嘱的医生们说道："早交班时，我把院周会的内容，向你们传达了，你们要好好地领会。现在，医保检查越来越严格，千万不要违规用药，违规用药罚款罚得很厉害。"

"医保说得也不是全对。有的时候，该用的药还是要用的。待病人病情严重了，才用，就来不及了，没有效果了。"

"实在需要用，可以让病人去自费药房买。"孙洪武告诉他手下的医生，解决问题的办法。

3 月中旬，树木大部分还没有返青，梨花、桃花还有樱花，给大地带来绚丽的色彩。就在初春，春意还没有盎然的时候，医院发生了一件大事情。高院长出事了，传说是栽在冠状动脉支架的回扣上。

在医院里，惋惜声和辱骂声，交织在一起。

此事在陈爱娟心中，掀起巨大波浪。

"陈主任，你能到我办公室来一下吗？"主持医院工作的郭大年书记，给陈爱娟打电话。

"好的。我马上到。"几分钟后，陈爱娟来到了郭书记办公室，发现东南医科大学钱校长，也在办公室内。东南医学院3年前，改名为东南医科大学。

一番客套、寒暄过后，钱校长说道："陈主任是个大忙人，我们就长话短说。学校准备让你做医院的副院长，现在征求你的意见。"

"副院长？！"陈爱娟简直不敢相信自己的耳朵。自从江滨医院建院以来，护士最高职务，就是护理部主任。"钱校长，这事来得太突然。我一点儿思想准备也没有。无论如何，感谢钱校长。在医院，医生是红花，护士是绿叶，护士是配合医生做好病人的治疗工作。我是个护士，我需要好好地想想。"

"陈主任，根据我们的调研，认为你具备这个能力。我相信你能做好副院长工作。"

"陈主任，这是一个非常好的机会，你要好好想想。"郭大年书记希望陈爱娟把握好这个机会。

"谢谢钱校长，谢谢郭书记。这个消息来得太突然，我既高兴，又有惶恐。我需要好好地想想，明天给领导回话。"

"不急。我们相信你。"

经过深思熟虑，陈爱娟谢绝了上级领导的好意。

虽然，陈爱娟婉拒了副院长的职务，但上级领导对陈爱娟还是很敬佩的。陈爱娟不忘初心，全心致力于护理事业。学校领导经过全面考虑，以及征求陈爱娟本人意见，决定让陈爱娟担任东南医科大学护理学院院长，从事护理教育。2018年6月1日，到新单位履职。

2018年5月12日，在江滨医院大礼堂，护理部助理王小红站在讲台上，动情地说着：

"陈爱娟主任，从1981年护校毕业后，在护理岗位上工作已有37年，她凭着自己的聪慧和对护理工作的热爱，在护理岗位上，踏踏实实地工作，为我院的护理事业做出了巨大的贡献。由于工作需要，陈主任马上要到东南医科大学护理学院担任院长。现在，我们就请陈主任给大家讲话。"

在一片热烈的掌声中，陈爱娟来到大礼堂的讲台，开始了她的告别演讲。

"亲爱的护士姐妹们，你们好！由于工作的安排，我马上就要离开江滨医院，离开我为之奋斗一生的地方，我非常的不舍。

"刚工作时，我曾在自己身上练习打针，因为我是一名护士。有一次被病人误解，我忍了，因为我是一名护士。病人多次表扬我，我淡然一笑，因为我是一名护士。晚上在家，电话铃响了，说医院有重病人，我立即奔向医院，因为我是一名护士。从自己做护士的第一天起，我就常常对自己说：我是一名护士，以此来要求自己，做好护士工作。

"'匆匆的脚步，忙碌的身影'是我们工作的最真实的写照。我们护士的青春在医院，在病人的床边，悄然流逝。如今，我们不再年轻，腰弯了、背也驼了，脸上也有了皱纹，皮肤也不再白嫩。

"2014年，作为护理部主任，我对新来的护士说，作为一名护士……我突然哽咽说不出话。因为从做护士的第一天起，30多年来，我习惯了说：我是一名护士。

"但看到年轻护士茁壮成长，我感到无比的欣慰。医院需要护士，病人需要护士。在这里，我对年轻的护士们说：你们辛苦了。因为迎接我们护士的每一天，都将是辛苦和奉献。我代表老护士和病人，谢谢你们了。"说完，陈爱娟哭了。